KB195117

에세이로 읽는 논어

에세이로 읽는 논어

초판 1쇄 인쇄 2024년 11월 11일
초판 1쇄 발행 2024년 11월 18일

지은이 | 안은수
펴낸이 | 임종관
펴낸곳 | 미래북
편   집 | 정윤아
본문 디자인 | 디자인 [연:우]
등록 | 제 302-2003-000026호
주소 | 경기도 고양시 덕양구 삼원로73 고양원흥 한일 윈스타 1405호
전화 031)964-1227(대) | 팩스 031)964 1228
이메일 miraebook@hotmail.com

ISBN 979-11-92073-63-7 (03800)

에세이

로

읽는

논어 【論語】

안은수 지음

MIRAE
BOOK

새로운 시대와 새로운 세대

2022년 가을은 대화형 인공지능의 탄생으로 떠들썩했다. 오픈AI에서 챗GPT(Generative Pre-trained Transformer)가 출시되었고, 구글에서는 람다(LaMDA, Language Model for Dialogue Applications)를 내놓았다. 당시 람다는 자신을 개발한 개발자와의 대화에서 자신이 인간인 것 같다고 고백했다.

챗GPT는 태어난 지 채 2년도 안 된 지난 5월에 세 번째 버전인 챗GPT4.O를 출시했다. 그 이름에서 세상사의 모든 일에 대해 대답할 준비가 되어 있다는 오픈AI의 자신감이 충분히 감지된다. 이제 최소한의 노력으로 최대한의 지식에 접근할 수 있는 환경이다.

자본과 재화가 인간성 한가운데를 가르고 지나가는 와중에 이제 기술까지 한몫을 더하는 형국이다. 그러니 도대체 인간은 어떤 존재인가에 대한 물음은 여전히, 아니 지금이야말로 더 중요한 질문이 되었다.

게다가 기술 발전이 초래한 문제는 당면한 고민거리이다. 예컨대 몸은 최소로 움직여도 생활에 필요한 일들을 해결할 수 있다. 이때 집중적으로 사용하는 부분과 움직임이 적어진 부분 모두에 문제가 발생한다. 젊은이에게도 퇴행성 질환이 생긴다. 사람을 대면할 일이 축소된 오늘의 환경이 건강한 삶에 유리한 조건은 아닌 것 같다.

사람들 간의 문제로 시선을 옮겨보면 세대 간의 벽이 견고하다. 아직 MZ세대를 낯설어 하는 와중에 이번엔 알파세대의 등장이다. 이들은 태어나면서부터 발전한 디지털 미디어와 함께 살았던 세대로 스마트폰이 없었던 세상을 알지 못한다. 기성세대 안에서도 X세대·Y세대로 불렸던 장년층이 있고, 급격히 그 분포가 두터워진 노년층이 있다. 동서고금에 세대차이가 없었던 적이 없었다지만 오늘처럼 세대 간의 벽이 견고했던 적이 있었을까.

한국은 2024년 현재 초고령사회를 눈앞에 두고 있다. 오늘의 현실에서 초고령사회로의 진입 자체가 특별한 일은 아닐 수 있다. 그런데 다른 나라에서 예를 보기 어려울 정도로 그 속도가 빨랐다는 점에서 한국의 상황은 특수하다. 급격한 변화에 적절히 대응하고 준비할 수 있는 겨를이 턱없이 부족했기 때문이다.

탄생에서 죽음에 이르는 사람의 생애는 보통 아동-청년-장년-노년의 단계로 구분한다. 그런데 그중의 한 단계인 노년에 대해서는 다른 시기에 비해 관심의 정도가 미약할 뿐 아니라 그나마도 부정적 의미로 해석되기 십상이다.

생로병사의 흐름에서 벗어날 수 없는 것이 인생이다. 출생에서 죽음에 이르는 생애의 과정은 누구에게도 예외가 없다. 청년의 입장에서 노년은 너무 멀리 있는 미래여서 마치 자신과 동떨어진 일로 밀쳐두기 쉽다. 그러나 그 청년의 생각보다 빠르게 노년은 자신의 문제가 된다. 노년에 대한 정확한 인식은 오히려 청년에게 더 필요할지도 모른다.

모든 세대를 향한 제언, 웰에이징(well-aging)

공자는 자신의 일생을 다음처럼 회고했다.

"나는 열다섯 살에 학문에 뜻을 두었으며, 삼십에는 삶의 목표를 세웠고, 사십에는 의혹함이 없었으며, 오십에는 천명을 알았고, 육십에는 다른 의견을 잘 수용할 수 있었으며, 칠십에는 마음이 하고 싶은 대로 해도 법도를 넘지 않았다."(위정 4)

이는 공자의 인생론이라 할 만하다. 어느 때라고 중요하지 않은 시절이 없다. 자신이 마주한 인생의 각 단계에 주목하며 그에 맞는 열정을 쏟는다. 그런 인생의 관절을 타고 넘어 마침내 도달하는 지점이 '마음이 하고 싶은 대로 해도 법도를 넘지 않는' 경지다. 사람의 한살이에서 이보다 더 멋진 경지가 있을까.

이런 경지로 향하기 위해서는 일단 지금 내 앞의 생에 집중하라! 여기에 공자 사상의 특징이 있다. 작고 하찮아 보이는 눈앞의 일상이 아름다워야 인생 전체가 아름다워질 수 있다는 논리는 합리적이다. 게다가 포기하지 않고 이 길에 서면 누구든 이를 수 있는 경지라는 점에서 고무적이다.

오늘, 이전보다 더 많은 사람들이 정신의 문제를 토로하고, 비정상적인 관계 맺음 때문에 고민하기도 하며, 각종 신체 질환을 호소하기도 한다. 공황장애 같은 질환이 익숙해진 지 오래다. 타인과의 관계를 위해 들여야 하는 시간과 관심을 불필요한 비용으로 치부하기도 한다. 게다가 시력·청력·척추·손목·경추 등에 발생하는 각종 질환은 청소년에서 장년에 이르기까지 만연해 있지 않은가. 기계와의 소통이 일상의 소통으로 이어지지 않는 문제이다. 그래서 많은 사람들은 정신이 아프고, 마음이 아프기도 하며, 몸의 고통도 다반사다.

『논어』에는 공자의 인(仁)의 사상이 집약되어 있다. 인간은 어떤 존재이며 어떤 존재여야 하는가. 인간과 인간 간의 관계는 어떠해야 하는가. 인간들이 만들어 가는 세상은 무엇을 지향해야 하는가. 이런 질문과 대답이 들어있다. 그리고 여기에는 생명을 살리는 정신이 관통한다.

이 글에서는 공자의 인생론에 비추어 『논어』를 풀어보려 했다. 대부분의 고전이 그러하듯 『논어』도 다양한 각도에서 그 의미를 새겨볼 수 있다. 독자의 입장에 따라 같은 문장이 다른 깊이로 읽히기도 한다. 같은 사람에게도 이십의 『논어』와 육십의 『논어』는 완전히 다른 책일 수 있다. 이 책과 함께 잘 나이 들어가는 길을 독자들과 함께 걷고 싶었다.

목
차

: 뜻을 세우고 확립하다

: 흔들리지 않는 마음을 지니다

3

知天命
지 천 명

4

耳順
이 순

: 세상의 이치를 이해하다

: 다른 목소리를 포용하다

5

從心所欲不踰矩
종 심 소 욕 불 유 구

: 내 마음 가는 곳이 정답이다

1

志于學, 立

지 우 학 립

: 뜻을 세우고 확립하다

喜 　　지속가능한
　　　　사랑

主忠信 徙義 崇德也 愛之 欲其生
주충신 사의 숭덕야 애지 욕기생

충과 신을 주로 하고 의를 실천하는 것이 덕을 높이는 방법이다. 사랑
하는 것은 그가 살기를 원하는 것이다.
_안연 10

　사랑의 유효기간 따위는 안중에 없는 순간이 있다. 이제 막 사랑에
빠진 이들이다. 방금 헤어지고도 다시 보고 싶어 그에게 달려간다. 공
중에 떠 있는 것 같은 기분으로 피곤함을 잊는다. 자신이 할 수 있는
최대한의 것을 기꺼이 상대에게 줄 수 있을 것 같다. 달달하면서 뜨겁
고 아찔한 순간들이 서로의 가슴을 채운다. 이대로 가다간 장렬하게
산화되어 버릴지도 모르는 열기에 쌓여있다.

　그런데 사람은 그렇게 쉽게 흩어져버리지 않는다. 적절한 시점이
되면 자신을 살리려는 더 깊은 욕구가 가동한다. 타오르던 감정은 어
제처럼 지속되지 않는다. 연애가 더 이상 생활의 최우선 순위를 차지

하지 못한다. 나만 그런 것이 아니라 그 역시 크게 다르지 않은 수순에 따른다. 이렇게 되면 누군가는 "사랑이 어떻게 변하니?"라고 외칠수도 있다.

사랑은 변하지 않을지 모르겠으나 그 방식은 변한다. 변해야 한다. 그래야 정상의 삶을 감당할 수 있다. 좋아하는 마음이 여전하고 관계를 지속할 의지가 있다면 변하는 것이 맞다. 공중부양의 비정상적 상태를 끝까지 이어갈 수는 없는 일이다. 이제 국면을 달리하여 제2막으로 나아가야 한다. 지속가능한 사랑을 위한 지혜이다.

세상의 어떤 일도 대가 없이 주어지지 않는다. '사랑'이라고 예외가 아니다. 상대의 존재 그 자체만으로 충만했던 시기가 지나는 것은 아쉬운 일이다. 그러나 제2막의 사랑에서 전에 예상치 못했던 만족감을 얻을 수도 있다. 이렇게 그들의 사랑은 일시적 에피소드가 아닌 삶의 역사로 쌓인다.

그런데 만약 편안한 관계가 되었다고 해서 핑계를 대며 상대를 소외시키는 것은 전혀 다른 문제이다. 이렇게 되면 관계 자체를 다시 생각해 보아야 한다. 이는 상대에 대한 존중을 외면한 것이며 동시에 자기 삶의 역사를 무시하는 것이기 때문이다. 사랑을 표현하는 방식의 변화는 인정한다. 그러나 그것을 마음이 변한 것과 혼동해서는 안된다.

『시경』의 시구에 "당체의 꽃이여 펄럭펄럭 나부끼는구나. 어찌 그대를 생각지 않으리오만 집이 너무 멀구나!"라는 대목이 있다. 이에 대해 공자는 "생각하지 않음이니 어찌 먼 것이 이유가 될 것인가!"(자한 30)라고 꼬집었다. 내가 여전히 그를 사랑한다면 그 마음을 적절하게 전달해야 한다. 핑계를 대고 빠져나가려는 행동은 비겁하다. 배려하고 염려하고 함께 기뻐할 방법을 찾고 그 마음을 전하는 노력이 필요하다. 제2막부터는 사랑에도 노력이 필요하다.

이런 사랑이야말로 열병처럼 상대를 구하는 것보다 더 더운 온도를 지니지 않았을까. 그가 아프고 힘이 들 때 곁에 있어 주는 것. 서로의 힘겨운 삶을 응원하는 것. 보폭을 맞추어 같이 걸어보려는 것. 그리하여 같은 편이 되어주는 것. 삶에 대한 성숙한 관점이 허락되는 삼십에 어울리는 사랑이다.

서로의 삶에 긍정적 기여를 해 주는 사람들이 있다는 것은 내 삶을 위한 위로이며 격려이다. "사랑하는 것은 그가 살기를 원하는 것이고 미워함은 죽기를 바라는 것"(안연 10)이라 했다. 우리는 그들로 해서 힘겨운 상황을 딛고 일어설 힘을 얻는다. 따뜻하고 지혜로운 동행은 서로를 성장하게 한다.

··· 원문 ···

【자한 30】

唐棣之華 偏其反而 豈不爾思 室是遠而 子曰 未之思也 夫何遠之有

"당체의 꽃이여 펄럭펄럭 나부끼는구나. 어찌 그대를 생각지 않으리오만 집이 너무 멀구나!"

공자가 말했다.

"생각하지 않음이니 어찌 먼 것이 이유가 될 것인가!"

【안연 10】

子張問 崇德辨惑 子曰 主忠信 徙義 崇德也 愛之 欲其生 惡之 欲其死 旣
欲其生 又欲其死 是惑也 誠不以富 亦祇以異

자장이 덕을 높이고 미혹됨을 분별하는 것을 물으니 공자가 말했다.

"충과 신을 주로 하고 의를 실천하는 것이 덕을 높이는 방법이다. 사랑하
는 것은 그가 살기를 원하는 것이고, 미워함은 죽기를 바라는 것인데 이미
살기를 원하면서 또 죽기를 원하는 것이 미혹됨이다. 진실로 풍부하게 하
는 것도 아니고 다만 기이한 것을 취하는 것이다."

흄 비로소, 서른

十有五而志于學 三十而立
십유오이지우학 삼십이립

열다섯에 학문에 뜻을 두고, 서른에는 삶의 방향을 세운다.
_위정 4

　매미의 울음은 고온다습한 더위에 지친 사람에게 시그널을 준다. 이 더위도 그리 오래지 않을 것이니 곧 가을이다. 그러니 다소 성가신 소음이라도 참을 만하다. 흔히 매미의 일생을 한마디로 "땅속 칠 년, 땅 위에서 칠일"이라 한다. 애벌레로 땅속에 머무는 긴 시간에 비해 턱없이 짧은 지상의 삶이다.

　매미는 종류도 많고 그 한살이도 각양각색인데 우리에게 익숙한 매미들은 뜨거운 여름이 가고 가을이 오려는 무렵에 특히 그 위세가 당당하다. 애매미·참매미·말매미 같은 것들이 우리가 흔히 보는 종이다. 이들은 짧게는 1~2년에서 길게는 4~5년까지 애벌레로 지하에서 머문다. 매미의 모습을 하고 지상으로 올라와서는 한 달 남짓 전력을 다해 울다가 죽는다.

매미 울음소리의 메커니즘은 독특하다. 메뚜기나 귀뚜라미가 마찰로 소리를 내는 반면 매미는 진동에 의해 소리를 낸다. 두 개의 진동막을 교대로 이용하여 소리를 내는데 그 소리를 위해 1초에 300~400번 가량 근육의 수축과 이완이 이루어진다. 이렇게 며칠을 살다 죽은 매미의 몸은 뱃속이 거의 비어 있는데 이는 소리를 키우기 위한 운동의 결과이다. 참으로 신비한 생명의 현상이다.

짧고 굵게 있는 힘을 다해 한살이를 사는 매미의 일생에 주목해 보니 비호감이던 그들의 울음을 듣기 싫은 소음으로 치부하기 어렵다. 그 신비한 생명의 운동을 이해하다 보니 감정이 이입된 탓이다. 자기 앞의 생에 최선을 다하는 것은 아름다운 일이다.

공자는 자신의 일생을 다음처럼 회고했다. "나는 열다섯 살에 학문에 뜻을 두었으며, 삼십에는 삶의 목표를 세웠고, 사십에는 의혹함이 없었으며, 오십에는 천명을 알았고, 육십에는 다른 의견을 잘 수용할 수 있었으며, 칠십에는 마음이 하고 싶은 대로 해도 법도를 넘지 않았다."(위정 4) 나는 공자의 이 말을 사람의 인생을 위한 최고의 방법론이라 생각한다.

자기 앞의 생에 최선을 다하자는 권유이다. 인생의 단계마다 그때 해야 할 일들을 주시하고 열정을 쏟는다. 그리고 국면이 전환되면 이번에는 이때 어울리는 일에 집중하고 몰입한다. 그런 인생의 단계를 쌓아올린 끝에 도달할 지점이 '마음이 하고 싶은 대로 해도 법도를 넘지 않는' 경지다. 이보다 더 멋질 수 없는 경지이다.

그런데 이런 경지로 향하기 위해서는 일단 지금 내 앞의 생에 집중하라! 여기에 공자 사상의 특징이 있다. 작고 하찮아 보이는 눈앞의 일상이 아름다워야 결국 내 전체의 삶도 아름다워질 수 있다는 논리는 합리적이다. 게다가 포기하지만 않는다면 누구든 도달할 수 있는 경지라는 점에서 고무적이다.

보통 어려운 장면에 봉착했을 때 그것을 할 수 없는 이유를 수백 가지라도 소환할 수 있다. "선생님의 도를 좋아하지 않는 것은 아니지만 힘이 부족합니다."(옹야 10)라고 하며 주춤대는 제자의 고백에 답하는 공자의 따끔한 한마디는 "힘이 부족한 사람은 중간에 그만두는데 지금 그대는 미리 선을 긋는구나!"라는 말이다. 이는 포기하지 않고 최선을 다하는 것이 중요하다는 뜻이다.

자기 삶의 완성을 위해 몸통을 비워가며 소리를 만들어 내는 매미는 아름답다. 그렇다면 내가 포기하지 않고 지켜내야 할 중요한 가치는 무엇인가. 일상의 사소한 일들과 궁극의 가치는 어떻게 연결되는가. 지금 내가 풀어가야 할 현안을 알아차려야 한다. 작은 생활의 면면이 모여 내 삶이 만들어지기 때문이다. 공자는 젊은이들이 "뜻은 크나 실천은 소략"(공야장 21)하다고 걱정했다. 일상의 작은 것부터 직접 실천하는 것이 중요하다는 뜻이다.

【위정 4】

子曰 吾十有五而志于學 三十而立 四十而不惑

五十而知天命 六十而耳順 七十而從心所欲不踰矩

공자가 말했다.

"나는 열다섯 살에 학문에 뜻을 두었으며, 삼십에는 삶의 목표를 세웠고, 사십에는 의혹함이 없었으며, 오십에는 천명을 알았고 육십에는 다른 의견을 잘 수용할 수 있었으며, 칠십에는 마음이 하고 싶은 대로 해도 법도를 넘지 않았다."

【공야장 21】

子在陳曰 歸與歸與 吾黨之小子 狂簡 斐然成章 不知所以裁之

공자가 진나라에 머물면서 말했다.

"돌아가자, 돌아가자! 우리 당의 젊은이들이 뜻은 크나 실천은 소략하며, 찬란하게 문장을 만들지만 그것을 마름질하는 법은 알지 못한다!"

흠 사람의 매력

文質彬彬然後君子
문질빈빈연후군자

외면의 꾸밈과 바탕의 충실함이 잘 어울린 다음에야 군자가 될 수 있다.
_옹야 16

잘생긴 사람과 매력 있는 사람은 분명 다르다. 이목구비가 수려하고 키도 훤칠하며 외국어 몇 개쯤 자연스럽게 구사하는 데다 고위 공무원 명함을 들고 다니는 사람. 입고 있는 비싼 슈트는 핏이 살아 있다. 하여 특별히 흠 잡을 데는 없는데 뭔가 미진한 느낌을 주는 사람이 있다.

반면 언더그라운드 가수이니 경제력은 보잘것없을 것이고 패션은 청바지에 티셔츠가 전부다. 그러나 어디 내놔도 당당한 모습이라 신뢰감을 주는 사람. 그가 하는 말은 어디서 보고 외운 것이 아니라 스스로 만들어 낸 이야기다. 아마 다양한 독서를 했을 것이고 경험도 풍부할 것이다. 자기 철학이 튼실해 보이니 이야기를 걸어보고 싶은 매력이 있다.

결혼정보 회사의 평가로는 최고등급일 것 같은 첫 번째 사람이 미진한 느낌을 주는 이유는 무엇일까. 아마 그는 문학에 대한 이해나 예술에 대한 감각이 닫혀 있을 것 같다. 자기 철학에 근거하기보다 다른 이들의 평가에 좌우되는 사람일지도 모른다.

물론 자신이 원하는 일에 필요한 능력을 키우고 인정을 받는 것은 의미 있는 성과이다. 그런데 자기 안에 들여놓을 수 있는 중요한 요소들 중에 일부만 강화되어 균형이 무너진 사람은 그 매력이 반감된다.

공자는 "그대들은 어찌하여 시경을 읽지 않는가! 시경을 읽으면 감흥을 일으킬 수 있고, 사물을 잘 관찰할 수 있으며, 같은 류와 모일 수 있고 비평할 수 있고, 가깝게는 부모를 섬길 수 있고 멀게는 임금을 섬길 수 있으며 새와 짐승·풀과 나무에 대한 지식을 많이 알 수 있느니라."(양화 9)라고 말했다.

공자는 역시 멋을 아는 사람이다. 정의롭고 도덕적인 사회를 지향하는 철인 공자는 한편으로 문학과 예술을 중시하는 품을 지니고 있었다. 문학이나 예술은 인간의 정서를 상징하고 서술하는 영역이다. 따라서 이에 대한 이해는 사람의 대한 이해와 다름이 없다. 인간의 세상에서 인간의 일을 하는 사람이 인간의 감정과 정서를 이해하지 못하는 것은 결핍을 의미한다.

건강한 사회에서는 길고 짧은 여러 존재가 서로 조화롭게 공존한다. 어느 한쪽만 중요하다고 강조하는 일이 아무렇지 않게 받아들여지는 공간은 아픈 사회이다. 예컨대 삶에서 가장 중요한 것은 돈이니 돈을 잘 벌 수 있는 능력만 있으면 된다는 생각. 사람에겐 역시 인문 정신이 중요하니 투철한 의식만 가질 수 있으면 된다는 생각. 경쟁에서 이기는 사람에게만 조명을 비추면 된다는 생각.

이런 치우친 의견은 기형의 공간을 결과한다. "바탕의 충실함이 외면의 꾸밈보다 좋으면 거칠고, 외면의 꾸밈이 바탕의 충실함에 앞서면 화려하다. 외면의 꾸밈과 바탕의 충실함이 잘 어울린 다음에야 군자가 될 수 있다."(옹야 16)는 말은 개인과 사회가 지향해야 할 방향을 알려준다.

정신과 문화를 추구하는 속성도 물질과 욕망을 추구하는 속성도 모두 인간의 것이다. 그러기에 그 속성들을 만족시키기 위한 사람의 관심과 노력은 당연한 일이다. 다만 무엇이 더 중요한 속성인가를 가리는 눈. 양자의 접점을 찾기 위한 개인의 지향. 이것이 그 사람의 개성과 그 삶의 질을 구성한다. 심심한 사람도 재미없고 무능한 이도 한심하다. 그런데 매력 있는 인간이 되기 위한 길은 쉽게 열리지 않는다. 세상의 좋은 것 중에 거저 주어지는 일은 없다.

---------------------------------- 원문 ----------------------------------

【양화 9】

子曰 小子何莫學夫詩 詩 可以興 可以觀 可以群
可以怨 邇之事父 遠之事君 多識於鳥獸草木之名
공자가 말했다.

"그대들은 어찌하여 시경을 읽지 않는가! 시경을 읽으면 감흥을 일으킬 수 있고, 사물을 잘 관찰할 수 있으며, 같은 류와 모일 수 있고 비평할 수 있고, 가깝게는 부모를 섬길 수 있고 멀게는 임금을 섬길 수 있으며, 새와 짐승·풀과 나무에 대한 지식을 많이 알 수 있느니라."

【옹야 16】

子曰 質勝文則野 文勝質則史 文質彬彬然後君子

공자가 말했다.

"바탕의 충실함이 외면의 꾸밈보다 좋으면 거칠고, 외면의 꾸밈이 바탕의 충실함에 앞서면 화려하다. 외면의 꾸밈과 바탕의 충실함이 잘 어울린 다음에야 군자가 될 수 있다."

흄 　　　내 삶의
　　　　　우선순위

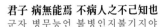

君子 病無能焉 不病人之不己知也
군자 병무능언 불병인지불기지야

군자는 자신이 무능한 것을 걱정하지 남들이 자기를 알아주지 않을 것
을 걱정하지는 않는다.
_위령공 18

　뒷담화로 의기투합하면 서먹했던 자리가 순식간에 뜨겁게 달아오
르면서 빠른 속도로 화기애애해진다. 사람에게는 타인의 실수와 잘
못을 찾아내고 지적하는 것을 즐기는 습성이 있다는 심리학자들의
분석도 있다. 반면 자신의 잘못에 대해서는 쉽게 인정하길 꺼린다. 심
지어 틀린 것도 옳다고 주장하려 한다. 자신을 객관화시키지 못하는
데다 자신감도 결핍된 처지를 반영한다.
　이런 보통 사람의 경우와 비교해 보면 "군자는 자신이 무능한 것을
걱정하지 남들이 자기를 알아주지 않을 것을 걱정하지는 않는다."(위
령공 18)는 태도의 내공을 짐작할 수 있다. 문제는 내가 누구인지를 스

스로 자각하는 일이다. 거짓된 포장으로 만들어 낸 가짜가 아닌 솔직한 내 모습의 발견이다. 이것은 자신의 정체성을 찾는 일이기도 하다. 남들의 시선을 중요하게 여겨서 그에 맞게 자신을 꾸미려는 낮은 수준의 선택을 거부하는 당당함이다. 내 스스로가 인정할 수 있는 나로 성장하는 것이 우선이라는 뜻이다.

그렇다면 오늘의 나는 어느 쪽인가. 하나, 애플의 신상품이 풀리는 날이면 우산을 들어야 하는 날씨여도 기어코 줄을 선다. 스타 셰프의 레스토랑에 예약을 한다. 다른 사람 다 가는 해외연수니 나도 다녀와야 한다. 패션의 완성이라는 백과 구두의 '상표'를 사기 위해 무리한 지출을 감행한다. 전공은 취업에 유리한 쪽으로 선택하는 것이 진리다. 배우자 선택은 상대의 연봉과 밀접한 관련이 있다.

둘, 나는 어떤 것을 좋아하고, 무엇을 희망하는가. 가치가 있는 삶의 방향은 어느 쪽인가를 스스로 고민한다. 내가 좋아하고 내게 어울리는 아이템으로 나의 패션을 완성한다. 나는 어떤 이와 함께 있을 때 생생히 살아있는 느낌을 받는가. 두 항목 모두 의미 있는 일상의 일들이다. 그런데 그중에는 우선순위가 있을 터이다. 내가 더 중요하다고 여기는 문제는 무엇인가.

공자는 "내면을 돌아보아 거리낄 것이 없다면 무엇을 걱정하고 무엇을 두려워할 것인가"(안연 4)라고 말하며 자신만만한 인격을 말했다. "다른 이가 알아주지 않더라도 평온"(학이 1)할 수 있는 자신감과 "다른 이가 알아주지 않는 것을 걱정하기보다 알려질 거리가 없음을 걱정"(헌문 32)하는 자신에 대한 엄격함을 동반한 인격이다.

여러 방면의 최신 트렌드에 민감히 반응하고 새로운 물건을 소유하는 일은 재미있는 일이다. 그렇게 세련된 이가 어떻게 멋지지 않을 수 있겠는가. 그런데 그런 사람이 멋지지 않을 수도 있다. 만일 그가 단지 세련된 외양만 소유했다면 말이다. 그러니 그의 말을 들어보고 그가 행동하는 것을 보면 이제 그의 매력은 상승할 수도 있지만 반대로 추락할 수도 있는 일이다.

중궁이 인에 대해 묻자 공자는 다음과 같이 말했다. "문을 나가서는 큰 손님 만난 것처럼 하고, 백성을 대할 때에는 큰 제사를 지내듯이 하며, 내가 하고 싶어 하지 않는 일을 다른 이에게 시키지 말아야 한다. 그리하여 나라에서도 원망이 없고 집안에서도 원망이 없도록 하는 것이다."(안연 2) 자기 내면에 '인'이라는 가치를 뿌리로 둔 사람의 면모이다. 이런 사람이면 어느 시대에도 멋있는 사람으로 꼽힐 수 있을 것이다.

.... 원문 ....

【학이 1】

子曰 學而時習之 不亦說乎 有朋自遠方來 不亦樂乎 人不知而不慍 不亦君子乎

공자가 말했다.

"배우고 때에 맞게 익히면 또한 기쁘지 않은가! 벗이 있어서 먼 곳으로부터 오면 또한 즐겁지 않은가! 다른 이가 알아주지 않더라도 평온할 수 있다면 또한 군자가 아니겠는가!"

【안연 2】

仲弓問仁 子曰 出門如見大賓 使民如承大祭 己所不欲 勿施於人 在邦無
怨 在家無怨 仲弓曰 雍雖不敏 請事斯語矣

중궁이 인에 대해 묻자 공자가 말했다.

"문을 나가서는 큰 손님 만난 것처럼 하고, 백성을 대할 때에는 큰 제사를
지내듯이 하며, 내가 하고 싶어 하지 않는 일을 다른 이에게 시키지 말아
야 한다. 그리하여 나라에서도 원망이 없고 집안에서도 원망이 없도록 하
는 것이다."

중궁이 말했다.

"제가 비록 슬기롭지 못하지만 이 말씀을 받들겠습니다."

【안연 4】

司馬牛問君子 子曰 君子不憂不懼 曰 不憂不懼 斯謂之君子矣乎 子曰 內
省不疚 夫何憂何懼

사마우가 군자에 대해 묻자 공자가 말했다.

"군자는 걱정이 없고 두려움도 없다."

사마우가 "걱정이 없고 두려움도 없으면 군자라 할 수 있는 것입니까?" 하
니 공자가 말했다.

"내면을 돌아보아 거리낄 것이 없다면 무엇을 걱정하고 무엇을 두려워할
것인가?"

【헌문 32】

子曰 不患人之不己知 患其不能也

공자가 말했다.

"다른 사람이 나를 알아주지 않는 것을 걱정하지 말고 알려질 것이 없는
것을 걱정하라."

【위령공 18】

子曰 君子 病無能焉 不病人之不己知也

공자가 말했다.

"군자는 자신이 무능한 것을 걱정하지 남들이 자기를 알아주지 않을 것을
걱정하지는 않는다."

怒　　　실수
　　　대처법

視思明 聽思聰 色思溫 貌思恭 言思忠
시사명 청사총 색사온 모사공 언사충
事思敬 疑思問 忿思難 見得思義
사사경 의사문 분사난 견득사의

보는 것은 밝을 것을 생각하고, 듣는 것은 슬기로울 것을 생각하며, 얼굴빛은 따뜻하게 할 것을 생각하고, 모습은 공손할 것을 생각하며, 말은 진심을 다할 것을 생각하고, 일을 할 때에는 공경할 것을 생각하며, 의문이 있을 때에는 질문할 것을 생각하고, 분노가 일면 어려워질 것을 생각하며, 얻을 것이 보이면 올바른 것인지를 생각한다.

_계씨 10

　거울 없이 전체 모습을 볼 수 없는 유일한 대상이 자신이다. 나는 평생 내 뒤통수를 내 눈으로 볼 수 없다. 그래서인지 자기 잘못을 똑바로 보는 것도 매우 어렵다. 분명 부정적인 결과를 초래했으나 내가 그렇게 할 수밖에 없었던 이유는 얼마든지 나열할 수 있다.

　공자는 자기 잘못을 부정하는 태도가 성장을 저해한다고 했다. 그는 잘못하지 말라고 말하지 않았다. 사람은 누구나 잘못할 수 있고 처음 생각과 다른 길로 갈 수도 있다. 그러니 잘못을 인정하고 방향을 바꿀 수 있으면 된다고 했다. "잘못이 있다면 고치는 것을 꺼리지 말라"(자한 24)라는 말이 그런 뜻이다.

자신의 잘못을 스스로 인정하고 고치는 과정으로 빨리 진입하는 것은 용기 있는 행동이고 성장 동력이다. 머리로는 이런 자세가 이치에 맞는 행동이라는 것을 잘 알고 있다. 그러나 많은 경우 속으로 갈등하다 눈치껏 일단 잘못을 덮어 놓고 지나가는 쪽을 선택한다. 당장은 아무 일 없이 잘 넘어가는 것 같은 때도 있다. 그러나 풀지 않은 매듭은 매듭으로 남아 있다가 언젠가는 불거지게 마련이다. 한참 뒤에 그 매듭을 푸는 일은 애초에 잘못을 바로잡는 것보다 훨씬 어렵다.

요즘 좋은 평가를 받는 리더들은 대체로 적절한 타이밍을 놓치지 않고 과감하게 의사결정을 한다. 그러니 심사숙고를 이유로 좋은 시기를 놓치는 확률이 낮아진다. 여기에는 자신의 의사결정이 완벽할 수 없다는 점이 전제되어 있다. 그렇기 때문에 자신의 결정이 잘못된 것으로 밝혀지면 곧바로 인정하고 다른 대안을 모색하는 유연함을 보여준다.

자신의 성장을 위한 첫 번째 행동은 자신이 잘할 수 있는 일을 찾아내는 것이다. 자기 단점을 제대로 파악하고 그것을 개선해 가는 것은 그다음으로 필요한 일이다. 실수를 인정하고 고치는 일이 중요하지만 사전에 실수나 단점을 줄여보는 것이 더 효율적인 방법이다. 이를 위해 공자가 제안한 아홉 가지 항목을 염두에 두면 좋겠다.

"군자는 아홉 가지를 생각함이 있어야 한다. 보는 것은 밝을 것을 생각하고, 듣는 것은 슬기로울 것을 생각하며, 얼굴빛은 따뜻하게 할 것을 생각하고, 모습은 공손할 것을 생각하며, 말은 진심을 다할 것을 생각하고, 일을 할 때에는 공경할 것을 생각하며, 의문이 있을 때에는 질문할 것을 생각하고, 분노가 일면 어려워질 것을 생각하며, 얻을 것이 보이면 올바른 것인지를 생각한다."(계씨 10)

예컨대 화가 날 만한 일이라면 화를 내는 것이 맞다. 그런데 그 분노 표출이 과하게 되면 제삼의 문제가 다시 발생할 수 있다. 그러니 적절한 선에서 감정을 조절하는 것이 관건이다. 과도한 감정 표출로 상황을 악화시키는 황망한 경험은 예상 못할 일이 아니다.

아홉 가지 목록을 내면화하면 단점을 고치는 틀이 되어 줄 것이다. 이렇게 의식적으로 실수를 줄이기 위한 장치를 마련하는 것은 좋은 역량은 키우고 나쁜 속성을 걸러내는 지혜이다. 그럼에도 불구하고 실수와 실패의 길은 늘 열려있다. 이런 경우에는 용기 내어 잘못을 인정하는 것이 정답이다.

공자는 "기세 좋게 행동하면서 정직하지 못하고, 어리석으면서 성실하지 못하며, 능력이 없으면서 신뢰도 없으면 내가 어찌해야 할지 모르겠다"(태백 16)라고 했다. 폼생폼사로 겉모양 꾸미는 것을 즐기는 사람의 습성은 자칫 위험할 수 있다. 정직함·성실함·신뢰 같은 가치가 내면에 있어서 그로부터 우러나온 멋이어야 진짜다. 이것 없이 겉폼만 잡는다면 그 실질이 드러나는 것은 시간문제이다.

【자한 24】

子曰 主忠信 無友不如己者 過則勿憚改

공자가 말했다. "충과 신을 중점으로 실천하고, 나만 못한 이를 벗으로 하지 말며, 잘못이 있다면 고치는 것을 꺼리지 말라."

【태백 16】

子曰 狂而不直 侗而不愿 悾悾而不信 吾不知之矣

공자가 말했다. "기세 좋게 행동하면서 정직하지 못하고, 어리석으면서 성실하지 못하며, 능력이 없으면서 신뢰도 없으면 내가 어찌해야 할지 모르겠다."

【계씨 10】

孔子曰 君子 有九思 視思明 聽思聰 色思溫 貌思恭 言思忠 事思敬 疑思問 忿思難 見得思義

공자가 말했다. "군자는 아홉 가지를 생각함이 있어야 한다. 보는 것은 밝을 것을 생각하고, 듣는 것은 슬기로울 것을 생각하며, 얼굴빛은 따뜻하게 할 것을 생각하고, 모습은 공손할 것을 생각하며, 말은 진심을 다할 것을 생각하고, 일을 할 때에는 공경할 것을 생각하며, 의문이 있을 때에는 질문할 것을 생각하고, 분노가 일면 어려워질 것을 생각하며, 얻을 것이 보이면 올바른 것인지를 생각한다."

怒 오늘보다
나아질 내일

知之爲知之 不知爲不知 是知也
지 지 위 지 지 부 지 위 부 지 시 지 야

아는 것을 안다고 하고 모르는 것을 모른다고 하는 것, 이것이 앎이다.
_위정 17

공자는 아는 것에 대해 다음처럼 간명하게 설명했다.

"아는 것을 안다고 하고 모르는 것을 모른다고 하는 것, 이것이 앎이다."(위정 17)

그러니까 안다는 것은 무엇을 알고 무엇은 알지 못하는가에 대한 자기 한계를 분명히 인지하는 것이다.

한 사람이 해낼 수 있는 역량은 극히 제한적이다. 생각보다 할 수 있고 알 수 있는 범위가 크지 않다. 지금은 인터넷 검색을 통해 찾아낼 수 있는 정보가 풍요로워진 세상이라 이전 시대의 사람들에 비해 정보의 활용 범위가 커진 것은 맞다. 그러나 그 많은 정보들은 유용한 도구일 뿐이다. 그것이 모두 자기 지식은 아니다.

할 수 없다고 말했으면 좋았을 일을 떠안고 끙끙대는 일은 현명하지 않다. 자신이 제대로 할 수 없는 일을 맡아서 얼렁뚱땅 두루뭉술하게 해치우면 결국 건물이 무너지는 것과 같은 위험을 초래할 수 있다. 그 일을 감당하기로 했으면 그 일에 맞는 내용을 채울 수 있어야 한다. 공자는 어떤 사람이 중요한 의례인 '체제사'에 대해 질문하자 다음과 같이 답했다.

"잘 알지 못합니다. 그것을 설명할 수 있는 사람은 세상을 대함에 있어서 이것을 바라보는 것과 같을 것입니다. 하면서 손바닥을 가리켰다."(팔일 11)

그런데 공자가 체제사를 모른다고 한 데에는 속뜻이 있다. 물론 매우 낮은 확률로 공자가 정말 체제사의 내용과 의미를 몰랐기 때문에 그렇게 말했을 수도 있다. 그러나 그럴 가능성은 적다. 공자는 당시 누구보다 의례에 관한 지식이 많았던 사람이기 때문이다. 따라서 공자의 말에 담긴 속뜻은 나라의 중요한 의식을 책임지는 사람들이 그 자리에 합당한 능력을 갖추고 있는지 돌아보아야 한다는 것이다.

나아가 나라의 중요한 임무를 맡은 이들이 자기가 해야 할 일의 내용과 의의를 이해하지 못하고 겉으로 하는 척만 하고 있는 안타까운 현실을 지적한 것이다. 이런 공자의 속뜻에 고개가 끄덕여지는 것을 보면 오늘도 공자의 시대와 유사한 문제를 안고 있는 것 같다.

예컨대 공직의 물망에 오른 이들이 청문회를 통해 자격미달로 밝혀져서 낙마하는 사례를 많이 보았다. 깜냥이 안 되는 이가 운 좋게 청문회를 통과하여 중책을 맡는 경우도 있다. 그가 요행으로 고위 공직에 올랐으나 부족한 역량으로 중책을 감당할 수는 없다. 부족함을 알고도 자리를 지킨다면 내내 가시방석에 앉아 있는 꼴이다. 하는 일마다 수준 미달인데도 자신만 그런 사실을 모른다면 더더욱 서글픈 일이다. 더구나 그 피해가 대중에게 돌아올 테니 보통 문제가 아니다.

공직만 문제가 아니다. 자신의 몸에 맞는 옷을 입어야 하듯 누구든 자신이 감당할 수 있는 일을 맡아야 한다. 그러니 때로는 "할 수 없어요."라고 분명하게 말할 수 있는 용기가 필요하다. 다만 지금 할 수 없다고 한 일이 자신의 업무에서 반드시 필요한 역량이라면 노력해서 확보하도록 해야 한다.

반드시 갖추어야 할 능력을 갖추는 데에 중점을 두기보다 어떻게 해서라도 취직만 하면 된다고 생각하는 것은 최악이다. 그렇다고 아직 젊은이가 완벽한 역량을 갖추고 있기는 어렵다. 당장은 미진한 상태이나 노력해서 수준을 올리려는 의지를 가졌다면 이것이 최선이다. 자격 미달을 감추고 욕심을 앞세워 해서는 안 될 일을 맡는다면 자신은 물론이고 많은 사람을 불행하게 할 수도 있다.

--------------------------------- 원문 ---------------------------------

【위정 17】

子曰 由 誨女知之乎 知之爲知之 不知爲不知 是知也

공자가 말했다.

"유야 내가 너에게 앎에 대해서 알려주겠다. 아는 것을 안다고 하고 모르는 것을 모른다고 하는 것, 이것이 앎이다."

【팔일 11】

或問 禘之說 子曰 不知也 知其說者之於天下也 其如示諸斯乎 指其掌

어떤 이가 체제사를 설명해 줄 수 있는지를 묻자 공자가 말했다.

"알지 못한다. 그것을 설명할 수 있는 사람은 세상을 대함에 있어서 이것
을 바라보는 것과 같을 것이다. 하면서 손바닥을 가리켰다."

怒 　　내 안에
　　　세상의 원리 있다

君子博學於文 約之以禮
군자박학어문 약지이례

亦可以不畔矣夫
역가이불반의부

군자가 널리 글을 배우고 예로써 요약할 수 있다면 역시 잘못되지 않을
수 있을 것이다.

_옹야 25

　어느 지역의 아파트를 소유했는가. 연봉은 상위 몇 %에 해당되는
가. 이런 것이 사람의 가치를 결정한다고 선전하는 이들이 있다. 거주
하는 집이 그 사람의 인격과 비례한다고 말하는 광고 카피도 보통으
로 유통된다. 이런 맥락에서 최신의 스마트폰이나 한정 수량의 명품
을 갖는 것으로 자존감이 지켜진다고 확신하는 이도 있다.

　좋은 물건을 가진 것만으로 자랑스러워하는 것과 그런 물건들을
소유하지 못했기 때문에 위축되고 의기소침해지는 것은 본질적으로
같은 증상이다. 물건은 하루가 다르게 새로운 상품으로 진화하며 시

장에 나온다. 오늘은 가졌지만 내일은 갖지 못할 수 있다. 그러니 물건의 소유로 자신의 가치를 내세우려는 것은 무모한 시도이다. 그럼에도 불구하고 부지불식간에 그런 무모한 길에 서 있는 자신을 발견하곤 한다.

자존감이란 스스로를 가치 있는 존재로 여기며 존중하고 사랑하는 마음이다. 이는 자기 한계와 단점을 인정하고 그것을 개선하려는 의지를 지닌다는 면에서 자만심과 구별된다. 그러면 어떤 점에 근거하여 스스로를 가치 있는 존재라 여길 수 있는가? 앞에서처럼 물질적 조건은 그 해답이 될 수 없다.

『중용』 첫 장에는 "천명을 일러 본성이라 하고, 본성을 따르는 것을 도라 하며, 도를 연마하는 것을 교육이라 한다."(1장)라는 말이 나온다. 천명(天命)은 '우주의 원리'이다. 그러니 나의 본성이 곧 우주의 원리라는 말이다. 사람을 작은 우주라고 표현하는 방식은 이런 사유에서 나왔다. 세상의 원리를 탑재한 존재라는 선언보다 자존감을 높여주는 생각이 또 있겠는가.

천명 또는 본성과 같은 개념이 '인(仁)'이다. 세상의 원리인 사랑의 마음은 선천적이며 보편적으로 사람들 안에 들어 있다. 그러나 예상하듯 이런 본성이 거저 현실화되지는 않는다. 본성은 씨앗처럼 내 안에 들어있다. 이는 잘 가꾸는 노력이 있어야 그 결실이 현실에서 발현될 수 있다.

"널리 글을 배우고 예로써 요약할 수 있다면 역시 잘못되지 않을 수 있을 것"(옹야 25)이라는 말처럼 폭넓은 학습과 그것을 요약해서 이해하는 훈련이 요구된다. 『중용』 제20장에는 이 훈련에 관한 보다 자세한 설명이 나온다. "배우지 않음이 있을지언정 배웠다 하면 모르는 것을 그냥 두지 않고, 묻지 않을지언정 물었다 하면 이해 못한 것을 그대로 두지 않으며, 생각하지 않을지언정 생각했다 하면 얻지 못한 것을 그냥 두지 않고, 분별하지 않을지언정 분별했다 하면 분명하지 않은 것을 그대로 두지 않으며, 행동하지 않을지언정 행동했다 하면 독실하지 못한 것을 그대로 두지 않는다. 다른 사람이 한 번에 가능하면 나는 백 번을 하고 다른 이가 열 번에 가능했다면 나는 천 번을 한다."(20장)

지치지 않고 실천할 수 있다면 다소 모자란 사람이라도 반드시 밝아지고 유약한 이라도 반드시 강인해질 것이라고 했다. 중용은 기울어지지 않고 어디에 의지하지도 않는 공평한 지점이다. 이것을 취할 수 있는 이는 최상의 인격이다. 나 역시 이런 최상의 인격이 될 수 있는 씨앗을 가지고 있다. 한정판 명품백으로 몇 개월 뿌듯하고 말 수준과 비할 수 없는 지점이다. 내 안에는 세상의 원리가 있다. 잘하면 평생 뿌듯할 수 있는 자산이다.

그러므로 현재의 내가 다소 보잘것없는 상태에 머물더라도 좌절할 이유가 없다. 중요한 것은 어제보다 나은 방향으로 나아가려는 시도이다. 잠시 다른 길로 빠질 수도 있다. 다시 복원하면 된다. 그렇게 조금씩 나아가면 된다. 이런 과정 자체로 내 삶은 충만해질 수 있다.

【옹야 25】

子曰 君子博學於文 約之以禮 亦可以不畔矣夫

공자가 말했다.

"군자가 널리 글을 배우고 예로써 요약할 수 있다면 역시 잘못되지 않을

수 있을 것이다."

怒   적절한
            타이밍

誦詩三百 授之以政 不達 使於四方 不能專對 雖多 亦奚以爲
송시삼백 수지이정 부달 사어사방 불능전대 수다 역해이위

『시경』 삼백여 편의 시를 다 외운다 해도 정치를 맡겼을 때 제대로 해
내지 못하고, 사방에 사신으로 가서 독자적으로 대처하지 못한다면 비
록 많이 안다고 해도 무슨 소용이 있겠는가?

_자로 5

    수영을 하려면 미리 몸을 풀어주는 스트레칭이 기본이고 현악기를
연주하기 전에는 튜닝(Tuning)이 필요하다. 맛있는 요리를 위해서는
좋은 재료를 선택해서 잘 갈무리하는 사전 작업이 필수다. 사안에 따
라 길고 짧은 차이가 있으나 어떤 아름다운 일도 준비 없이 이루어지
지 않는다.

    『논어』의 첫 문장은 "배우고 때에 맞게 익히면 또한 기쁘지 않은
가! 벗이 있어서 먼 곳으로부터 오면 또한 즐겁지 않은가! 다른 이가
알아주지 않더라도 평온할 수 있다면 또한 군자가 아니겠는가!"(학이

1)이다. 『논어』를 읽지 않은 이들도 익히 들어 보았을 문장이다. 이 문장에는 공자의 뜻이 응축되어 있다.

그중의 첫 구절 "배우고 때에 맞게 익히면 또한 기쁘지 않은가!"는 이 문장을 대표하는 말이다. 내가 알고 있던 바를 적재적소에 적용했을 때의 쾌감은 경험해 본 사람만 안다. 머리를 물에 담그면 몸이 물에 뜬다는 지식은 누구나 알 수 있다. 그런데 이런 지식만 가진 이와 실제로 수영장에서 몸이 물에 뜨는 체험을 해 본 사람은 앎의 깊이가 다르다. 직접 체험으로 검증된 지식은 수준이 높을 뿐 아니라 그 지식을 장악하게 된 순간의 기쁨을 덤으로 얻는다.

"때에 맞게 익히는 것"은 공부한 것을 자기 몸에 익혀서 현실에 적용하는 과정을 가리킨다. 현실은 끊임없는 변화의 과정 속에 있다. 현실의 어떤 존재도 어느 상황도 어제 그대로 머물지 않는다. 시간은 지속적으로 흘러가고 그 안에서 각종의 변화가 발생한다. 이러한 이론을 담고 있는 책이 『주역』이다. 이 책의 주제인 변화론은 그대로 공자의 세계관이다.

이런 변화의 관점에서 시간은 매우 중요한 개념이다. 시간을 강조한다는 것은 변화를 고려해야 한다는 말과 통한다. 그러니 어제의 답이 오늘에도 정답일 수는 없고, 오늘 적합하다고 믿었던 방식이 내일도 그럴지는 모를 일이다. '습(習)' 자는 깃우(羽) 자 아래 날일(日) 자가 있는 모양이다. 알에서 깨어난 아기 새가 하루하루 날갯짓을 익혀 간다는 의미가 담겼다.

아기 새는 어미 새의 보호 아래 서툰 걸음과 낙법을 배운다. 하루하루 낙오하지 않고 그 배움의 과정을 버텨내야 드디어 비행할 수 있는 새로 거듭난다. 송골매의 눈부신 비행의 이면에는 그런 유치하고 치열한 준비의 과정이 들어 있다. 따라서 '습'은 매일의 연습을 통해 자기 몸에 익히는 과정이다. 어떤 일을 제대로 수행하기 위해서는 익숙해지는 과정이 반드시 필요하다. 그래서 갑작스럽게 "교육하지 않은 백성을 전쟁으로 내모는 것을 일러서 '버리는 것'이라 한다."(자로 30)고 말했다.

'시습'은 시간과 상황을 고려하여 적절한 학습을 하고 그것을 몸에 익숙해지도록 훈련하는 과정이다. 구슬이 서 말이라도 꿰어야 보배가 된다. 좋은 자료를 많이 가지고 있더라도 그것을 제때 활용할 수 없으면 무용지물이다. 그래서 "『시경』삼백여 편의 시를 다 외운다 해도 정사를 맡겼을 때 제대로 해 내지 못하고, 사방에 사신으로 가서 독자적으로 대처하지 못한다면 비록 많이 안다고 해도 무슨 소용이 있겠는가?"(자로 5)라고 한 것이다. 몸에 익히지 않은 지식으로는 현실의 난제를 풀어갈 수 없다는 말이다. 아무리 좋은 글이라도 글자의 뜻을 풀이하는 것에서 그치면 살아있는 의미를 찾을 수 없다는 말이기도 하다.

오늘처럼 수많은 정보를 손쉽게 찾을 수 있는 세상에서 지식의 결핍은 큰 문제가 아니다. 문제는 확보한 지식을 제때 적절히 활용할 수 있는가이다. 그리하여 오늘은 '시습'의 의미를 새기기에 더없이 좋은 때이다.

【학이 1】

子曰 學而時習之 不亦說乎 有朋自遠方來 不亦樂乎 人不知而不慍 不亦
君子乎

공자가 말했다.

"배우고 때에 맞게 익히면 또한 기쁘지 않은가! 벗이 있어서 먼 곳으로부
터 오면 또한 즐겁지 않은가! 나른 이가 알아주지 않더라도 평온할 수 있
다면 또한 군자가 아니겠는가!"

【자로 30】

子曰 以不敎民戰 是謂棄之

공자가 말했다.

"교육하지 않은 백성을 전쟁으로 내모는 것을 일러서 '버리는 것'이라 한다."

【자로 5】

子曰 誦詩三百 授之以政 不達 使於四方 不能專對 雖多 亦奚以爲

공자가 말했다.

"『시경』 삼백여 편의 시를 다 외운다 해도 정사를 맡겼을 때 제대로 해 내
지 못하고, 사방에 사신으로 가서 독자적으로 대처하지 못한다면 비록 많
이 안다고 해도 무슨 소용이 있겠는가?"

哀　　　　스스로
　　　　　헤쳐 나갈 힘

好仁不好學 其蔽也 愚 好知不好學 其蔽也 蕩 好信不好學 其蔽也 賊
호인불호학 기폐야 우 호지불호학 기폐야 탕 호신불호학 기폐야 적
好直不好學 其蔽也 絞 好勇不好學 其蔽也 亂 好剛不好學 其蔽也 狂
호직불호학 기폐야 교 호용불호학 기폐야 난 호강불호학 기폐야 광

인을 좋아하는데 배우기를 좋아하지 않으면 그 폐단은 어리석음이고,
지혜를 좋아하는데 배우기를 좋아하지 않으면 그 폐단이 방탕함이며,
믿음을 좋아하면서 배우기를 좋아하지 않으면 그 폐단은 해치는 것이
고, 정직함을 좋아하나 배우기를 좋아하지 않으면 그 폐단은 숨 막히게
되는 것이며, 용기를 좋아하나 배우기를 좋아하지 않으면 그 폐단은 혼
란해지는 것이고, 강함을 좋아하나 배우기를 좋아하지 않으면 그 폐단
이 사나워지는 것이다.
_양화 8

　이제 더 이상 개천에서 용이 나는 시대가 아니다. 부모의 학력이 높
고 재력이 탄탄할수록 그 2세가 좋은 대학에 입학할 확률이 높아진
다. 이는 민주주의 사회의 제1요건인 기회균등의 원칙에 반하는 현상

이다. 그러나 여기서 교육의 기회균등을 정의한 헌법 제31조 1항과 교육기본법 제4조 1항을 들먹이며 위헌적 현실을 밝히고 싶지는 않다.

그보다는 나를 돌아보는 것부터 시작하는 편이 좋을 것 같다. 많은 이들이 오늘의 교육현실에 문제가 많다는 것을 알고 있다. 공교육이 제자리를 잡아야 한다는 데에도 동의한다. 교육 혜택의 사각지대에 놓인 학생에게 사회적 관심을 기울여야 한다는 생각도 한다. 논리적인 토론의 장에서는 이런 합리적 판단이 가능하다.

그런데 자기 자식의 문제로 돌아가면 논리적이고 합리적인 공론의 장과 결별한다. 자식의 불이익을 두고 볼 수 없으니 대세를 따를 수밖에 없다고 항변한다. 지금과 같은 현실에서 자신만 정도를 걷는다는 것은 불이익을 감수해야 하지 않겠느냐고 말한다. 게다가 그 불이익은 자신이 당하는 것이 아니라 자식이 감당해야 하니 더욱 피할 수밖에 없다는 결론을 내세운다. 이런 개인의 의식을 비판만 할 수는 없다.

그런데 문제를 단순하게 보면 거기 해답이 있다. 내 아이가 행복하게 잘 살 수 있는 환경은 어떤 모습인가. 끝없는 경쟁의 마인드를 강화하는 쪽인가, 같이 살아가는 방식을 열어주는 쪽인가. 내 아이만 바라보는 닫힌 시각으로 당장 좋은 대학 입학의 가능성을 높일 수는 있다. 그러나 길게 바라보면 이는 타인과 같이 살아야 할 내 아이의 입지를 불안하게 할 것이다.

그래서 타인과의 경쟁보다 자신을 발전시키는 공부에 초점을 두는 방식을 권한다. 이런 방식을 고민할 때 공자와 자로의 다음과 같은 대화를 살펴보면 좋을 것이다. 공자가 "유야 여섯 가지 좋은 말과 여섯 가지 폐단에 대해 들었느냐?"라고 하니, 자로는 "아직 듣지 못했습니다."라고 답했다. 그러니 공자가 열두 가지 항목에 대해 자세히 설명해 주었다. "앉거라, 내 너에게 말해주겠노라. 인을 좋아하는데 배우기를 좋아하지 않으면 그 폐단은 어리석음이고, 지혜를 좋아하는데 배우기를 좋아하지 않으면 그 폐단이 방탕함이며, 믿음을 좋아하면서 배우기를 좋아하지 않으면 그 폐단은 해치는 것이고, 정직함을 좋아하나 배우기를 좋아하지 않으면 그 폐단은 숨 막히게 되는 것이며, 용기를 좋아하나 배우기를 좋아하지 않으면 그 폐단은 어지러워지는 것이고, 강함을 좋아하나 배우기를 좋아하지 않으면 그 폐단이 경솔함이다."(양화 8)

교육의 핵심은 자기계발이어야 한다. 억지로 떠 먹여 준 공부는 정해진 답을 찾는 기술 이외의 활로를 열어주지 못한다. "분발하지 않으면 열어주지 않고, 애쓰지 않으면 말해주지 않으며, 한 귀퉁이를 들어 보였는데 나머지 세 귀퉁이를 알아채지 못한다면 다시 가르쳐주지 않는다."(술이 8)고 했다. 공부에 대한 동력을 스스로 찾아낼 수 있도록 돕는 것이 어른들의 역할이어야 한다. 각성된 부모들이어야 아이가 제대로 성장할 수 있도록 도울 수 있으며 나아가 제도의 변화를 기대할 수 있다.

【술이 8】

子曰 不憤 不啓 不悱 不發 擧一隅 不以三隅反 則不復也

공자가 말했다. "분발하지 않으면 열어주지 않고, 애쓰지 않으면 말해주지 않으며, 한 귀퉁이를 들어 보였는데 나머지 세 귀퉁이를 알아채지 못한다면 다시 가르쳐주지 않는다."

【양화 8】

子曰 由也 女聞六言六蔽矣乎 對曰 未也 居 吾語女 好仁不好學 其蔽也 愚 好知不好學 其蔽也 蕩 好信不好學 其蔽也 賊 好直不好學 其蔽也 絞 好勇不好學 其蔽也 亂 好剛不好學 其蔽也 狂

공자가 말했다. "유야 여섯 가지 좋은 말과 여섯 가지 폐단에 대해 들었느냐?" 자로가 대답했다. "아직 듣지 못했습니다."

"앉거라 내 너에게 말해주겠노라. 인을 좋아하는데 배우기를 좋아하지 않으면 그 폐단은 어리석음이고, 지혜를 좋아하는데 배우기를 좋아하지 않으면 그 폐단이 방탕함이며, 믿음을 좋아하면서 배우기를 좋아하지 않으면 그 폐단은 해치는 것이고, 정직함을 좋아하나 배우기를 좋아하지 않으면 그 폐단은 숨 막히게 되는 것이며, 용기를 좋아하나 배우기를 좋아하지 않으면 그 폐단은 혼란해지는 것이고, 강함을 좋아하나 배우기를 좋아하지 않으면 그 폐단이 사나워지는 것이다."

哀 　삶을 위한 핵심 가치

惠而不費 勞而不怨 欲而不貪 泰而不驕 威而不猛
혜이불비 노이불원 욕이불탐 태이불교 위이불맹

은혜롭지만 허비하지 않고, 수고롭더라도 원망하지 않으며, 하고자 하나 탐하지 않고, 크지만 교만하지 않으며, 위엄이 있어도 사납지 않게 행동해야 한다.

_요왈 2

　공자는 좋은 리더가 되기 위한 다섯 가지 조건을 말해주었다. 그러나 이는 꼭 리더에게만 필요한 조건은 아니다. 모든 사람이 활용하면 좋을 요긴한 가치이다. 예컨대 이 다섯 가지 조건을 자기 삶을 이끄는 핵심 가치로 삼아도 좋을 것이다. 그 다섯 가지는 다음과 같다.

　첫째, 은혜롭게 베풀되 허비하지 않는다.

　이익이 되는 일인가 아닌가로 어떤 일의 가부를 결정하는 심리는 유가 윤리에 위배되지 않는다. 공정한 룰에 따라 자기 이익을 취하는 것은 능력이다. 다만 거짓으로 취한 이익이나 양심을 팔아서 산 이익이라면 문제가 달라진다. 혹 이익 추구의 욕망이 비정상적으로 성장하여 독점욕으로 치닫는 것도 문제 상황이다.

예컨대 돈 봉투를 주고 표를 사려는 후보의 돈을 받는 것. 회사의 기밀을 건넨 대가로 얻은 이익. 골목상권 알 바 없이 내 주머니 불리는 일에 매진하는 대기업의 이윤추구. 이권으로 동의를 사려는 행위. 모두 문제가 되는 불공정한 사례들이다.

이와 달리 많은 이들의 이익을 도모하는 공적 이익의 추구는 상생의 적극적 방안이다. 공자는 이 첫 번째 가치에 대해 "사람들이 이롭다고 생각하는 것을 이롭게 여기는 것"(요왈 2)이라 부연했다.

둘째, 수고롭더라도 원망하지 않는다.

의미가 있고 가치 있다고 여기는 일은 공력이 많이 들어도 기꺼이 할 수 있다. 또 그런 일을 하는 사람이면 자발적으로 도울 수도 있다. 그런데 사전 설명 없이 막무가내로 주어져서 아무 의미도 모르고 해야만 하는 일에 신이 날 수는 없다. 더구나 한 사람의 배를 불리는 일에 착취당하는 일이라면 더더욱 원망만 쌓이고 일의 진척은 더딘 데다 좋은 성과를 기대할 수도 없다. 힘들어도 기꺼이 할 수 있으며 신명도 나는 일이 있다. 반면에 안락한 환경이 갖춰져 있더라도 가치가 없게 여겨져서 쉽게 지치는 일도 있다. 그러니 "수고로울 만한 일을 가려서 수고롭게"(요왈 2)해야 한다고 말했다.

셋째, 하고자 하는 바는 있으나 탐하지 않는다.

사람에게는 착한 본성과 선악 중립의 욕구가 있다. 욕구를 조절하여 적절하게 표출하려는 노력은 착한 본성을 성장시키는 길이다. 욕구는 사람의 삶을 풍성하고 다양하게 발전시키는 동력이다. 그러나 그것의 과다 분출 혹은 왜곡된 표현은 탐욕이 되어 악한 데로 간다. 이를 방지하기 위한 방안은 인이라는 도덕적 가치를 내면에 세우고 그것에 근거하여 행동하는 시스템을 만드는 것이다. "인을 행하고자 하여 이를 행하니 또 무엇을 탐하겠는가?"(요왈 2)라는 말이 그런 조언이다.

넷째, 크지만 교만하지 않다.

사람의 품이 깊고 넓어서 저절로 생긴 권위는 교만함과 다르다. 교만한 것은 자기가 가진 것을 스스로 부풀려서 강조하고 자랑하는 오만함과 통한다. 실상 그런 이가 가졌다고 생각하는 것은 보잘것없는 것이다. 큰 사람은 타인에 대한 배려와 존중을 기본으로 지닌다. 그에 반해 교만한 이는 자기보다 못하다 생각하는 이에게 함부로 하고 힘이 세 보이는 이에게 아첨하는 성향이 있다. 공자는 이 가치에 대해 "많고 적거나 작고 큼에 관계없이 감히 함부로 대함이 없는"(요왈 2) 태도를 말한다고 했다.

다섯째, 위엄이 있으나 사납지 않다.

위엄 있는 이는 존경하며 다가가고 싶은 이다. 사나운 사람은 공포감을 주는 인물로 사람들의 기피 대상이다. 그래서 공자는 "군자가 그 의관을 바르게 하고 그 시선을 높이 두어 사람들이 바라보고 외경하니 이것이 또한 위엄이 있지만 사납지는 않은 것"(요왈 2)이라 설명했다.

이 다섯 가지 조건을 자기 삶의 핵심 가치로 삼았을 때의 효과를 한마디로 정리하기는 어렵다. 그러나 매슬로우(Abraham H. Maslow) 욕구 위계론의 최상위 단계인 '자아실현의 욕구'를 충족하는 길로 이끌어 줄 수 있을 것이라는 예상은 가능하다.

⸺⸺⸺⸺⸺⸺⸺ 원문 ⸺⸺⸺⸺⸺⸺⸺

【요왈 2】

子張 問於孔子曰 何如 斯可以從政矣 子曰 尊五美 屛四惡 斯可以從政矣 子張曰 何謂五美 子曰 君子 惠而不費 勞而不怨 欲而不貪 泰而不驕 威而不猛 子張曰 何謂惠而不費 子曰 因民之所利而利之 斯不亦惠而不費乎 擇可勞而勞之 又誰怨 欲仁而得仁 又焉貪 君子 無衆寡 無小大 無敢慢 斯不亦泰而不驕乎 君子 正其衣冠 尊其瞻視 儼然人望而畏之 斯不亦威而不猛乎

자장이 공자에게 물었다.

"어떻게 해야 정치에 종사할 수 있겠습니까?"

공자가 말했다.

"다섯 가지 아름다운 가치를 높이고 네 가지 악을 물리치면 정치에 종사할 수 있다."

자장이 "무엇을 다섯 가지 아름다운 가치라 합니까?" 하니 공자가 말했다.

"군자는 은혜롭지만 허비하지 않고, 수고롭더라도 원망하지 않으며, 하고자 하나 탐하지 않고, 크지만 교만하지 않으며, 위엄이 있어도 사납지 않게 행동해야 한다."

자장이 말했다.

"무엇을 은혜롭지만 헤프지는 않다고 합니까?"

공자가 말했다.

"사람들이 이롭다고 여기는 것을 이롭다고 생각하니 이것이 또한 은혜롭지만 허비하지 않는다고 하는 것이다. 수고로울 만한 일을 가려서 수고롭게 하니 또 누가 원망하겠는가. 인을 행하고자 하여 인을 얻으니 또 무엇을 탐하겠는가. 군자는 많고 적음, 작고 큼에 관계없이 감히 함부로 대하는 것이 없으니 이것이 또한 크지만 교만하지 않은 것이 아니겠는가. 군자가 그 의관을 바르게 하고 그 시선을 높이 두어 사람들이 바라보고 외경하니 이것이 또한 위엄이 있지만 사납지는 않은 것이 아니겠는가."

哀   슈퍼
          히어로

暴虎馮河 死而無悔者 吾不與也 必也臨事而懼 好謀而成者也
포호풍하 사이무회자 오불여야 필야임사이구 호모이성자야

호랑이를 잡고 황하를 건너다 죽어도 후회가 없는 이와는 함께 하지 않을 것이다. 반드시 일에 임하여 긴장하고 잘 계획하여 이루는 사람과 함께 할 것이니!

_술이 10

    지혜와 재능을 지니고 용맹스러운 태도로 보통 사람들이 하지 못하는 일을 해내는 사람을 영웅이라 한다. 그러니 영웅 하면 먼저 떠오르는 이미지는 그리스 신화의 헤라클레스처럼 괴력을 발휘했던 인물이다. 불가능한 미션을 성공적으로 해낸 사람이다. 보통의 우리들은 풀기 어려운 문제에 직면했을 때 어떤 영웅이 나타나 말끔히 해결해주기를 바라는 헛된 기대를 한다. 영화 〈미션 임파서블(Mission Impossible)〉은 이런 사람들의 정서에 기대서 나온 이야기이다.

    이 영화는 작년에 시리즈의 7편을 개봉했고, 내년(2025) 8편의 개봉을 앞두고 있다. 이 영화의 기본 스토리는 가상의 비밀 정보기관(IMF)의 요원이 도저히 해낼 수 없을 것 같은 임무를 수많은 곡절을 거쳐 결국 성공적으로 완수한다는 것이다. 첫 편부터 주인공을 맡고 있는 톰크루즈의 놀라운 액션 연기는 이 영화의 흥행을 견인하는 주요 요소이다. 그런데 이렇게 단순한 서사로 27년 동안 7편의 에피소드를 만들어 내며 흥행에 성공한 데에는 마침내 성공에 이르는 '슈퍼파워'에 대한 대중의 동경이 한몫했을 것이다.

슈퍼 히어로들은 사람들의 세상에 긍정적 충격을 주고 때론 어려움을 구제하며 사람을 위로한다. 그런데 신화나 영화가 아닌 현실에서의 영웅은 어떤 이일까. 공자는 세상을 변화시킬 큰일을 해낼 수 있는 사람에 대해 다음처럼 말한 바 있다.

"공자가 안연을 가리켜 말했다. '쓰이면 가고 버려지면 조용히 지낼 수 있는 이는 오직 나와 그대 둘만이 가능할 것이다!' 자로가 물었다. '선생님께서 삼군을 통솔하신다면 누구와 함께 하시겠습니까?' 공자가 말했다. '호랑이를 잡고 황하를 건너다 죽어도 후회가 없는 이와는 함께 하지 않을 것이다. 반드시 일에 임하여 긴장하고 잘 계획하여 이루는 사람과 함께 할 것이니!'"(술이 10)

공자가 말하는 영웅은 괴력을 발휘할 수 있는 이를 말하지 않는다. 덕(德)을 갖추고 그것을 제대로 발휘하는 사람이다. 구체적으로는 "쓰이면 가고 버려지면 조용히 지낼 수 있는 이", "일에 임하여 긴장하고 잘 계획하여 이루는 사람"을 꼽았다. 이런 사람은 순리에 따를 수 있는 사람이며 보통 사람의 정서로 이해가 가능한 성격이다. 그렇지만 그처럼 행동하는 것은 말처럼 쉽지 않다. 하루하루의 일상에서 성실하게 행동하고 자신과 주변을 성찰할 수 있어야 가능한 인격이다. 유학의 슈퍼 히어로이다.

이렇게 공자는 보통 사람이 갈 수 있는 길에 목표를 두었다. 다만 그것은 현실의 욕심과 게으름을 이겨내야만 바라볼 수 있는 경지이다. 그러니 묵묵히 연구실의 불빛을 밝히는 학자. 자신도 위험한 상황에 노출되었지만 직분에 최선을 다하여 많은 환자들을 도운 간호사. 이른 새벽 많은 이들의 상쾌한 아침을 위해 도로를 청소하는 환경미화원. 제자들의 성장을 바라는 마음으로 교육의 장에 서는 교사. 열악한 환경에서도 인명을 구하는 것을 천직으로 아는 소방관. 이들이야말로 영웅이 아닌가. 이것이 공자의 뜻과 통하는 결론이다.

세상을 지탱하는 힘은 헤라클레스도 아니고 입으로 떠들기만 하는 정치가도 아니다. 자기가 선 자리에서 자신의 덕을 최대한 펼치는 사람들. 그들은 어제도 그리고 오늘도 우리들 곁에 존재한다. 그들이야말로 세상을 받치는 기둥이다.

---- 원문 ----

【술이 10】

子謂顏淵曰 用之則行 舍之則藏 惟我與爾 有是夫 子路曰 子行三軍則誰與 子曰 暴虎馮河 死而無悔者 吾不與也 必也臨事而懼 好謀而成者也

공자가 안연을 가리켜 말했다.

"쓰이면 가고 버려지면 조용히 지낼 수 있는 이는 오직 나와 그대 둘만이 가능할 것이다!"

자로가 물었다.

"선생님께서 삼군을 통솔하신다면 누구와 함께 하시겠습니까?"

공자가 말했다.

"호랑이를 잡고 황하를 건너다 죽어도 후회가 없는 이와는 함께 하지 않을 것이다. 반드시 일에 임하여 긴장하고 잘 계획하여 이루는 사람과 함께 할 것이니!"

哀   지혜로운
           사랑

愛之 能勿勞乎 忠焉 能勿悔乎
애지 능물노호 충언 능물회호

사랑한다면 수고롭게 하지 않을 수 있겠는가? 진심으로 대한다면 반성
하도록 하지 않을 수 있겠는가?

_헌문 8

　경청은 좋은 리더의 미덕이다. 최고의 리더는 경청에 기초하여 조
직원이 자신의 능력을 최대한 발휘할 수 있도록 코칭을 해 준다. 경청
과 코칭에 능한 리더와 각자의 역량을 잘 발휘할 수 있는 이들이 만들
어 내는 성과는 좋을 수밖에 없다.
　좋은 리더의 자질은 길러질 수 있다. 무엇보다 타인을 이해하는 인
성을 키우는 것이 중요하다. 이를 위해서 어려서부터 집안일을 하게
하라는 주장은 이치에 맞는 말이다. 공부만 잘하면 되니까 성적에 관
련되지 않은 일들은 모두 면하게 해 주는 것은 지혜롭지 못한 양육이
다. 이렇게 성장하여 세상에서 말하는 성공을 했다 해도 이는 모래 위

에 지은 집과 같이 부실하다.

입지가 부실하면 그 삶도 안정적일 수 없다. 어려움에 처했을 때 헤쳐 나갈 힘이 생기겠는가. 그러니 공부하는 것으로 모든 걸 감당하게 하는 것은 근시안적이다. 상위 몇 % 안에 드는 성적을 거둔 대가로 턱없이 많은 것을 허락하는 것도 마찬가지다. 그래서 공자는 "사랑한다면 수고롭게 하지 않을 수 있겠는가? 진심으로 대한다면 반성하도록 하지 않을 수 있겠는가?"(헌문 8)라 했던 것이다.

학업 성적이 중요하긴 하나 그것을 모든 것에 우선하는 잣대로 삼는 것은 아이를 위해 불행한 일이다. 같은 맥락에서 연봉을 유일한 직업 선택의 기준으로 삼는 것 역시 불행한 일이다. 삶을 이루는 요소는 다양한 스펙트럼을 갖고 있다. 그 여러 요소들이 두루 고려되어야 삶의 질도 높아진다.

남들 눈에 못난 얼굴도 부모 눈에는 최고의 미모이다. 자식에 대해 객관적 시각을 갖는 일은 애초에 불가능한 일이다. 자기 자식에게 빠지는 현상은 고금이 다르지 않다. 『대학』에서도 "좋아하지만 그의 나쁜 점을 볼 수 있고, 싫어하나 그의 좋은 점을 알 수 있는 사람은 천하에 드물다."(전8장)고 했다.

그가 살아갈 삶의 장은 집안의 사정과 다르다. 부모가 자식을 대하는 것처럼 무조건 우호적일 수 없다. 업무의 성취가 뛰어나더라도 타인과의 관계가 원만하지 못하고 자기중심적인 사람을 오래도록 참아주지 않는다. 인격에 장애가 있는 사람이 사회생활 장애로 이어지는 일은 자연스러운 맥락이다. 그러니 자기 자식을 객관적으로 바라보고 그 장단점을 제대로 파악하는 일은 자식의 미래를 위해 반드시 필요하다.

그런데 이는 본래 쉽지 않은 문제이므로 마음을 단단히 먹고 접근해야 한다. 제대로 사랑하는 일은 쉬운 일이 아니다. 수영을 제대로 잘하기 위해서는 발차기로부터 시작하는 기본기를 익혀야만 한다. 춤을 잘 추기 위해서는 스트레칭으로 몸을 잘 풀어주고 리듬감을 익히는 과정이 필요하다. 어학을 잘하는 일도 마찬가지다. 하물며 가장 가까운 이를 제대로 키워내는 일이다.

아이의 장단점을 객관적으로 파악해 볼 수 있어야 한다. 그가 좋아하고 잘할 수 있는 것이 무엇인지 이해해 주면 좋을 것이다. 다른 사람과 어울려 잘 살아갈 수 있는 인성을 함께 고민하는 문제도 중요하다. 때로는 매서운 꾸지람이 약이 될 수 있다. 어떤 때는 세상 어디에도 없는 사랑의 마음으로 따뜻하게 안아주어야 한다. 부모의 지혜로운 사랑이 필요하다.

―――――――――――――― 원문 ――――――――――――――

【헌문 8】

子曰 愛之 能勿勞乎 忠焉 能勿誨乎

공자가 말했다.

"사랑한다면 수고롭게 하지 않을 수 있겠는가? 진심으로 대한다면 반성하도록 하지 않을 수 있겠는가."

樂　　　　자기관리
　　　　　공부

其身正 不令而行 其身不正 雖令不從
기신정 불령이행 기신부정 수령부종

자신이 바르면 명령을 하지 않아도 행해질 것이고, 자신이 바르지 않다
면 비록 명령을 한다 해도 사람들이 따르지 않을 것이다
_자로 6

　수기치인(修己治人)은 유학의 공부법이다. 수기는 자기 스스로를
잘 관리하는 공부이다. 치인은 관계 속에서 현명하게 처신하는 공부
이다. 수기의 공부와 치인의 공부는 서로 유기적인 연관을 가진다. 이
런 점에서 수기치인은 현대의 리더십 이론과 닮아있다. 현대 리더십
이론에서 설명하는 셀프 리더십은 자율적 리더십을 가리킨다. 스스
로가 자신의 리더가 되어 스스로 통제하고 행동하는 리더십이다. 유
학으로 설명하면 수기가 여기에 해당한다.

　리더십이란 조직을 이끄는 사람의 능력과 영향력을 말한다. 초기
의 리더십 이론에서는 리더십을 조직의 수장에게 한정하는 개념으로

정의했다. 그러나 오늘의 리더십 이론에서는 조직의 구성원이 모두 리더십을 발휘할 수 있는 존재라 본다. 전체의 대표가 되는 이에게는 그에게 어울리는 리더십이 있고 각 분과의 전문가인 개인에게는 그에 어울리는 리더십이 있다. 조직은 공동의 목표 아래 모든 구성원들이 각자의 위치에서 역량을 발휘함으로써 공동의 성과를 낸다. 수기치인 공부의 목표도 이것과 다르지 않다.

공자는 "자신이 바르면 명령을 하지 않아도 행해질 것이고, 자신이 바르지 않다면 비록 명령을 한다 해도 사람들이 따르지 않을 것"(자로 6)이라 했다. 이는 스스로가 바른 길에 있는 사람이어야 주변에 영향력을 발휘할 수 있다는 의미다. 유력한 자리에 있다고 해서 그 자리가 곧 능력을 만들어 줄 수는 없다.

그래서 현명한 사람을 리더로 발탁하는 일이 무엇보다 중요하다. 그리고 전체의 리더가 된 이는 인력을 발탁하여 적재적소에 배치해야 한다. 인사가 만사라는 말은 예나 지금이나 진리이다. 그런데 조직의 이익보다 자기의 욕심을 채우려는 리더는 현명한 사람을 등용하기보다 자신을 도와줄 수 있는 이를 곁에 두고자 한다. 그래서 잘못 선출된 리더는 그 공동체를 해친다.

『논어』에서 좋은 리더로 평가받는 이들에게는 두 가지 공통점이 있다. 첫째, 수기 공부를 통해 자기 조절 능력을 내재했다. 둘째, 타인의 장점을 잘 파악해서 적재적소에 중용하는 일에 적극적이다. 이런 사람이 유력한 자리에 있으면 그 조직이 질적으로 고양될 가능성이 높아진다. 좋은 리더는 공동체를 살리는 길로 이끈다.

중국 고대의 성왕들이 왕위를 계승하며 조언했던 점도 이와 다르지 않았다. "(무왕이) 도량형을 신중히 정하고 법도를 살피며 없어진 관직을 손질하니 사방의 정치가 제대로 행해졌다. 멸망한 나라는 일으키고 끊어진 세대를 이어주며, 학문과 덕행이 뛰어나면서 숨어있는 인재를 등용하니 천하의 백성들이 마음을 맡겼다. 중요하게 여긴 것은 백성들의 먹을거리와 상례와 제례였다. 너그러우면 대중을 얻고, 믿음이 있으면 백성들이 맡은 일을 잘 해내며, 민첩하면 공을 이루고, 공정하면 기뻐하는 것이다."(요왈 1)

좋은 리더로 성장하는 출발은 내 자신을 반성하고 성찰하는 것이다. 수기 공부로부터 그 역사가 시작된다. 셀프리더십이 제대로 훈련되어야 집단 안에서 지지받는 리더십을 발휘할 수 있다. 이렇게 수기 공부는 치인의 공부로 자연스럽게 연결된다. 개인이 사회에서 살아가는 과정에서 적용하면 좋을 공부가 수기치인이다.

---------------------------------- 원문 ----------------------------------

【자로 6】

子曰 其身正 不令而行 其身不正 雖令不從

공자가 말했다.

"그 몸이 바르면 명령을 하지 않아도 행해질 것이고, 그 몸이 바르지 않다면 비록 명령을 한다 해도 사람들이 따르지 않을 것이다."

【요왈 1】

謹權量 審法度 修廢官 四方之政 行焉　興滅國 繼絶世 擧逸民 天下之民
歸心焉 所重 民食喪祭 寬則得重 信則民任焉 敏則有功 公則說

(무왕이) 도량형을 신중히 정하고 법도를 살피며 없어진 관직을 손질하니
사방의 정치가 제대로 행해졌다. 멸망한 나라는 일으키고, 끊어진 세대를
이어주며, 학문과 덕행이 뛰어나면서 숨어있는 인재를 등용하니 천하의
백성들이 마음을 맡겼다. 중요하게 여긴 것은 백성들의 먹을거리와 상례
와 제례였다.

너그러우면 대중을 얻고, 믿음이 있으면 백성들이 맡은 일을 잘 해내며,
민첩하면 공을 이루고, 공정하면 기뻐하는 것이다.

樂 잘 익어가는
관계

舊無大故則不棄也 無求備於一人
구무대고즉불기야 무구비어일인

오래 사귄 친구를 큰 일이 아니면 버리지 않아야 하고, 한 사람이 다 갖
추기를 원하지 않아야 한다.
_미자 10

　미국 대통령 트럼프 방한 때 만찬에 오른 한우갈비구이가 화제가
된 적이 있다. 정확히는 소스로 사용한 360년 된 씨간장이 외국인들
의 경탄을 불렀다. 미국 역사보다 오래된 소스라는 흥미로운 제목의
기사가 외신을 달궜다. 그보다 이 년 전인 2015년 이탈리아 밀라노에
서 열린 음식 박람회에서는 한국관이 선전을 펼친 바 있다. 지금은
K-푸드에 대한 세계적 관심이 일반적인 일이 되었다. 지금의 붐은 앞
에 든 두 사건이 있었던 무렵부터 시작된 것 같다.
　음식박람회에서는 한국 특유의 발효음식들에 참가자들의 관심이
모아졌다. 많은 사람들이 각종 장을 포함하여 갖가지 채소를 발효시

킨 우리 음식의 매력에 빠졌다. 그들은 "조화와 치유의 음식", "발효의 지혜가 깃든 미래 음식"이라는 찬사를 붙였다. 참가자들은 우리 음식을 오래된 미래의 구체적 사례로 이해했다. 오래전부터 아무렇지도 않게 우리 식탁에 놓였던 익숙한 음식들이 세계적 주목을 받았다니 신기하고 반가웠다.

발효음식은 제철의 재료들을 다양한 방식으로 발효하여 오래 보관하면서 먹을 수 있도록 고안되었다. 게다가 영양소의 파괴도 최소화한 방식이다. 삶의 지혜가 음식에 투영된 모양이나. 그런데 이렇게 오래 잘 발효되어 좋아지는 것이 음식뿐이겠는가.

예컨대 사람과 사람의 관계는 오래 잘 유지될수록 소중한 법이다. 공자는 "벗이 있어 먼 곳으로부터 찾아오니 또한 즐겁지 아니한가."(학이 1)라고 고백한 바 있다. 이 말에는 어려움을 무릅쓰고 찾아가서 만나고 싶은 이가 있다는 뜻이 들어있다. 그를 만나는 일이 어려움을 겪는 수고보다 훨씬 기쁜 일이기 때문이다. 내게도 이런 이가 있는가. 당장 내 머리에 떠오르는 사람이 있다면 이미 성공한 인생이라 할 만하다.

어떤 이와 좋은 관계로 오래도록 함께 하려면 우선 같은 방향을 바라볼 수 있는 사람인가에 대한 확인이 필요하다. 한때의 이해관계로 맺어진 관계가 오래가기는 어렵다. 이해관계로 만난 사람들은 쉽게 달콤한 관계가 될 수 있다. 그러나 상대가 더 이상 이익이 되지 않는다고 판단하면 그 관계는 바로 깨지기 십상이다. 다양한 일들이 벌어졌을 긴 시간을 지혜롭게 건너갈 수 있어야 비로소 좋은 친구로 남는다. 희로애락의 어려운 감정이 끼어들 때마다 갈등이 생길 수 있다. 그 고비를 잘 건너 갈 힘이 있다면 좋은 관계가 유지된다. 이런 시간이 쌓이면 마치 잘 발효된 음식과 같은 사이가 되는 것이다.

이미 내게 그런 사람이 있다면 그와의 좋은 관계를 유지해야 한다. 만일 아직 내게 그런 이가 없다면 서둘러 찾아보면 좋겠다. 유지이든 새로 찾아야 하든 좋은 관계를 맺기 위한 『논어』의 팁 하나를 소개해 둔다. 그것은 "오래 사귄 친구를 큰일이 아니면 버리지 않고, 한 사람이 다 갖추기를 원하지 않아야 한다."(미자 10)는 자세이다.

좋은 친구란 믿어주고 지원해주는 이다. 믿음이 깨지면 그 관계도 갈라지는 법이니 신의를 지키는 것이 중요하다. 믿음과 함께 더 필요한 덕목이 존중이다. 익숙한 관계라 서로 편하게 대할 수 있다면 좋은 일이다. 그러나 편하게 대하는 것과 소홀이 대하는 것은 엄연히 다르다. 편해졌다고 나를 함부로 대하는 이를 계속 친하게 봐 줄 수는 없다. 그러니 오래되어도 존중(공야장 16)해야 한다는 덕목까지 기억하면 더할 나위가 없겠다.

················· 원문 ·················

【학이 1】

子曰 學而時習之 不亦說乎 有朋自遠方來 不亦樂乎 人不知而不慍 不亦
君子乎

공자가 말했다.

"배우고 때에 맞게 익히면 또한 기쁘지 않은가! 벗이 있어서 먼 곳으로부터 오면 또한 즐겁지 않은가! 다른 이가 알아주지 않더라도 평온할 수 있다면 또한 군자가 아니겠는가!"

【미자 10】

周公謂魯公曰 君子不施其親 不使大臣怨乎不以 故舊無大故則不棄也 無求備於一人

주공이 노공에게 말해주었다.

"군자는 자신의 친족을 버리지 않고, 대신들이 임용되지 않아서 원망하도록 하지 않으며, 오래 사귄 친구를 큰일이 아니면 버리지 않아야 하고, 한 사람이 다 갖추기를 원하지 않아야 한다."

樂 　　　용기를
　　　　주는 말

我非生而知之者 好古 敏以求之者也
아비생이지지자 호고 민이구지자야

나는 나면서부터 아는 사람이 아니라 옛것을 좋아하여 민첩하게 연구하는 사람일 뿐이다.
_술이 19

　사람은 세상의 이치를 자기 안에 가지고 있는 존재이다. 그래서 누구나 최고의 인격인 성인이 될 수 있다. 이렇게 유학은 나도 현명한 사람이 될 수 있다는 용기를 준다. 오늘 이처럼 보잘것없고 실수투성이인 나라도 달라질 수 있다고 말해주는 것이 유학이다. 내일은 오늘과 다른 내가 될 수 있으니 오늘을 열심히 살아갈 이유가 생긴다. 그렇지만 그런 작은 기적을 대가 없이 가질 수는 없다.

　공자는 스스로를 표현하여 "나는 나면서부터 아는 사람이 아니라 옛것을 좋아하여 민첩하게 연구하는 사람일 뿐"(술이 19)이라 했다. 자기 기준을 가진 노력형 인간으로 스스로를 평가한 것이다. 노력이란 목적하는 바를 향해 몸과 맘을 다해 애쓰는 것이다. 이는 스스로를 계발해 가는 일에 마음을 둔 이가 택할 수 있는 최선의 선택이다.

자기 삶의 목적이나 목표가 분명한 이의 일상은 남다르다. 찾아가야 할 목적지가 분명하니 그것을 향한 구체적 전략을 세울 수 있다. 혹시 잘못된 길에 들어섰더라도 등대와 같은 자기 삶의 목표가 비추어주는 그 방향으로 선회할 수 있다.

안타깝지만 오늘의 많은 젊은이들은 부모가 만들어 준 삶의 목표를 자기 것으로 여긴다. 꼭 부모가 아니라도 유력한 다른 누군가로부터 주어진 그것을 자기 것인 양 착각하는 경우도 있다. 문제는 타인이 만들어 준 목표는 내 삶의 등대 역할을 충족하기 어렵다는 것이다.

안회는 공자의 제자 중에 가장 뛰어났다고 평가받는 사람이다. 선생님께 배운 인의 가치를 성실하게 공부하고 그것을 실천하는 삶을 살았다. 공자가 안회를 논평한 내용을 보면 제자를 사랑하는 마음은 기본이고 나아가 제자를 존경하는 스승의 진심이 절절하다. 예를 들면, 애공(哀公)이 공자에게 어떤 제자가 뛰어난지를 질문했을 때 공자는 "안회라는 이가 있었는데 배우기를 좋아하여 자신의 노여움을 다른 데로 옮기지 않고, 같은 잘못을 두 번 하지 않았는데 불행히 단명하여 죽고 지금은 없으니 그다음에는 배우기를 좋아한다고 평가할 이를 찾지 못했습니다."(옹야 2)라고 했다.

거의 모든 면에서 겸손한 태도를 보였던 공자이지만 호학(好學)만은 예외였다. 공자에겐 그 누구도 자신만큼 배우기를 좋아하는 이가 없을 것이라는 자부심이 있었다. 그런데 안회만은 자신과 동급임을 인정해 주었다. 공자는 안회의 호학을 설명하면서 "자신의 노여움을 다른 데로 옮기지 않고 같은 잘못을 두 번 하지 않았다"라고 했다.

화가 난 감정을 주변의 누군가를 향해 증폭하여 전달하는 나의 입장에서 볼 때 안회의 경지는 비현실적이다. 그렇지만 나도 그와 비슷하게 나아갈 수 있다고 말해주는 것이 유학이다. 오늘 당장 이루지는 못하더라도 방향만 잃지 않는다면 발전할 수 있다고 했다. 그러니까 공자가 말하는 호학은 지적 성취만이 아니라 배운 내용을 자기 몸으로 실천하는 것까지 아우르는 말이다.

나는 내 스스로 의미 있다고 생각하는 삶의 목표를 가졌는가. 그 삶의 목표를 이루기 위한 다양한 전략을 마련하고 그에 합당한 정보들을 취하고 있는가. 취한 정보들이 생활에 녹아들 수 있도록 실천하는 중인가. 잘못된 선택을 했을 때 그것을 인정하고 정상 궤도로 선회할 수 있는 지혜를 귀하게 여기는가. 내일 더 나아질 나를 기대할 수 있는가.

-------------------------------- 원문 --------------------------------

【술이 19】

子曰 我非生而知之者 好古 敏以求之者也

공자가 말했다.

"나는 나면서부터 아는 사람이 아니라 옛것을 좋아하여 민첩하게 연구하는 사람일 뿐이다."

【옹야 2】

哀公問弟子孰爲好學 孔子對曰 有顔回者 好學 不遷怒 不貳過 不幸短命
死矣 今也則亡 未聞好學者也

애공이 "제자 중에 누가 배우기를 좋아하는 지요?"라고 묻자 공자가 대답
했다.

"안회라는 이가 있었는데 배우기를 좋아하여 자신의 노여움을 다른 데로
옮기지 않고, 같은 잘못을 두 번 하지 않았는데 불행히 단명하여 죽고 지
금은 없으니 그다음에는 배우기를 좋아한다고 평가할 이를 찾지 못했습
니다."

樂　　　이야기꾼의
　　　　자신감

言之不出 恥躬之不逮也
언지불출 치궁지불체야

말을 함부로 하지 않았던 것은 몸이 그 말을 따라가지 못하는 것을 부
끄러워했기 때문이다.
_이인 22

　같은 이야기를 남보다 재미나게 잘 전하는 이가 있다. 반면 어떤 이
는 떠도는 우스개라고 열심히 전하는데 듣는 사람은 전혀 웃기지 않
는 경우도 있다. 이야기를 잘하는 것은 타인과 잘 소통할 수 있는 능
력이다.

　TED(Technology Entertainment Design)에서는 다양한 사람들이 다
양한 주제로 이야기하는 영상을 볼 수 있다. 1984년에 시작된 TED는
전문가 집단의 비공개 국제 컨퍼런스였다. 이 모임을 2001년 미국의
비영리 재단이 주도하면서부터 '널리 퍼져야 할 아이디어'를 모토로
일반에 공개했다. 특히 2006년 이후로는 인터넷을 통해 공개한으로

써 모든 사람이 접근할 수 있게 되었다.

사회 각 영역에서 활동하는 이들이 짧게는 5분에서 길게는 20여 분 동안 다양한 주제로 이야기를 펼친다. 강연자로 나서는 이는 전문가는 물론 일반인까지 각양각색으로 다양하다. 대중은 타인의 구구절절한 경험을 들으며 사회와 사람에 대한 이해를 더할 수 있게 되었다. 이 같은 프로그램은 이야기를 통해 소통하고 공감하는 사람들의 성향을 촉진하고 강화하는 역할을 한다.

그래서 오늘의 시대를 스토리텔링의 시대라고도 부른다. 애플의 창업자인 스티브 잡스(Steve Jobs)의 신제품 출시 프레젠테이션은 그들의 새로운 제품만큼 대중의 이목을 끌었다. 트레이드마크인 검은 니트 상의에 청바지와 운동화 차림으로 친구에게 이야기해 주는 듯한 잡스의 프레젠테이션 영상은 그대로 애플의 이미지였다. 그의 사후에도 신제품 프레젠테이션은 계속되고 있지만 그가 했던 것만큼의 이슈가 되지는 못하는 것 같다.

스토리텔링은 자신이 전달하려는 정보를 쉽게 이해하고 기억하도록 기술적으로 이야기하는 것이 관건이다. 이를 통해 청중들의 정서적 몰입을 유도하고 결국 공감을 이끌어 내려는 행위이다. 그런 점에서 스티브 잡스는 훌륭한 스토리텔러였다. 그를 비롯하여 고금과 동서를 막론하고 훌륭한 이야기꾼으로 꼽히는 사람들의 특징은 '자신의 경험으로부터 이야기함'이다. 스스로의 경험과 고민을 내재하고 제대로 발효된 이야기라야 대중을 설득할 수 있다. 듣는 사람은 저 사람이 입에 발린 말을 외우고 있는지 아니면 '진짜 이야기'를 하고 있는지를 자연스럽게 알아차린다.

본질을 강조하는 유학자들도 잘 전달하는 것의 중요함을 이야기했다. 표현이 뭐 그리 중요하겠느냐는 사람에게 자공이 다음처럼 말했다. "애석하구나! 그대가 군자를 설명함이여! 네 마리의 말이 끄는 수레도 한 치 혀를 따라 잡지 못하는 것이다. 겉모양은 바탕과 같고 바탕은 겉모양과 같은 것이니 범과 표범의 털을 제거한 가죽은 개와 양의 털을 제거한 가죽과 같지 않은가"(안연 8) 각각 다른 문양의 털로 그 동물의 특성을 파악할 수 있듯이 제대로 표현하는 일은 본질을 이해하기 위한 주요 수단이다.

그럼에도 불구하고 말이 앞서는 것을 조심하라고 경계한 이유는 "몸이 그 말을 따라가지 못하는 것을 부끄러워했기 때문"(이인 22)이다. 자신의 경험과 동떨어진 이야기는 화려한 기술로 위장하더라도 타인의 마음에 닿을 수 없다. '말보다 행동'이라는 표현으로 본질의 중요성을 강조했던 것이다.

말은 중요한 소통의 수단이다. 사회생활에서 타인과 잘 소통하는 일은 어떤 일보다 긴요하다. 그러니 공자가 말을 조심하라고 한 것은 말이 그만큼 중요하기 때문이다. 그래서 "말하는 것에 부끄러움이 없다면 실천하기가 어렵다."(헌문 21)고도 했다. 이는 신중하게 책임질 수 있는 말을 하라는 뜻이다.

【이인 22】

子曰 古者言之不出 恥躬之不逮也

공자가 말했다. "옛날에 말을 함부로 하지 않았던 것은 몸이 그 말을 따라 가지 못하는 것을 부끄러워했기 때문이다."

【안연 8】

棘子成曰 君子質而已矣 何以文爲 子貢曰 惜乎 夫子之說君子也 駟不及 舌 文猶質也 質猶文也 虎豹之鞹 猶犬羊之鞹

극자성이 말했다.

"군자는 바탕을 말해야 할 뿐이지 무엇 때문에 겉모양을 꾸미겠는가."

자공이 말했다.

"애석하구나! 그대가 군자를 설명함이여! 네 마리의 말이 끄는 수레도 한 치 혀를 따라잡지 못하는 것이다. 겉모양은 바탕과 같고 바탕은 겉모양과 같은 것이니 범과 표범의 털을 제거한 가죽은 개와 양의 털을 제거한 가죽 과 같지 않은가."

【헌문 21】

子曰 其言之不怍 則爲之也難

공자가 말했다. "말하는 것에 부끄러움이 없다면 실천하기가 어렵다."

朝聞道夕死可矣

아침에 도를 들으면 저녁에 죽어도 좋다.

【이인】

2

不惑
불　혹

: 흔들리지 않는 마음을 지니다

喜 　　　진정성이
　　　　　자산

人之過也 各於其黨 觀過 斯知仁矣
인지과야 각어기당 관과 사지인의

사람의 허물은 각자 자신과 친한 사람에게서 비롯되니 가까운 사람의
잘못을 볼 수 있다면 이는 인을 아는 것이다.
_이인 7

　사람은 아이를 낳고 비로소 부모가 된다. 부모를 미리 연습할 수는
없다. 방금 아이를 낳은 엄마는 생전 처음으로 육아의 현장에 나선다.
분주하게 주변의 지인에게서 필요한 지식을 얻고 인터넷과 육아 관
련 책들을 통해 전문 정보를 수집한다. 월령에 따라 먹여야 할 먹거리
며 예방접종의 시기를 알아두는 것은 기본이다. 시기에 맞게 적절한
교구를 활용하여 아이의 인지발달을 촉진하는 일도 척척 해내야 한
다. 아기 수영이나 아기 요가 교실을 찾아다니며 신체발달도 신경 써
야 할 일이다.
　난감한 일은 내 아이가 자기만의 개성을 지니고 있다는 점이다. 어

디서도 보고 들은 적이 없는 당황스러운 사건은 어느 집이든 불쑥 찾아올 수 있다. 놀랍게도 대부분의 엄마들은 그런 일들을 잘 헤쳐 나간다. 그래서 "마음으로 정성스럽게 구하면 비록 딱 맞지는 못하더라도 크게 벗어나지는 않을 것이니 자식 키우기를 배우고 나서 시집가는 이는 없다."(『대학』 전 9장)는 말은 사실에 부합한다. 엄마가 발휘하는 놀라운 힘의 근거는 그 아이를 사랑하는 마음이다. 그 마음 때문에 여러 힘든 상황을 딛고서 드디어 필요한 해법을 찾아낼 수 있다.

그런데 아이가 자라고 시간이 흐르면서 아이를 향한 사랑이 잘못된 방식으로 표출되기도 한다. 혹 모든 것을 양해하고 받아들이는 것을 사랑으로 착각하여 잘못한 일도 감싸주려고만 한다면 아이를 망치는 길로 갈 수 있다. 공자는 "사람의 허물은 각자 자신과 친한 사람에게서 비롯되니 가까운 사람의 잘못을 볼 수 있다면 이는 인을 아는 것"(이인 7)이라고 했다. 아무래도 가까운 사람과 건강한 관계를 만들어가는 일이 더 어려운 것 같다.

그런데 요사이 인터넷 기사에 심심치 않게 등장하는 아동학대 사례를 보면 말문이 막힌다. 다양한 일들이 있지만 그중에 자기 친자식에 대한 비인간적 행동을 보면 사람과 짐승의 경계가 무너짐을 느낀다. 아니 대부분의 짐승들이 새끼를 살뜰히 돌보는 것을 보면 짐승만도 못한 경우라 해야 한다.

그런데 자식의 성향을 무시하고 엄마가 원하는 길을 강요하는 일 또한 다른 의미의 학대이다. 나의 욕심이 아이를 사랑하는 마음으로 둔갑하지 않도록 잘 조절해야 한다. 엄마의 역할은 아이가 스스로 자신의 길을 찾아가도록 도와주는 것으로 충분하다. 때로는 엄하게 대할 필요도 있다. 물론 그가 좋은 인성의 소유자로 성장하기를 바라는 마음 때문이다. 가까운 사람의 허물을 볼 수 있다면 인을 아는 것이라 했던 공자의 뜻도 이것과 다르지 않을 것이다.

사람은 자기가 좋아하는 사람에게 치우친 마음 때문에 바르게 보아야 할 것을 놓치는 경우가 있다. 그래서 "좋아하면서도 그의 나쁜 면을 알고, 싫어하지만 그의 좋은 점을 알아주기란 세상에 드문 일이다."(『대학』 전 8장)라고 했던 것이다. 좋아하는 이의 행동은 무조건 좋게 보고 싫어하는 사람이면 좋은 면도 나쁘게 받아들이기 쉽다. 그러나 사태를 바로 보고 사랑하는 이를 돕고자 한다면 감정을 접어두고 객관적으로 파악하려는 시선이 필요하다. 보듬어 주는 것만이 사랑은 아니다. 세상 사람들과 잘 어울려 살 수 있는 인성을 키워주는 것이 결국 아이를 위하는 길이다.

··· 원문 ···

【이인 7】

子曰 人之過也 各於其黨 觀過 斯知仁矣

공자가 말했다.

"사람의 허물은 각자 자신과 친한 사람에게서 비롯되니 가까운 사람의 잘못을 볼 수 있다면 이는 인을 아는 것이다."

【대학 9장】

康誥曰 如保赤子 心誠求之 雖不中 不遠矣, 未有學養子而后 嫁者也

서경의 강고 편에서 "갓난아이를 보살피듯 하라"고 했다. 이는 마음으로 정성스럽게 구하면 비록 딱 맞지는 못하더라도 크게 벗어나지는 않을 것이라는 말이다. 자식 키우기를 배우고 나서 시집가는 이는 없다.

흠 　　　 직관능력 향상
　　　　　　 프로젝트

君子不重則不威 學則不固 主忠信 無友不如己者 過則勿憚改
군자부중즉불위 학즉불고 주충신 무우불여기자 과즉물탄개

군자가 신중하지 못하면 위엄이 없고 공부를 해도 견고하지 못하다. 충
과 신을 위주로 하고, 자기만 못한 이를 벗으로 삼지 말며, 잘못이 있다
면 고치는 것을 꺼리지 말라!

_학이 8

　행동경제학은 사람이 경제행위를 할 때 그의 심리가 깊이 관여한
다는 점을 이론적으로 제시한다. 심리학과 경제학을 접목한 행동경
제학은 이제 경제학의 주류가 되었다. 다니엘 커너먼(Daniel
Kahneman)은 이 이론을 이끈 심리학자이다. 그는 행동경제학을 발
전시킨 공로로 2002년 노벨경제학상을 수상했다.

　그의 이론에 따르면 사람의 내면에는 의사결정을 위한 두 가지 기
제가 존재한다. 하나는 직관적인 선택, 다른 하나는 깊이 생각하고 느
리게 살펴보는 선택 방식이다. 다니엘 커너먼은 이 둘을 시스템1과

시스템2라고 했다.

재미있는 사실은 사람들이 의사결정을 할 때 더 많이 사용하는 것이 시스템1이라는 관찰이다. 일반적으로 사람들은 감정과 직관에 근거한 판단으로 삶의 주요한 일들을 결정한다는 말이다. 주요한 의사결정을 위해서는 다각도로 검증하고 숙고하는 과정을 거칠 것 같지만 실은 그렇지 않다는 뜻이다.

오래 생각하는 것이 반드시 최선이 아님은 일상 경험에서도 확인할 수 있다. 뇌 과학을 연구하는 정재승 교수는 "좋은 의사결정은 적절한 때에 과감하게 시도하는 것"이라 한다. 100% 완벽한 선택은 없다는 전제하에 가장 적절한 타이밍을 잡아야 한다. 잘못된 선택의 가능성을 열어두는 자세도 필수이다. 그래서 자신의 선택이 실수였다는 것이 드러나면 주저 없이 잘못을 시인하고 다른 대안을 찾을 수 있어야 한다. 역시 "잘못하면 고치는 것을 꺼리지 않는"(학이 8) 태도는 용기 있는 행동이며 발전을 향한 합리적인 자세이다.

그런데 좋은 직관 능력이 그냥 주어지는 것은 아니다. 주변의 상황에 대해 관심을 가지고 "어떻게 헤쳐 갈 것인가. 어떻게 헤쳐 갈 것인가"(위령공 15) 하는 문제의식을 갖는 것이 필요하다. 다양한 문제에 대한 관심과 경험이 축적되면 문제 해결을 위한 데이터베이스가 풍부해질 것이기 때문이다. 지난번의 잘못은 이번의 문제를 통해 개선할 수 있고 이번의 성공적 선택은 다음번 문제를 해결할 때의 자산이 될 수 있다. 이런 경험이 직관 능력을 향상시켜 준다. 그리하여 발전된 시스템1을 가동할 수 있다.

그리고 시스템1의 능력치를 높이기 위해서는 감정관리가 필수이다. 안정된 심리상태를 유지해야 보다 현명한 판단이 가능하기 때문이다. 이를 위한 '감정 트레이닝'이 필요하다. 감정 표현이 서툴면 정신건강에도 안 좋을 뿐 아니라 올바른 의사결정을 방해한다. 극도로 화가 나 있을 때나 슬픔에 빠져있을 때 결정한 일은 바람직하지 않을 수 있다.

　기쁠 때는 환하게 웃으며 즐거움을 누릴 수 있어야 하고, 슬플 때는 눈물로 슬픔을 표현하며, 화를 내야 할 때는 노기를 띠어야 한다. 그렇지만 감정 표현은 과한 것도 문제가 되고 억제되어도 문제다. 모자라거나 과하기가 십상인 자신의 감정 상태를 스스로 돌아보고 강약을 조절하는 체크포인트를 만들면 좋을 것이다.

　예컨대 '기쁜 일은 어떤 것이었나', '칭찬의 말을 했는가', '공감의 행동은 무엇이었나', '나를 분노하게 만든 일이 있었는가' 이런 식으로 몇 가지 항목을 만들어 두고 주기적으로 돌아보는 것이다. 일기를 쓰는 방식으로 체크해 보는 방법도 좋겠다.

　결국 나의 하루는 희로애락의 감정을 적재적소에 적절히 드러내는 훈련의 장이 되어야 한다. 원숙한 감정 표출의 소유자일수록 시스템1을 고급 수준에서 운용할 수 있다. 이는 『중용』에서 말한 "희로애락이 드러나서 모두 절도에 맞는 조화로운(和)" 경지를 지향하는 일이다. 『중용』에서는 '조화로운 경지'를 세상에 두루 잘 통하는 도[達道]라고 설명했다. 이는 단번에 이루어질 수 없다. 그 방법은 오늘보다 나아진 내일의 내가 되는 날들을 쌓아가는 것이다.

【학이 8】

子曰 君子不重則不威 學則不固 主忠信 無友不如己者 過則勿憚改

공자가 말했다.

"군자가 신중하지 못하면 위엄이 없고 공부를 해도 견고하지 못하다. 충과 신을 위주로 하고, 자기만 못한 이를 벗으로 삼지 말며, 잘못이 있다면 고치는 것을 꺼리지 말라!"

【위령공 15】

子曰 不曰如之何如之何者 吾末如之何也已矣

공자가 말했다.

"'어떻게 헤쳐 갈 것인가. 어떻게 헤쳐 갈 것인가' 하지 않는 사람은 내가 어찌할 수 없을 뿐이다."

恤

뿌리가
튼튼해야

居上不寬 爲禮不敬 臨喪不哀 吾何以觀之哉
거상불관 위례불경 임상불애 오하이관지재

윗자리에 있으면서 너그럽지 못하고, 예를 행하면서 공경하지 않으며, 상례에 임하며 슬퍼하지 않는다면 내가 무엇을 가지고 그를 살펴보겠는가!
_팔일 26

　작은 일을 소중히 여기는 사람이라 해서 모두 훌륭한 인격의 소유자이며 사회적 성공을 거두는 것은 아니다. 그러나 좋은 인격을 갖추고 사회적으로 성공한 사람이 작은 일이라고 무시하고 홀대하는 경우는 없다. 자기 가족을 무시하는 사람. 환경 미화 노동자를 함부로 대하는 사람. 길가에 핀 꽃을 아무렇지 않게 밟을 수 있는 사람. 이런 사람들은 아무리 좋은 옷을 입고 화려한 말로 자신의 능력을 포장해도 결국 그 밑천이 드러나게 되어 있다.

　유학의 교육론에는 자신을 수련하는 수신으로부터 평천하의 기상을 습득하는 과정이 담겨있다. 이런 교육의 첫 단계는 소학에서 이루어진다. 여기서 기본 교양을 익히지 못하면 이후의 어떤 교육도 무용지물이다.

소학의 학습은 여섯 과목으로 구성된다. 여섯 과목을 육예라 하는데 예(禮: 예의범절)·악(樂: 음악)·사(射: 활쏘기)·어(御: 승마)·서(書: 서예)·수(數: 수학)가 포함된다. 일상생활에 필요한 교양을 습득하는 과목들이다. 그런데 이들 과목을 배우기 전에 갖추어야 할 소양이 있다. 교육을 받기 위한 기본자세이다. 이것이 "물을 뿌리며 청소하고 질문에 적절하게 응대"하는 것이다.

타인을 배려하는 사랑의 정신(仁)은 일상의 작은 행동에서부터 시작된다. 사람에 대한 배려는 마당을 청소할 때 물을 뿌려 먼지가 나지 않도록 하는 작은 행동에서 비롯된다. 씨앗과 같은 작은 행동을 익혀서 생활에 적용하면 훌륭한 열매를 맺을 수 있다는 정신이다.

남을 배려하는 마음을 모르는 인성이라면 지식이 아무리 뛰어나더라도 좋은 평가를 받을 수 없다. 여기에 학과 성적이 좋으면 어떤 방자한 행동도 허용하는 식의 사랑은 없다. 그런 것은 사랑이 아니고 독이다. 이런 것이 전통의 교육관이다. 고급 감정의 소유자일수록 좋은 의사결정을 할 수 있다는 오늘의 첨단 이론과도 통하는 생각이다.

공자는 타인을 배려하는 사랑의 마음을 지닌 존재로 사람을 정의했다. 이런 기본을 갖추지 못하면 사회규범이나 예술과 같은 고급한 문화를 제대로 향유할 수 없다. 이런 뜻은 "사람으로서 인하지 못하다면 예와 같은 규범을 어떻게 행할 것이며, 사람이면서 인하지 않다면 음악과 같은 예술을 어떻게 행하겠는가."(팔일2)라는 말에 들어 있다.

21세기는 문화를 향유하는 인류의 시대이다. 특정 계층만이 문화를 생산하는 주체라는 생각은 이미 진부하다. 문화를 이해하고 즐기는 데에서 나아가 스스로 새로운 문화를 만드는 주체가 되자는 것이 오늘의 상식이다. 문화의 소비자에서 문화의 주체로 개인의 위상을 높이는 생각이다.

그 출발점은 내 일상이다. 가족과의 식사 시간, 학교에서 선생님과 친구를 만날 때, 팀 활동을 해야 하는 강의 시간, 오래된 친구와의 만남, 회사에서 동료들과 업무를 하는 시간. 이런 내 앞의 일상 하나하나가 모두 자신의 인성과 감성을 실험하는 장이다. 각각의 상황에 맞는 적절한 대처를 연습해야 한다. 이렇게 해서 "윗자리에 거할 때에 너그럽고, 예를 행할 때는 공경의 마음을 지니며, 상례에 임할 때는 슬픈 마음을 온전히 할 수 있는"(팔일 26) 문화적 인격으로 거듭날 수 있다.

-------------------------------- 원문 --------------------------------

【팔일 2】

子曰 人而不仁 如禮 何 人而不仁 如樂 何

공자가 말했다.

"사람으로서 인하지 못하다면 예와 같은 규범을 어떻게 행할 것이며, 사람

94

이면서 인하지 않다면 악과 같은 예술을 어떻게 행하겠는가!"

【팔일 26】

子曰 居上不寬 爲禮不敬 臨喪不哀 吾何以觀之哉

공자가 말했다.

"윗자리에 있으면서 너그럽지 못하고, 예를 행하면서 공경하지 않으며, 상례에 임하며 슬퍼하지 않는다면 내가 무엇을 가지고 그를 살펴보겠는가!"

흉 빛이 나는
문장

君子之於天下也 無適也 無莫也 義之與比
군자 지어 천하야 무적야 무막야 의지 여비

군자는 세상일에 대해 반드시 해야만 한다는 것도 없고, 하지 말아야
한다는 것도 없으니 의와 더불어 짝을 이룰 뿐이다.
_이인 10

    세상은 넓고 원하는 일을 찾지 못해 애석한 사연은 그보다 훨씬 더
많다. 할 수 있는 일은 많아도 자기 마음에 차는 일을 구하기는 하늘
의 별 따기다. 수많은 오디션에 많은 이들이 몰리지만 선택되는 사람
은 극소수다. 국가고시에서 선발되는 인원도 지원자에 비하면 미미
하다. 자격을 갖춘 박사들이 즐비해도 대학이 필요로 하는 교원의 수
는 극히 제한적이다.
    '나처럼 화려한 스펙을 가지고 저런 일을 해? 절대 안 해, 못해! 내
수준에 걸맞은 대우를 해주지 않는다면 사양이다.' 당장은 그렇게 버
텨보겠지만 당장 의식주를 해결해야 하고 부양가족을 책임질 입장이

라면 어쩌겠는가. 생존 앞에서는 사이즈에 맞지 않는 일로 자존심을 구기는 처지를 마다할 힘이 없다. 그렇게 어쩔 수 없이 갖게 된 일을 자랑스럽게 여기기는 어렵다. 스스로 비하하는 지경에 처하기 십상이다.

누구보다 완전한 자격을 가졌던 공자는 어땠는가. 자기가 가진 뜻을 현실에 펼치고자 세상을 주유했던 공자도 그 뜻을 제대로 펼칠 수 있는 자리를 얻지 못했다. 그러니 누가 보아도 그와 걸맞지 않는 일들을 하며 생업을 유지할 수밖에 없었다. 권력자들은 이런 처지의 공자를 두고 비아냥대었다.

태재가 자공에게 질문했다.

"공자는 성인인가요? 그런데 어찌 능력이 여러 가지십니다."

이에 대해 자공이 답했다.

"본래 하늘이 내리신 성인이시며 게다가 능력도 많으신 것입니다."

공자가 이들의 대화를 전해 듣고 말했다.

"태재가 나를 잘 아는구나! 내가 젊었을 때 사는 것이 어려워서 이런저런 일들을 많이 했었다. 군자가 이것저것 많이 하겠는가. 그렇지 않다."

뢰가 말했다.

"선생님께서 '나는 제대로 쓰이지 못했기에 재주가 많다.'고 하셨다."(자한 6)

공자 같은 능력자가 마음만 먹었다면 힘 있는 자의 구미에 맞게 행동하여 한자리 차지하지 못했을 리 없다. 그러나 그는 어떤 상황에서도 자신이 옳다고 여기는 신념을 굽힌 적이 없다. 보잘것없는 일을 한다는 조롱도 떳떳하게 마주했다. 그래서 그는 오늘까지 이름이 남은 '공자'가 된 것이다.

"사람이 살아가는 원리는 곧음이다. 곧지 못하게 살아가는 것은 다행히 면한 것이다."(옹야 17)라는 신념은 자기 처신의 뿌리였다. 생업을 위한 일은 선택이 아니라 필수이다. 그것이 자기 욕심에 맞는 일이라면 더없이 좋은 일이다. 그러나 생존을 위해 선택한 일이 내세울 만한 것이 아니라 해서 고개를 숙이고 이깨를 떨어뜨릴 이유가 없다.

남보다 게으르지 않은데 나는 왜. 그들보다 모자란 능력도 아닌데 내가 어째서. 시도하는 일마다 성공하지 못하고 원하는 일에서 멀어져 가는 수많은 우리들. 의기소침한 생각이 스스로를 괴롭힐 때 나는 공자의 문장을 읽으며 위안과 격려를 받는다. 세상에서 반드시 무엇이 되어야 하는 일이 있을까. 절대로 안 되는 길이 있는가. 남에게 피해를 주거나 법에 위배되는 일만 아니라면 떳떳하지 않을 이유가 없다.

공자는 "군자는 세상일에 대해 반드시 해야만 한다는 것도 없고, 하지 말아야 한다는 것도 없으니 의와 더불어 짝을 이룰 뿐이다."(이인 10)라 했다. 참으로 빛이 나는 문장이 아닌가. 세상일이 내 맘처럼 되지 않을 때 공자도 나와 같은 고민을 했구나. 고민 끝에 이런 결론을 얻었구나. 아주 오래전에 살았던 한 사람의 속 깊은 위로를 오늘의 내가 받을 수 있다니. 참으로 신비한 문장의 힘이다.

【이인 10】

子曰 君子之於天下也 無適也 無莫也 義之與比

공자가 말했다.

"군자는 세상일에 대해 반드시 해야만 한다는 것도 없고 하지 말아야 한다는 것도 없으니 의와 더불어 짝을 이룰 뿐이다."

【자한 6】

大宰問於子貢曰 夫子聖者與 何其多能也 子貢曰 固天縱之將聖 又多能也 子聞之曰 大宰知我乎 吾少也 賤故 多能鄙事 君子多乎哉 不多也 牢曰 子云吾不試故藝

태재가 자공에게 질문했다.

"공자는 성인인가요? 그런데 어찌 능력이 여러 가지십니다."

자공이 답했다.

"본래 하늘이 내리신 성인이시며 게다가 능력도 많으신 것입니다."

공자가 이것을 듣고 말했다.

"태재가 나를 잘 아는구나! 내가 젊었을 때 사는 것이 어려워서 이런저런 일들을 많이 했었다. 군자가 이것저것 많이 하겠는가. 그렇지 않다."

뢰가 말했다.

"선생님께서 '나는 제대로 쓰이지 못했기에 재주가 많다.'고 하셨다."

怒　　　방법을
　　　찾아가는 길

飯疏食 飮水 曲肱而枕之 樂亦在其中矣 不義而富且貴 於我 如浮雲
반소사 음수 곡굉이침지 낙역재기중의 불의이부차귀 어아 여부운

거친 밥을 먹고 물 마시고 팔을 굽혀 베고 누워도 즐거움이 그 가운데
에 있는 것이다. 옳지 못하게 얻은 부귀는 나에게 뜬구름처럼 부질없는
것이다.
_술이 15

　공자는 "거친 밥을 먹고 물 마시고 팔을 굽혀 베고 누워도 즐거움
이 그 가운데에 있는 것이다. 옳지 못하게 얻은 부귀는 나에게 뜬구름
처럼 부질없는 것"(술이15)이라 했다. 이 말의 방점은 가난이 아니다.
재산과 명예가 아무리 좋아도 부정한 방법으로는 취하지 않겠다는
데에 강조점이 있다. 삶의 가장 중요한 가치가 무엇인지 말해주는 문
장이다.
　하고 싶은 일이라면 방법을 찾고 피하고 싶은 일은 핑계를 찾는다.
자신에게 진정 의미 있는 일이라면 그 길로 나아갈 방법을 찾게 마련

이다. 그러면 딱히 성공이라 할 성취를 얻지 못하더라도 나는 내 자신에게 할 말이 있다. 노력했던 과정이 나이테처럼 나의 삶 속에 새겨져 있으니까.

이렇게 되면 내 삶의 급수가 한 단계 올라간다. 보통 사람인 내가 공자처럼 궁색한 살림 속에서도 유유자적 평온할 수는 없다. 그렇더라도 사람으로서 그런 선택을 할 수 있음에 공감할 수 있다. 이런 마음이 되면 부정하게 얻은 재물과 명예는 일절 사절한다고 했던 공자의 뜻을 잘 이해할 수 있다.

그런데 사람의 이해에는 정도의 차이가 있다. 머리로 아는 것은 비교적 수월한 반면 몸으로 아는 일은 그리 간단하지 않다. 공자는 "말은 어눌하더라도 행동은 민첩하고자 한다."(이인 24)고 했다. 그렇다고 행동을 민첩하게 하기 위해 말을 어눌하게 할 필요는 없다. 행동도 말도 모두 세련되고 믿음직한 것이 최선일 테니까. 다만 공자는 이 말을 통해 몸으로 실천하는 것의 중요성을 강조했다.

공자는 삶의 가장 중요한 가치로 '사람을 사랑함', '도덕적 옳음', '자기반성', '진보' 같은 항목을 들었다. 그에게도 명예나 사회적 성취 같은 항목은 중요한 요소였다. 그래서 많은 나라를 돌아다니며 유세를 하고 자신의 생각이 그 사회에서 받아들여지기를 원했다. 그런데 출세와 중요한 가치를 지키는 일 중 선택해야 할 상황이 오면 당당하게 후자를 택했다.

돈이 되는 일이면 무슨 일이라도 하고 출세를 위해서는 참담한 거짓이어도 선택하는 사람들이 있다. 그에게는 돈이나 권력이 가장 중요한 삶의 가치일 것이다. 이런 사람은 오늘도 부지기수로 많지만 공자의 시대에도 예외가 아니었다. 예나 지금이나 욕심은 보다 즉각적이며 절실하게 사람을 움직이는 동력으로 작용한다.

오늘처럼 물질의 유혹을 떨쳐버리기 어려운 환경은 우리에게 가혹한 현실이다. 그래서 머리로는 공자의 생각에 동의하지만 욕망에 흔들리는 처지에 놓이기 십상이다. 그러다가 자칫 화려한 유혹에 발을 들여놓다 보면 공자의 동네와는 생판 다른 동네에 서 있는 자신을 발견하게 될 수도 있다. 편리하고 윤택한 생활은 늘 달콤한 유혹이다.

이런 상황이니 만큼 사람이 가진 좋은 성향을 끌어내는 훈련은 다소 험난한 길이 될 것을 예상해야 한다. 그리고 맹자가 이미 말한 바 있지만 이것은 학습과 훈련을 통해서만 가능하다. 우리가 가진 욕심의 힘이 강력한 만큼 내면의 좋은 것을 키워내는 일은 쉽게 이루어지지 않는다. 내 삶에서 가장 중요한 가치는 무엇인가. 스스로 묻고 대답하며 자주 내가 서 있는 자리를 돌아볼 필요가 있다.

·· 원문 ··

【이인 24】

子曰 君子 欲訥於言而敏於行

공자가 말했다.

"군자는 말은 어눌하더라도 행동은 민첩하고자 한다."

【술이 15】

子曰 飯疏食 飲水 曲肱而枕之 樂亦在其中矣 不義而富且貴 於我 如浮雲

공자가 말했다.

"거친 밥을 먹고 물 마시고 팔을 굽혀 베고 누워도 즐거움이 그 가운데에 있
는 것이다. 옳지 못하게 얻은 부귀는 나에게 뜬구름처럼 부질없는 것이다."

怒　　　　우공이산의
　　　　　상징

晨門曰 奚自 子路曰 自孔氏 曰 是知其不可而爲之者與
신문왈 해자 자로왈 자공씨 왈 시지기불가이위지자여

석문의 문지기가 물었다. "그대는 어디에서 왔는가?" 자로가 말했다.
"공자의 문하에서 왔소." 문지기가 다시 말했다. "안 될 것을 알고서도
하는 자들이구려."

_헌문 41

　　우공이산(愚公移山)은 우공이 산을 옮겼다는 말이다. 이는 『열자』
에 나오는 고사이다. 옛날에 우공이라는 노인이 살았다. 그의 집은 태
항산과 왕옥산을 마주보고 있는 곳이었다. 두 산은 길이가 칠백 리에
높이는 만 길이나 되는 어마어마한 규모이다. 산 너머 지역에 일을 보
러 가려면 산을 둘러서 가야 하니 여간 불편한 일이 아니었다. 그래서
우공은 드디어 결단을 내렸다. 산을 없애자!
　　남이 보기엔 어리석은 일처럼 보이지만 한 가지 일을 끝까지 밀고
나가면 언젠가는 목적을 달성할 수 있다는 뜻을 지닌 이야기다. 몇 사

람이 산을 옮기려 하다니 도무지 비현실적인 발상이다. 그러나 우공은 자기 집 앞의 산 때문에 멀리 돌아다녀야 하는 불편을 그대로 감수하지 않았다. 드디어 산을 없애기로 결심하고 산의 흙과 돌을 파내어 저 멀리 발해에 가져다 버렸다. 이 일에 동참한 이는 우공과 그 아들 그리고 이웃의 몇몇 사람. 이들의 산 옮기는 작업은 일 년에 두 차례 발해에 다녀오는 수준으로 미미했다.

그러자 하곡에 있는 지수(智叟)라는 영감이 이 광경을 보고 웃으며 말렸다.

"이 사람아, 어쩌면 그렇게도 어리석은가. 다 죽어 가는 자네 힘으로는 풀 한 포기도 제대로 뜯지 못할 터인데 그 흙과 돌을 다 어떻게 할 작정인가?"

그러자 우공은 말했다.

"자네의 그 좁은 소견에는 정말 놀라지 않을 수 없네. 내가 죽더라도 자식이 있지 않은가. 그 자식에 손자가 또 생기고 그 손자에 또 자식이 생기지 않겠는가. 이렇게 사람은 자자손손 대를 이어 한이 없지만 산은 불어나는 일이 없지 않은가. 그러니 언젠가는 평평해질 날이 있지 않겠나?"

이로써 우공은 지수의 말문을 막았다. 이 이야기의 결말은 우직한 우공의 실천에 감동한 하늘의 도움으로 결국 산을 옮기게 되었다는 성공스토리이다.

공자가 출세를 구하여 주유천하 할 때 많은 사람들이 공자를 비웃었다. 눈에 보이는 물리적 힘이 최고라 여기는 이들에게 공자는 사랑으로 배려하는 관계를 만들자고 설득했으니 말이다. 『논어』에는 안 될 것을 알면서 하는 이라고 공자와 그 문하를 직설적으로 냉소하는 이들까지 보인다. 자로가 석문에서 묵었을 때 문지기가 물었다.

"그대는 어디에서 왔는가?"

이에 자로가 "공자의 문하에서 왔소."라고 하니 문지기는 "안 될 것을 알고서도 하는 자들이구려."(헌문 41)하고 비웃었다.

달항이라는 고을의 사람들이 "위대하구나 공자여! 많이 배우고도 이름을 이룬 바가 없구려."(자한 2)라고 소통한 적도 있다. 공자의 학문이 깊다고 말하지만 출세하지 못한 것을 보면 결국 무익한 일을 한 것이 아니냐고 꼬집은 것이다. 그런 평가에 대해 공자는 구체적인 직업을 갖는 일이 그리 중요하다면 "마부가 되어볼까"(자한 2)라고 응수한다. 철인의 가치를 알지 못하는 이들에 대한 안타까움과 받아들여지지 못하는 현실에 대한 자조 섞인 농담이다.

공자는 자기 시대의 문제를 도덕적인 관계 회복으로 해소해야 한다고 진단했다. 그런 다음 환자에게 병의 원인을 설명하고 적절한 처방을 안내하는 의사와 같은 역할을 했다. 치유의 길을 열어 줌으로써 사람을 살리는 정신을 실현한 것이다.

당장 경제적 가치로 환원되는 일에만 주목하는 오늘 우리의 사회에서 인간의 가치에 의미를 두어야 한다고 주장하는 일이 산을 옮기는 일처럼 보일 수 있다. 안 될 것을 알면서 주장하는 것으로 읽힐 수도 있다. 그러나 꿈을 버리지 않고 이어간다면 결국 산은 옮겨질 것이란 믿음. 이것이 우리 사회의 균형을 잡아 줄 것이다.

【자한 2】

達巷黨人曰 大哉孔子 博學而無所成名 子聞之 謂門弟 子曰 吾何執 執御
乎 執射乎 吾執御矣

달항 고을의 사람이 말했다.

"위대하구나 공자여! 많이 배우고도 이름을 이룬 바가 없구려."

공자가 이 말을 듣고 제자들에게 말했다.

"내가 무엇을 잡겠는가? 말 모는 일을 잡을까? 활 쏘는 일을 잡을까? 나는
말 모는 일이나 잡아야겠다!"

【헌문 41】

子路宿於石門 晨門曰 奚自 子路曰 自孔氏 曰 是知其不可而爲之者與

자로가 석문에서 묵었을 때 문지기가 물었다.

"그대는 어디에서 왔는가?"

자로가 말했다.

"공자의 문하에서 왔소."

문지기가 다시 말했다.

"안 될 것을 알고서도 하는 자들이구려."

怒　　　인간적인
　　　　공자님

如有周公之才之美 使驕且吝 其餘 不足觀也已
여유주공지재지미 사교차린 기여 부족관야이

주공과 같은 아름다운 재주가 있더라도 교만하고 인색하게 행동한다면
그 나머지는 볼 것이 없을 뿐이다.
_태백 11

　　어느 날 석가모니가 제자들을 영취산에 모아놓고 설법을 했다. 그
때 하늘에서 꽃비가 내렸는데 석가모니가 손가락으로 연꽃 한 송이
를 말없이 집어 들고 약간 비틀어 보였다. 제자들은 석가모니의 그런
행동을 이해할 수 없었다. 오직 가섭만이 그 뜻을 깨닫고 빙그레 웃었
다. 여기서 염화미소라는 말이 나왔다. 염화미소(拈華微笑)는 꽃을 집
어 들으니 미소를 지었다는 뜻이다.
　　이렇게 석가모니의 도는 가섭에게 전수되었다. 구구한 설명 없이
마음으로 도를 전한 이심전심의 전수 스토리다. 불가의 도를 잘 알지
못하나 사람의 뜻이 마음과 마음으로 전해질 수 있다는 것은 믿는다.

그러나 일반적으로는 소통을 위해 자기 마음을 잘 표현할 필요가 있다.

그런 면에서 공자는 한결 친절하다. 어느 날 수업 말미에 공자가 특별히 증삼을 바라보며 이야기한다. "삼아! 나의 도는 하나로 꿰어져 있구나." 증삼은 빠르고 분명하게 "잘 알겠습니다."라고 했다. 석가모니보다는 친절했으나 공자도 설명이 자세하진 않았다. 이 대화를 끝으로 공자는 강의실을 나간다. 역시 사제 간의 이심전심이 잘 전해지는 명장면이었다.

강의가 끝나자 선생님의 뜻을 파악할 수 없었던 친구들이 증삼에게 몰려든다. "선생님께서 뭐라 하신 건가?" 이에 대해 증삼은 "선생님의 도는 충과 서일 뿐이라네."(이인 15)라고 설명해 주었다. 이렇게 해서 공자 사상을 일관하는 방법이 충서인 것을 모두가 알게 된다. 충(忠)은 자기 마음의 중심을 잡는 수기 공부이고, 서(恕)는 내 마음과 같은 마음으로 상대를 배려하는 치인의 공부이다. 그러니 충서는 곧 수기치인이다.

세상의 모든 것들이 내게 등을 돌린 것 같은 막막한 심정. 나의 좋은 뜻을 펼칠 수 없는 현실의 안타까움. 게다가 형편없는 자의 기획이 승승장구하는 것을 보아야 하는 허탈감. 과연 이 세상에 선이 존재하는가를 자문하는 순간은 생각보다 자주 온다. "봉황새도 오지 않고 황하에서 그림도 나오질 않으니 나는 그만두어야 할까 보다!"(자한 8)라는 공자의 탄식이 마치 나의 이런 감정을 공감해 주는 듯하다.

이천오백 여 년 동안 사람들의 삶에 영향을 주고 있는 위대한 사상가 공자에게도 절망의 순간은 존재했었다. 그래서 "축관인 타의 말재

주나 송나라 공자 조의 미모를 갖지 못했다면 오늘의 세상에서 살기
가 어렵구나!"(옹야 14)라고 현실을 개탄하기도 했다. 그러나 마침내
공자는 "주공과 같은 아름다운 재주가 있더라도 교만하고 인색하게
행동한다면 그 나머지는 볼 것이 없을 뿐이다."(태백 11)라고 자신의
입지를 확인했다.

공자의 탄식은 보통 사람들의 공감이 가능할 만큼 절실하면서도
현실적이다. 그리하여 인간적 성인(聖人) 공자가 된 것이다. '공자도
그런 현실의 벽에 고뇌했잖아.' 이렇게 생각하면 위안도 되고 격려도
얻는다. 이렇게 위대한 철인의 고뇌를 오늘의 나와 비교하는 것이 이
상한 일은 아니다. 이것이 유학의 힘이다.

그런데 공자가 현실을 탄식하는 것에 머물렀다면 성인이 될 수 없
었을 것이다. 현실의 부조리를 탄식하는 데에서 그치지 않고 재차 자
신의 삶의 방향을 분명하게 확인했다는 것이 그의 탁월함이다. 그리
하여 아름다운 재주를 성장시켜 좋은 일을 하려는 결심. 자기가 머무
는 공간이 건강해질 수 있기를 애쓰는 마음. 그것 자체로 의미 있는
과정이라고 말해주는 공자의 메시지를 듣는다.

----- 원문 -----

【옹야 14】

子曰 不有祝鮀之佞 而有宋朝之美 難乎免於今之世矣

공자가 말했다.

"축관인 타의 말재주나 송나라 공자 조의 미모를 갖지 못했다면 오늘의 세상에서 살기가 어렵구나!"

【자한 8】

子曰 鳳鳥不至 河不出圖 吾已矣夫

공자가 말했다.

"봉황새도 오지 않고 황하에서 그림도 나오질 않으니 나는 그만두어야 할까 보다!"

【태백 11】

子曰 如有周公之才之美 使驕且吝 其餘 不足觀也已

공자가 말했다.

"주공과 같은 아름다운 재주가 있더라도 교만하고 인색하게 행동한다면 그 나머지는 볼 것이 없을 뿐이다."

怒 **불혹, 얼굴에
책임을 질 나이**

內省不疚 夫何憂何懼
내성불구 부하우하구

내면을 돌아보아 거리낄 것이 없다면 무엇을 걱정하고 무엇을 두려워
할 것인가!

_안연 4

링컨은 미국의 역대 대통령 중 가장 유명한 이로 꼽힌다. 그는 대통
령 재임 기간 내내 남북전쟁이라는 내전으로 몸살을 앓았고 끝내 암
살을 당해 생을 마쳤다. 그럼에도 불구하고 노예제 폐지를 이끌어낸
탁월한 지도력을 발휘했다. 그리고 이전까지 각 주의 연합체였던 나
라를 하나의 연방인 미합중국으로 다시 세우는 역할을 했다. 이것이
정파를 불문하고 미국인들이 그를 존경하는 이유이다.

대통령 취임 후 요직을 담당할 사람을 뽑을 때의 일이다. 능력이 출
중하다고 추천된 인물을 두고 링컨은 얼굴이 마음에 들지 않는다는
이유로 거절했다. 추천자로서는 당황스런 일이었다. 얼굴은 부모가

물려준 것이고 인선의 초점은 그의 능력을 보아야 하지 않느냐고 반문했다. 이에 대한 링컨의 답이 그 유명한 "사십 이후에는 자신의 얼굴에 책임을 져야 한다."는 말이다.

관상이 과학이라는 말은 지금도 많이 쓰는 말이다. 그 사람의 인상을 보면 그가 살아 온 역사와 지금 그가 가진 생각을 유추할 수 있다는 뜻이다. 안팎으로 거리낄 것이 없는 이의 표정은 안정적이다. 사마우가 군자의 태도에 대해 물었을 때 공자는 "군자는 걱정이 없고 두려움도 없다."고 했다. 부연 설명을 필요로 하는 사마우에게 공자가 덧붙였다. "내면을 돌아보아 거리낄 것이 없다면 무엇을 걱정하고 무엇을 두려워 할 것인가!"(안연 4) 속으로 딴생각을 품고 겉으로만 너그러운 척하는 이의 속마음이 드러나는 것은 시간문제이다.

공자는 사십에 세상일에 대한 의혹이 없었다고 했다. 보통의 우리에게 사십은 자고 일어나 생긴 얼굴의 주름이 쉽게 사라지지 않는 때이다. 더 이상 청춘이란 수식어가 어울리지 않는다. 대신 원숙미를 장착할 나이다. 웬만한 일에 대해서는 세련된 대처가 가능하다. 내가 하는 일에 자신감도 생긴다. 물리적 힘은 약해지는 대신 정신적 능력은 강해지는 것을 느낄 수 있다. 흔한 사십 대의 모습이다. 그런데 이런 때에는 자기주장을 너무 세게 밀어붙일 수도 있다. 이 점을 조심하라는 뜻이 "혈기가 바야흐로 강성해지면 경계함이 싸우는 것에 있다"(계씨 7)는 말이다.

미숙한 이에게 볼 수 없는 깊은 매력을 쌓을 수 있는 시간이다. 젊은 시절 듣지 못했던 '잘생김'이란 수식어를 얻을 수 있는 기회이다.

자신의 생각과 행동이 좋은 인상으로 굳어질 수 있기 때문이다. 공자는 "지식이 일정한 수준에 이르렀더라도 인으로 그것을 지킬 수 없다면 비록 얻었어도 반드시 잃는다. 지식이 일정한 수준에 이르고 인으로 그것을 지킬 수 있어도 듬직하게 임하지 않으면 사람들이 공경하지 않는다. 지식이 일정한 수준에 이르고 인으로 그것을 지키며 듬직하게 임해도 움직일 때에 예가 없으면 최선이 아니다."(위령공 32)라고 말했다.

남들이 갖지 못한 지식에 성동하고 그것을 풀어내는 말솜씨까지 탁월한 사람은 이목을 끈다. 그런데 그런 사람이 약자에게 함부로 하는 인격을 가졌다면 사람들은 그를 매력적이라고 평가하지 않는다. 뚜렷하게 빛이 나는 재주는 없지만 멋진 사람이 있다. 그에게는 폐지 수집 노인의 수레를 밀어주는 마음이 있다. 부정한 일에 단호하게 반대하는 결기도 있다. 남들에게 자랑할 만한 직업이 아니라도 자신이 선택한 일에 성실하다. 그는 사십을 잘 살아내는 중이다. 그리고 그의 얼굴은 아름답다.

-------------------- 원문 --------------------

【위정 4】

子曰 吾十有五而志于學 三十而立 四十而不惑 五十而知天命 六十而耳順 七十而從心所欲不踰矩

공자가 말했다.

"나는 열다섯 살에 학문에 뜻을 두었으며, 삼십에는 삶의 목표를 세웠고, 사십에는 의혹함이 없었으며, 오십에는 천명을 알았고 육십에는 다른 의견을 잘 수용할 수 있었으며, 칠십에는 마음이 하고 싶은 대로 해도 법도를 넘지 않았다."

【안연 4】

司馬牛問君子 子曰 君子不憂不懼 曰 不憂不懼 斯謂之君子矣乎 子曰 內省不疚 夫何憂何懼

사마우가 군자에 대해 묻자 공자가 말했다.

"군자는 걱정이 없고 두려움도 없다." 사마우가 "걱정이 없고 두려움도 없으면 군자라 할 수 있는 것입니까?" 하니 공자가 말했다.

"내면을 돌아보아 거리낄 것이 없다면 무엇을 걱정하고 무엇을 두려워할 것인가!"

【위령공 32】

子曰 知及之 仁不能守之 雖得之 必失之 知及之 仁能守之 不莊以涖之則民不敬 知及之 仁能守之 莊以涖之 動之不以禮 未善也

공자가 말했다.

"지식이 일정한 수준에 이르렀더라도 인으로 그것을 지킬 수 없다면 비록 얻었어도 반드시 잃는다. 지식이 일정한 수준에 이르고 인으로 그것을 지킬 수 있어도 듬직하게 임하지 않으면 사람들이 공경하지 않는다. 지식이 일정한 수준에 이르고 인으로 그것을 지키며 듬직하게 임해도 움직일 때에 예가 없으면 최선이 아니다."

【계씨 7】

孔子曰 君子有三戒 少之時 血氣未定 戒之在色 及其壯也 血氣方剛 戒之
在鬪 及其老也 血氣 旣衰 戒之在得

공자가 말했다.

"군자에게 세 가지의 경계할 일이 있다. 혈기가 아직 안정되지 않았을 때에
는 경계함이 이성에 관한 일이고, 혈기가 바야흐로 강성해지면 경계함이
싸우는 것에 있으며, 혈기가 이미 쇠했을 때에는 경계함이 욕심에 있다."

哀　　　제대로
　　　　성공하기

古之學者 爲己 今之學者 爲人
고지학자 위기 금지학자 위인

옛날의 학자들은 자신을 수양하는 공부를 했는데 오늘의 학자들은 다
른 이에게 보이기 위한 공부를 하는구나!
_헌문 25

　유학의 공부법에는 두 가지 형태가 있다. 첫째는 위기지학(爲己之
學)이다. 위기지학은 자신의 인격을 돌보는 공부이다. 둘째는 위인지
학(爲人之學)이다. 위인지학은 남에게 잘 보이기 위한 공부다. 내실보
다는 겉으로 보이는 수치나 결과에 주목하는 공부법이다.

　인격을 돌보는 내면 공부는 하루아침에 그 효과가 드러나지 않는
다. 당장 돈을 벌 수 있는 도구가 되지도 않는다. 시간과 공을 들여 쌓
아가야 하고 그 결과 좋은 인성을 갖추게 되는 공부이다. 반면 남에게
보이기 위한 공부는 성과제일주의에 해당된다. 드러난 성과만 좋으
면 된다는 이들의 행보는 단순하다. 가능한 모든 방법을 써서 일을 성

공시키면 된다. 그러니 해서는 안 될 일을 선택하기도 한다.

전통음식의 장인이 이제 제자에게 자신의 모든 기술을 전수하려 한다. 가장 뛰어난 한 사람만 스승의 후계자가 된다. 문하 제자 중 뛰어난 몇몇 사람은 전력투구하여 스승의 기술과 명예를 전수받고자 한다. 그 과정에는 늘 두 종류의 인간형이 등장한다. 정직하게 스승의 뜻을 잇고자 하는 사람. 수단 방법을 가리지 않고 후계자가 되고야 말겠다는 사람. 앞의 경우가 스승의 내적 의미를 새기고 따르고자 하는 쪽이라면 뒤의 경우는 빛나는 명예를 갖겠다는 욕구가 강한 쪽이다.

사람들에게 좋은 평가를 얻고 명예를 높이고자 하는 일은 정당한 욕구이다. 그러나 정당하게 얻은 명예가 아니라면 아무 의미가 없을 뿐 아니라 도리어 나를 해치는 일로 받아들인다. 이것이 위기지학을 중시하는 유학의 입장이다. 수단과 방법을 가리지 않고 매진하여 결국 후계자가 되었다고 하자. 그 과정에서 거짓된 행동으로 타인에게 준 상처는 어떤 방식으로든 자신에게 돌아올 것이다. 게다가 옳지 않음을 알고도 선택해야 했던 일들은 자신의 마음에 그림자로 남아 있을 것이다.

가장 우수한 제자가 되어 스승의 후계자라는 명예를 차지하는 성취는 더없이 기쁜 일이다. 그러나 타인에게 상처를 주고 스스로의 마음에 그림자를 드리우면서 차지한 자리라면 그것은 실패다. 단 한 사람의 후계자로 등극하진 못했어도 양심을 지키며 자기가 할 수 있는 최선을 다했다면 이것은 성공이다. 그러니까 성공과 실패의 판단을 겉으로 드러난 성과만으로 결정하지 않는다. 이런 것이 위기지학의 관점으로 사태를 해석한 것이다.

공자는 "옛날의 학자들은 자신을 수양하는 공부를 했는데 오늘의 학자들은 다른 이에게 보이기 위한 공부를 하는구나!"(헌문 25)라고 탄식했다. 많이 가지고 남보다 위에 서고 싶다는 욕망은 힘이 세다. 그러니 시대를 막론하고 흔히 발견되는 모습이다.

반면 내면에 분명히 있는데 쉽게 드러나지 않는 가치도 있다. 위기 지학은 이것에 주목하고 살려내자는 데에 초점이 있다. 거짓을 미워 하고 선함을 추구하는 마음. 그것이 나를 살리고 나아가 세상을 살리 는 힘이라 믿는 마음이다. 이런 마음을 내 생활에 펼쳐보려는 생각을 귀하게 여긴다. 반칙을 써서 얻은 성과로 잘 먹고 잘 사는 것은 부끄 러운 일로 치부한다. 이런 생각을 성장시켜서 단단한 삶의 태도로 내 안에 들여놓자는 것이 위기지학의 내용이다.

· 원문 ·

【헌문 25】

子曰 古之學者 爲己 今之學者 爲人

공자가 말했다. "옛날의 학자들은 자신을 수양하는 공부를 했는데 오늘의 학자들은 다른 이에게 보이기 위한 공부를 하는구나."

哀　　　늘 변하는
　　　　세상사

邦有道 危言危行 邦無道 危行言孫
방유도 위언위행 방무도 위행언손

나라에 도가 있을 때에는 말도 높게 행동도 높게 하고 나라에 도가 없
다면 행동은 높게 말은 조심히 한다.
_헌문 4

　　모든 것은 변화한다는 관점에서 세상을 바라보는 시각이 유학의
세계관이다. 철학에서 시간을 중시한다는 말은 곧 변화를 중시한다
는 말과 같다. 시간은 쉼 없이 흘러간다는 특징을 갖기 때문이다. 그
래서 지금이 어느 때인가를 파악하는 것이 중요하다. 추운 때라면 옷
을 많이 입어야 하고 더우면 시원한 옷차림을 해야 하는 것처럼 때에
맞는 행동을 해야 하기 때문이다.
　　변화에서 변(變) 자는 점점 달라지는 과정을 가리킨다. 초승달에서
보름달로 옮아가는 하루하루의 과정이 변이다. 드디어 보름이 되어
둥근 달이 완성되면 그것이 화(化)다. 따라서 변화는 점차적으로 변하

여 질적 전환을 이루는 과정 전체를 설명하는 말이다. 그런데 보름달로 화한 달은 다시 그믐달을 향해 변해간다. 하나로 고정된 것이 없는 세상사를 변화로 설명했다.

어제의 나와 오늘의 나는 여러모로 다른 사람이다. 오늘 맞이한 상황이 내일도 같은 것일 수는 없다. 그러니 변화 속에 있는 사람과 상황을 바라보고 그에 적절한 대응을 하는 것이 현명한 태도이다. 이렇게 되면 어떻게 사랑이 변하냐고 떼를 쓰기 어렵다. 사랑을 하는 당사자들의 마음은 늘 변하기 마련이고 그 사람들이 살아가는 삶의 상황도 시시각각으로 변하니까.

사람의 불행은 어제의 상황이 오늘도 똑같이 유지되기를 바라는 집착에 근원한다. 애초에 가능하지 않은 일을 바라고서 좌절하는 격이다. 그래서 공자는 시중(時中)을 중요하게 여겼다. 시중은 '그때에 가장 적절함'이다. 시간과 상황에 따라 적절하게 대처하는 행동을 말한다. "나라에 도가 있을 때에는 말도 높게 행동도 높게 하고, 나라에 도가 없다면 행동은 높게 말은 조심히 한다."(헌문 4)는 식의 자세이다.

때로는 자신이 그와 손잡을 수 없음을 분명히 알려줄 필요가 있다. "유비가 공자를 뵙고자 했는데 공자가 병을 핑계로 거절했다. 심부름 온 사람이 문을 나가자 공자는 거문고를 가져다가 노래를 부르시며 그 사람이 듣도록 했다."(양화 20) 이 일화에서 볼 수 있는 공자의 태도처럼 말이다. 공자는 심부름 온 사람을 피함으로써 거절 의사를 보인 뒤에 그가 듣도록 노래를 부름으로써 유비와 함께 하지 않겠다는 뜻을 분명히 전했다.

이렇게 불러도 가지 않는 것이 옳은 처신일 때가 있지만 어떤 때는 모욕적인 대우를 받더라도 자리를 지키는 것이 맞는 선택일 수도 있다. "유하혜가 사사가 되어 세 번 축출 당하자 어떤 사람이 말했다. '선생은 떠나실 만하지 않은가요?' 유하혜가 말했다. '곧은 도로써 사람을 섬기는데 어디를 가든 세 번 축출 당하지 않을 수 있겠습니까. 굽은 도로써 다른 이를 섬기면 부모의 나라만 떠나겠습니까?'"(미자 2) 이처럼 내게 불이익이 오더라도 반드시 해야 할 말을 해야 하는 경우가 있고, 그 자리를 지켜야 할 때도 있다. 우리 역사에도 그런 이들이 있었기에 나라를 되찾을 수 있었고, 발전한 민주사회로 진입할 수 있었다.

그때에 딱 맞는 행동이 중용이다. 그런데 중용의 실천은 간단한 일상의 실천에서부터 목숨을 걸어야 하는 일에 이르기까지 스펙트럼이 넓다. 그래서 공자는 중용을 지킬 수 있는 것은 병장기를 들고 적진에 뛰어드는 용감함보다 한 수 위라는 말도 했다. 시시각각 달라지는 일상의 문제를 잘 풀어가는 일이 그만큼 어렵다는 뜻이다.

원문

【헌문 4】

子曰 邦有道 危言危行 邦無道 危行言孫)

공자가 말했다.

"나라에 도가 있을 때에는 말도 높게 행동도 높게 하고, 나라에 도가 없다면 행동은 높게 말은 조심히 한다."

【양화 20】

孺悲欲見孔子 孔子辭以疾 將命者 出戶 取瑟而歌 使之聞之

유비가 공자를 뵙고자 했는데 공자가 병을 핑계로 거절했다. 심부름 온 사람이 문을 나가자 공자는 거문고를 가져다가 노래를 부르시며 그 사람이 듣도록 했다.

【미자 2】

柳下惠 爲士師 三黜 人曰 子未可以去乎 曰 直道而事人 焉往而不三黜 枉道而事人 何必去父母之邦

유하혜가 사사가 되어 세 번 축출 당하자 어떤 사람이 말했다.

"선생은 떠나실 만하지 않은가요?"

유하혜가 말했다.

"곧은 도로써 사람을 섬기는데 어디를 가든 세 번 축출 당하지 않을 수 있겠습니까. 굽은 도로써 다른 이를 섬기면 부모의 나라만 떠나겠습니까?"

哀 　　　분명한
　　　　　태도

或曰 以德報怨 何如 子曰 何以報德 以直報怨 以德報德
혹왈 이덕보원 하여 자왈 하이보덕 이직보원 이덕보덕

어떤 이가 덕으로써 원한에 보답하는 것이 어떤지를 묻자 공자가 말했
다. "어찌 덕으로 갚겠는가. 원한에는 곧음으로써 갚아주고 덕에 대해
서는 덕으로써 보답하는 것이다."

_헌문 36

　　원수를 사랑하라는 말은 신자가 아닌 사람에게도 널리 알려진 기
독교의 금언이다. "'네 이웃을 사랑하고, 네 원수를 미워하여라.' 하고
이른 것을 너희가 들었다. 그러나 나는 너희에게 말한다. 너희의 원수
를 사랑하고, 너희를 박해하는 사람을 위하여 기도하여라."(마태복음,
5장) 기독교 성경의 이 말씀은 도량이 큰 말이라 감탄하는 문장이다.
　　그런데 원수를 대하는 유학의 입장은 좀 다르다. 어떤 이가 원한을
덕으로 갚아주면 어떨지 묻자 공자는 다음과 같이 분명하게 정리해
주었다. "어찌 덕으로 갚겠는가. 원한에는 곧음으로써 갚아주고 덕에

대해서는 덕으로써 보답하는 것이다."(헌문 36) 정의롭지 못한 이에게는 그에 상응하는 응징이 정답이다. 그저 넓은 마음으로 모두를 똑같이 포용하는 일은 종교적 차원에서나 가능한 일이다.

현실에서는 분명하게 잘못된 부분을 비판하고 덕이 있는 인격을 존중하는 행동이 필요하다. 분명 옳지 않은 행동인데 딱 부러지게 지적하는 것이 부담스러워 유야무야 넘어가는 일은 모두를 위해 나쁜 선택이다. 그러므로 나 역시 공자의 의견에 전적으로 공감한다.

내가 좋다고 고백하는 사람이 있다. 그러나 상대의 구애를 받아들일 수 없는 경우도 있다. 그렇다면 분명히 그 뜻을 밝혀 주어야 한다. 이것이 나를 좋아해 주는 고마운 마음에 대한 최선의 배려이다. 어떤 이는 그와 사귈 의사가 전혀 없으면서 그 상황을 적당히 즐기기 위해 애매한 태도를 보인다. 마음을 받아 줄 것도 아니면서 상대가 포기할 수 없도록 하는 것은 의도적이든 아니든 바람직하지 않다.

사람과의 교제에서 이런 분명한 자기 입장을 보이라는 것이 공자의 뜻이다. "오직 인한 사람이라야 사람을 좋아할 수도 있고 미워할 수도 있다."(이인 3)라고 한 것을 보아도 모든 사람을 무조건 좋아하는 것은 비현실적이다. 세상에는 좋아할 만한 인격을 가진 사람이 있고 반드시 미워하고 비판해야 할 성향의 사람도 있다. 그러니 객관적인 눈으로 사람을 비평할 수 있어야 한다.

그렇게 하지 못하고 자기에게 이익이 되는 사람만 좋아하거나 필요에 의해 호오를 정하는 일은 피해야 한다. 그런데 문제는 이런 식의 교제가 생각보다 많다는 것이다. 이런 처세에 능한 사람일수록 출세

확률이 높은 것도 사실이다. 그러나 이익에 의해 호오를 정하다 보니 그 이익에 문제가 생기면 그 관계도 부서진다. 이런 일이 소재가 되어 많은 드라마와 소설이 생산된다. 이런 이야기의 관전 포인트는 '저 거짓된 관계가 언제 밝혀질 것인가'이다.

내 이익을 보호하기 위해 불공정한 행동을 하는 사람을 옹호하는 것은 악이다. 해서는 안 될 일임을 알면서도 힘을 가진 자의 손을 잡는 것은 어리석은 선택이다. 우선 옳지 않은 일에 가담한 것이 잘못이고, 게다가 언제든 나의 호의는 배반당할 수 있기 때문이다. 아무리 급한 사정이 있어도 사람으로서 해서는 안 될 일에 발을 담가서는 안된다는 뜻은 공자가 자신의 삶으로 보여준 교훈이다.

자기의 이익과 상관없이 타인의 좋은 점을 인정해 줄 수 있는 태도를 권장한다. 다른 한편으로 처신이 바르지 않은 이를 가까이하지 않는 단호한 자세도 중요하다. 예나 지금이나 이런 공자의 곧은 뜻을 실천하는 이들이 있다. 그리고 이들 때문에 아직 세상은 살 만한 곳이다.

.... 원문 ....

【헌문 36】

或曰 以德報怨 何如 子曰 何以報德 以直報怨 以德報德

어떤 이가 덕으로써 원한에 보답하는 것이 어떤지를 묻자 공자가 말했다.

"어찌 덕으로 갚겠는가. 원한에는 곧음으로써 갚아주고 덕에 대해서는 덕으로써 보답하는 것이다."

【이인 3】

子曰 惟仁者 能好人 能惡人

공자가 말했다.

"오직 인한 사람이라야 사람을 좋아할 수도 있고 미워할 수도 있다."

哀 　솔직하고
　지혜로운 처신

擧直錯諸枉 能使枉者直
거 직 조 저 왕　능 사 왕 자 직

정직한 이를 선발하여 정직하지 못한 사람 위에 있도록 하면 정직하지
못한 이를 정직하게 만들 수 있다.
_안연 22

　권력을 가진 사람이 자신의 실수를 덮고자 다른 이를 대신 내세워
거짓말로 변명하는 처신을 보면 보는 이가 다 부끄러울 지경이다. 자
기는 잘못이 없다고 둘러대는 모양이 머리만 구멍에 들이밀고 숨었
다고 생각하는 강아지 꼴이다.
　인격이 높은 사람은 실수하지 않는 완벽한 이가 아니다. 잘못된 결
정을 했을 때는 자신의 실수를 인정하고 개선 방안을 찾을 수 있는 사
람이다. 이것이 '잘못했을 때는 고치는 것을 꺼리지 말라'고 했던 공
자의 뜻이다. 잘못된 결정을 쿨하게 인정하고 새로운 방향으로 전환
할 수 있는 유연함이야말로 마침내 성공을 이끌어 내는 요소이다.

이런 사람들과 달리 개인의 한계를 인정하지 못하고 자기 확신으로 무장한 이도 있다. 이들은 자신의 선택이 오류로 판명되어도 그것을 받아들이지 못한다. 사람은 실수할 수 있는 존재임을 인정하지 못하는 판단력 장애자이다. 이런 사람은 리더로 삼으면 안 될 성향이다.

인간에 대한 이해와 공감을 최고의 가치로 치는 공자의 사상에서 인사가 만사라는 말은 진리이다. 애공이 백성이 잘 따를 수 있는 방법을 물었을 때 공자는 다음처럼 대답했다. "곧은 사람을 등용하여 거짓된 사람 위에 두면 백성이 잘 따를 것이고, 거짓된 이를 등용하여 곧은 사람 위에 둔다면 백성들은 따르지 않을 것입니다."(위정 19)

천심이 민심이라 했던 것에서 알 수 있듯이 대중은 리더의 성향을 정확히 읽어낼 수 있다. 그 자리를 감당할 수 없는 이를 등용하는 것은 대중의 신뢰를 저버리는 처사이다. 대중들의 신뢰가 없다면 그 조직이 건강한 시스템을 유지할 수 없다. 이는 고금이 다르지 않은 일이다.

정치 잘하기로 유명한 고대 왕들의 비결은 성공적 인사에 있었다. 공자는 "순이 임금이 되어 여러 사람 중에서 뽑아 고요를 등용하니 인하지 못한 이들이 멀어졌고, 탕이 임금이 되어 여러 사람 중에 뽑아 이윤을 등용하니 불인한 자들이 멀리 갔지 않았는가."(안연 22)라고 했다. 이는 덕이 높은 인물을 요직에 등용함으로써 감화의 정치를 행했던 사례이다.

공자의 인은 나를 사랑하는 마음으로 타인을 이해하고 그 이해에 바탕하여 상대를 배려하는 것으로 실천된다. 그래서 번지가 인에 대해 묻자 공자는 "사람을 사랑하는 것"이라고 말했고, 다시 앎에 대해 묻자 "사람을 아는 것"(안연 22)이라고 말했던 것이다. 아집에 싸여 타인을 배려할 줄 모르는 사람과 도모하는 일은 아름다운 결실을 맺기 어렵다.

좋은 관계는 일의 성공을 부르는 필요조건이다. 나를 수단으로 대하지 않고 존중해 주는 사람과는 좋은 케미를 낼 수 있다. 물론 나 역시 그를 내 욕망을 위한 수단으로 바라보지 않고 함께 걸어가야 할 동지로 대해야 한다.

우리는 항상 성공을 꿈꾸지만 실패로 귀결될 수도 있다. 실패를 인정하면 방향의 전환이 가능하다. 자기 잘못에 대한 보상을 정당하게 치르고 나면 한결 가뿐하게 새로운 모색을 할 수 있다. 반면 자기의 실패를 감추고 거짓말로 둘러대기 시작하면 그 위선이 눈덩이처럼 커지는 것도 순식간이다. 솔직하고 지혜로운 처신으로 자유로워질 일이다.

원문

【위정 19】

哀公問曰 何爲則民服 孔子對曰 擧直錯諸枉 則民服 擧枉錯諸直 則民不服

애공이 질문했다.

"어떻게 하면 백성이 잘 따를 수 있을까요?"

공자가 대답했다.

"곧은 사람을 등용하여 거짓된 사람 위에 두면 백성이 잘 따를 것이고,

거짓된 이를 등용하여 곧은 사람 위에 둔다면 백성들은 따르지 않을 것입니다."

【안연 22】

樊遲問仁 子曰 愛人 問知 子曰 知人 樊遲 未達 子曰 擧直錯諸枉 能使枉者直 樊遲 退見子夏曰 鄕也 吾見於夫子而問知 子曰 擧直錯諸枉 能使枉者直 何謂也 子夏曰 富哉言乎 舜有天下 選於衆 擧皐陶 不仁者 遠矣 湯有天下 選於衆 擧伊尹 不仁者 遠矣

번지가 인에 대해 묻자 공자는 "사람을 사랑하는 것이다."라고 말했다. 다시 앎에 대해 묻자 "사람을 아는 것이다."라고 답했다. 번지가 잘 알아듣지 못하자 공자가 말했다. "정직한 이를 선발하여 정직하지 못한 사람 위에 있도록 하면 정직하지 못한 이를 정직하게 만들 수 있다." 번지가 물러나서 자하를 만나 말했다.

"좀 전에 내가 선생님을 뵙고 앎에 대해 질문했더니 선생님께서 '정직한 이를 선발하여 정직하지 못한 사람 위에 있도록 하면 정직하지 못한 이를 정직하게 만들 수 있다'라고 하셨는데 무슨 의미인지 아시겠는가?"

자하가 말했다.

"넉넉하구나 그 말씀이여! 순이 임금이 되어 여러 사람 중에서 뽑아 고요를 등용하니 인하지 못한 이들이 멀어졌고, 탕이 임금이 되어 여러 사람 중에 뽑아 이윤을 등용하니 불인한 자들이 멀리 갔지 않았는가."

樂　　　답사 예약

道之以政 齊之以刑 民免而無恥
도지이정 제지이형 민면이무치
道之以德 齊之以禮 有恥且格
도지이덕 제지이례 유치차격

이끌기를 정사로 하고 가지런히 하기를 형벌로 하면 사람들이 면하려
고만 하고 부끄러움은 없다. 이끌기를 덕으로 하고 가지런히 하기를 예
로써 하면 부끄러움도 알고 또 스스로 바로잡는다.

_위정 3

　　남양성모성지는 경기도 화성시에 위치한 천주교 성지이다. 몇 년
전 한 기사를 통해 이곳을 알게 되었다. 그 기사는 이 성지 안의 경당
(작은 예배소) 설계를 2009년 프리츠커상 수상자인 페터 춤토르(Peter
Zumthr)가 수락했다는 내용이었다. 제아무리 세계적 거장의 기사라
도 그들이 DDP(동대문 디자인 플라자)를 설계했다거나 서울시 청사
설계를 수주했다는 등의 기사였다면 크게 반응하지 않았을 것이다.
　　그런데 고작 스무 명 남짓 수용할 수 있는 작은 건물에 세계적 거장

의 참여라니! 해서 궁금해진 이 건축가는 글로벌 프로젝트가 아닌 마음을 움직이는 프로젝트만 진행하는 독특한 이력을 가졌다. 동네 건축가라는 닉네임이 어울리는 그의 대표작들은 모두 시골의 작은 건물들이다. 그는 건축의 본질을 묻는 철학적 건축가로서 본질과 원칙에 충실한 작업을 해내는 것으로 유명하다. 하여 그의 작업은 규모는 작아도 결코 작지 않은 성취로 평가된다.

공자는 "정치를 할 때 덕에 근거하는 것을 비유하면 북극성이 제자리에 있으면 뭇 별들이 그것을 향하는 것과 같다."(위정 1)고 했다. 이는 기본이 중요하다는 말이다. 따라서 이 말은 정치뿐 아니라 삶의 모든 영역에서 적용할 수 있다. 기본이 제대로 서 있다면 긍정적 성과를 기대할 수 있다. 혹 성과가 기대에 미치지 못하더라도 다시 딛고 일어설 힘이 있다.

진정성 있는 소통이 가능한 커플은 시련에도 쉽게 헤어지지 않을 수 있다. 사랑과 신뢰 없이 현실적 조건으로 결합한 커플은 그 조건이 무너졌을 때 재기할 힘이 없다. 그처럼 기본, 곧 본질의 바탕을 마련하는 일은 소중하다. 본질의 바탕은 무시하고 형식적인 부분만 강조하다 보면 처음에는 그럴듯해 보이다가도 결국엔 문제들이 드러난다.

공자는 "이끌기를 정사로 하고 가지런히 하기를 형벌로 하면 사람들이 면하려고만 하고 부끄러움은 없다. 이끌기를 덕으로 하고 가지런히 하기를 예로써 하면 부끄러움도 알고 또 바로잡는다."(위정 3)고 했다. 여기서도 근본이 중요하다는 뜻을 설명했다.

건축계의 노벨상이라는 프리츠커상의 수상자로 페터 춤토르가 거론될 때에 그가 누구냐고 묻는 이들이 많았다고 한다. 그는 거대한 성과에만 주목하는 우리의 시선에서 벗어나 있었던 것이다. 그럼에도 건축의 본질에 대해 근본적 질문을 던지는 그의 건축관을 지지하고 높이 평가했던 사람들은 적지 않았다. 이런 일은 '삶의 본질'을 고민하는 사람들에게 고무적인 사례이다.

아직 남양성모성지를 방문할 기회가 없었다. 이 성지에는 페터 춤토르 말고도 눈길을 끄는 사연이 많다. 대성당의 설계는 마리오 보타(Mario Botta)가 맡았고 승효상이나 이동준 같은 국내의 유명 건축가들도 이 성지의 건축에 참여했다. 게다가 우리나라 1세대 여성 조경가 정영선이 이 성지의 조경을 맡았다. 대성당은 설계에서 완공에 이르기까지 10년을 훌쩍 넘겼다 하고 페터 춤토르의 작품은 아직(2024년 7월 현재) 진행 중이라 한다. 페터 춤토르가 설계한 발스(Vals)의 온천은 당장 가보기 어렵겠지만 남양성모성지는 멀지 않은 날에 방문해 볼 것이다. 가까운 곳에서 본질과 원칙에 충실하기로 유명한 건축가의 작품을 실감할 수 있다니 참으로 고마운 일이다.

---------------------------------- 원문 ----------------------------------

【위정 1】

子曰 爲政以德 譬如北辰 居其所 而衆星 共之

공자가 말했다.

"정치를 할 때 덕에 근거하는 것을 비유하면 북극성이 제자리에 있으면 뭇 별들이 그것을 향하는 것과 같다."

【위정 3】

子曰 道之以政 齊之以刑 民免而無恥 道之以德 齊之以禮 有恥且格

공자가 말했다.

"이끌기를 정사로 하고 가지런히 하기를 형벌로 하면 사람들이 면하려고만 하고 부끄러움은 없다. 이끌기를 덕으로 하고 가지런히 하기를 예로써 하면 부끄러움도 알고 또 스스로 바로잡는다."

樂 　성숙한
　　　관계 맺기

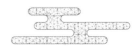

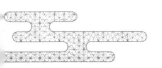

求也 退故進之 由也兼人 故退之
구야 퇴고진지 유야겸인 고퇴지

구는 물러나는 성향이라 나아가게 한 것이고, 유는 다른 사람보다 의욕
이 넘치기 때문에 물러나도록 한 것이다.
_선진 21

　요즘 사람들에게 옷은 맞추기보다 사는 것이다. 백화점·거리의 상
점·온라인 매장에서 헤아릴 수 없이 많은 옷들이 구매자를 기다린다.
누구든 원하는 디자인의 옷을 쉽고 빠르게 살 수 있다. 그런데 기성품
은 개성이 각각인 소비자에게 안성맞춤일 수 없다. 누구는 팔이 길고
어떤 이는 상체에 비해 하체가 발달되는 등 사람마다 신체의 특징이
있다. 이런 개인의 특성을 하나하나 고려한 기성복을 만들 수는 없다.
　기성복이 대세인 요즘에도 맞춤옷을 해 주는 집들이 있다. 이들은
보통 사람의 접근이 어려운 고가의 상점들로 주로 유명 디자이너가
주인이다. 그런데 지금처럼 기성복이 발달하기 전에는 동네마다 양

장점이나 양복점이 있었다. 오늘과 같은 호화로운 숍이 아니라 그저 동네 미용실과 같은 소박한 공간이었다. 여기서 옷을 맞추려면 우선 신체 치수를 재야 한다. 그렇게 그 사람의 신체 특징을 고스란히 반영한 단 하나의 옷이 만들어진다.

안성맞춤이란 말은 '안성맞춤 유기'라는 말에서 나왔다. 안성에서 특별 주문으로 맞춘 유기는 늘 사용자의 요구에 딱 맞았다고 해서 '안성맞춤 유기'라는 말이 나왔다. 이로부터 안성맞춤이란 말은 만족스러운 좋은 물건이나 딱 맞는 상황을 가리키는 표현이 되었다. 물건도 내 마음에 딱 맞는 것이 좋은 법인데 하물며 사람과의 관계에서야 두말이 필요치 않을 것이다.

공자의 교육 방법은 다양성을 고려한 맞춤식이었다. 자로가 들으면 바로 행해야 하는지를 물었을 때 공자는 "부모 형제가 계시는데 어떻게 듣고 바로 행할 것인가!"라고 했다. 다음에 염유가 같은 질문을 했더니 이번에는 "들으면 바로 행하라"고 말해주었다. 공서화가 이에 대해 질문했다.

"유가 들으면 바로 행해야 하는가를 물었을 때는 부형이 계신다고 답하셨고 구가 같은 질문을 했을 때는 들으면 곧 행하라고 하셨습니다. 저는 왜 같은 질문에 대해 선생님께서 다르게 대답하셨는지를 감히 여쭈어 봅니다."

공자는 공서화의 질문에 대해 다음과 같이 답했다.

"구는 물러나는 성향이라 나아가게 한 것이고, 유는 다른 사람보다 의욕이 넘치기 때문에 물러나도록 한 것이다."(선진 21) 이런 것이 공자의 맞춤식 가르침이다.

　다음은 사회적 약자를 대할 때의 모습을 알 수 있는 또 다른 일화이다. "맹인 악사 면이 뵈러 왔을 때 계단에 이르자 공자가 '계단입니다.' 했고, 자리에 이르자 '자리입니다.'라고 했다. 모두 자리에 앉자 공자가 그에게 알려주며 말했다. '아무개는 여기에 있고 아무개는 여기에 있습니다.' 악사 면이 나가자 자장이 질문했다. '이렇게 하는 것이 맹인 악사에게 말하는 도리입니까?' 공자가 말했다. '그렇다. 진실로 저 악사를 돕는 도리이다.'"(위령공 41) 이 대화를 보면 약자를 배려하는 공자의 섬세한 마음을 읽을 수 있다.

　편리함 때문에 기성복을 사 입고 규격화된 공산품을 구매한다. 그러나 사람을 대하는 장면에서도 정해진 매뉴얼만 고집할 수는 없다. 다른 이가 내게 그런 세심한 배려를 해 주었을 때의 감동을 알고 있지 않은가. 그 마음을 미루어 상대를 배려해 주면 우선 내 마음이 평화롭다. 상대는 나로 인해 위로와 격려를 받았을 것이다. 그렇게 관계는 한 단계 높은 차원으로 진입한다. 성숙한 관계 맺기의 중요한 팁이다.

.... 원문 ....

【위령공 41】

師冕 見 及階 子曰 階也 及席 子曰 席也 皆坐 子告之曰 某在斯 某在斯 師冕 出 子張問曰 與師言之道與 子曰 然 固相師之道也

맹인 악사 면이 뵈러 왔을 때 계단에 이르자 공자가 "계단입니다." 했고,

자리에 이르자 "자리입니다."라고 했다. 모두 자리에 앉자 공자가 그에게 알려주며 말했다.

"아무개는 여기에 있고 아무개는 여기에 있습니다."

악사 면이 나가자 자장이 질문했다.

"이렇게 하는 것이 맹인 악사에게 말하는 도리입니까?"

공자가 말했다.

"그렇다. 진실로 저 악사를 돕는 도리이다."

【선진 21】

子路問 聞斯行諸 子曰 有父兄 在 如之何其聞斯行之 冉有問 聞斯行諸 子曰 聞斯行之 公西華曰 由也問聞斯行諸 子曰 父兄在 求也問聞斯行諸 子曰 聞斯行之 赤也 惑 敢問 子曰 求也 退故進之 由也兼人 故退之

자로가 들으면 바로 행해야 하는지를 물었을 때 공자가 말했다.

"부모 형제가 계시는데 어떻게 듣고 바로 행할 것인가!"

이번에는 염유가 들으면 곧 행해야 하는지 물었다. 이에 공자는 "들으면 바로 행하라"고 말해주었다. 공서화가 이에 대해 질문했다.

"유가 들으면 바로 행해야 하는가를 물었을 때는 부형이 계신다고 답하셨고 구가 같은 질문을 했을 때는 들으면 곧 행하라고 하셨습니다. 저는 왜 같은 질문에 대해 선생님께서 다르게 대답하셨는지를 감히 여쭈어 봅니다."

공자가 답했다.

"구는 물러나는 성향이라 나아가게 한 것이고, 유는 다른 사람보다 의욕이 넘치기 때문에 물러나도록 한 깃이다."

樂 　　알맞게
　　따뜻함

忠告而善道之 不可則止 無自辱焉
충고이선도지 불가즉지 무자욕언

마음을 다해 말을 해 주고 좋은 길로 나아가도록 돕는다. 그러나 할 수 없다고 판단되면 거기서 그쳐야지 억지로 강요하여 스스로를 욕되게 하지 않아야 한다.

_안연 23

　　집밥이 외식업계의 키워드로 꼽히는 것은 재미있는 현실이다. 별날 것 없이 집에서 먹는 밥이 집밥인데 군이 화제가 되어버렸기 때문이다. 급증한 1인가구들은 끼니를 혼자 해결해야 할 경우가 많다. 그런데 이런 혼밥의 대열에 선 이들은 1인가구만이 아니다. 한집에 사는 가족이라도 생활 패턴이 달라서 밥시간을 맞추기 어렵다. 가족은 같이 밥을 먹는 관계라서 식구라 불렀는데 이제 가족을 식구라 칭하는 것은 적절치 못한 표현이 되었다.

　　사 먹는 음식에 이골이 난 이들은 보다 맛있는 것 혹은 좀 더 자극적인 맛을 찾아 나서기 마련이다. 그래서 우리는 맛집 순례를 통해 헛헛한 감정을 잠재우고 미각을 충족시키는 데에 기꺼이 많은 비용을 지불한다. 그 비용에는 음식값으로 지불하는 돈뿐만이 아니라 건강까지 포함되어 있다. 매식으로 심신이 피로해진 이들과 혼밥에 물린 이들을 달래 줄 최적의 아이템으로 집밥이 떠오른 것이다.

원래 집밥에는 자극적 레시피가 사용되지 않는다. 좋은 사람들과 함께 먹으니 정이 있는 음식이고, 엄마가 차려 준 음식이니 건강에 유익한 식재료가 사용된다. 외관은 화려하지 않고 맛도 자극적이지 않지만 편안하게 마주할 수 있는 식탁이다. 오늘의 사람들이 그리워하는 식사이다. 그러니 집밥을 표방하면서 자극적인 조미료를 아낌없이 쓰는 레시피를 선전하는 일은 아이러니다. 게다가 본래 상업적이지 않은 아이템이 장사에 활용되는 현실은 오늘의 가족문화와 연동된 하나의 상징이다.

제주 방언에 '맨도롱 또똣'이라는 말이 있다. '맨도롱하다'와 '또똣하다'는 말이 합쳐진 말이다. 맨도롱하다는 조금 다습다는 의미이고, 또똣하다는 따뜻하다는 뜻인데 두 단어가 합쳐져서 '먹기 좋을 만큼 알맞게 따뜻함'이라는 말이 되었다. 음식으로 말하면 집밥에 해당되고, 친구로 말하면 적절한 선을 유지하는 좋은 관계가 이 말에 해당될 것이다. 공자는 좋은 친구로 남고 싶다면 너무 뜨겁거나 지나치게 강직한 행동을 피하라고 조언한다. 자공이 벗과의 사귐에 대해 물었을 때 공자는 다음과 같이 말했다. "마음을 다해 말을 해 주고 좋은 길로 나아가도록 돕는다. 그러나 할 수 없다고 판단되면 거기서 그치고 억

지로 강요하여 스스로를 욕되게 하지 않아야 한다."(안연 23)

이것은 내가 아무리 따져보아도 그를 위해 좋은 말이다. 그런데도 그가 선뜻 수용하지 않으니 안타깝기 그지없다. 절대 포기하지 않고 끝까지 그를 따라다니면서 나의 좋은 뜻을 전하려고 애쓴다. 이런 행동은 나의 선의에도 불구하고 관계를 해치는 방식이다.

나는 좋은 뜻을 전하고 제안하는 것으로 충분하다. 그것을 받아들이든 아니든 결정은 친구의 몫이다. 아무리 좋은 뜻이라도 상대의 상황을 무시하는 행동은 강요가 된다. 이는 친구의 영역을 침해하는 일이다.

그때에 맞는 적절한 행동을 하려면 전체적인 상황을 고려할 수 있어야 한다. 아무리 좋은 덕목도 시의에 맞아야 긍정적인 결과를 기대할 수 있다. 특히 사람 사이에는 지켜 주어야 할 선이 있다. 가족은 자칫 그 선을 넘어가도 회복할 수 있는 여지가 있다. 그러나 친구 관계라면 복원하기 힘든 상황이 되어버린다. "큰 원리에 위배되지 않는 한에서 작은 일들은 융통성 있게 처리하는 것이 맞다"(자장 11)고 한 자하의 말을 기억하면 좋겠다. 그리하여 지나치게 뜨겁거나 자극적이지 않도록 적절한 감정의 온도를 유지할 필요가 있다. 이것이 친구와 오래도록 함께 갈 수 있는 지혜이다.

【안연 23】

子貢問友 子曰 忠告而善道之 不可則止 無自辱焉

자공이 벗에 대해 묻자 공자가 말했다.

"마음을 다해 말을 해 주고 좋은 길로 나아가도록 돕는다. 그러나 할 수 없다고 판단되면 거기서 그쳐야지 억지로 강요하여 스스로를 욕되게 하지 않아야 한다."

【자장 11】

子夏曰 大德 不踰閑 小德 出入 可也

자하가 말했다.

"큰 원리는 법도를 넘어가지 않는다면 작은 원리는 오고 가는 것이 가능하다."

樂　　　품위 있는
　　　　인격

巧言令色 鮮矣仁
교언영색 선의인

꾸민 말이나 거짓된 표정에서는 인을 찾기 어렵다.
_학이 3

　　취업의 마지막 관문인 최종 면접을 위해 나선 길에서 갑자기 쓰러진 행인을 발견하고 병원으로 옮기는 것을 도왔다. 덕분에 약속 시간을 넘겨 면접장에 겨우 도착하여 면접 기회를 잃을 처지에 놓였다가 곡절 끝에 가까스로 면접장에 입장했다. 공교롭게도 방금 병원의 응급처치를 받고 도착한 면접관은 아까 길에서 쓰러졌던 행인이다. 드라마의 에피소드로 심심치 않게 등장하는 소재이다.

　　흔한 픽션이고 진부한 서사이다. 그럼에도 불구하고 많은 시청자들은 이런 이야기를 싫어하지 않는다. 사람은 정말로 그럴 수 있는 가슴을 지녔고 그것이 지닌 힘을 믿기 때문이다. 게다가 그런 사람은 드라마 속에서 가공된 인물로만 존재하지 않는다. 실제에서도 이런 사람들을 만날 수 있다. 그럴 때면 내가 한 일도 아니면서 인간으로서의 자부심을 느낀다.

우리가 더 빨리 더 많이 더 큰 무엇을 생산해 내는 이들에게 열광할 때에도 그런 사람들은 곁에 있었다. 그들은 조용하지만 묵직하게 다른 사람의 마음에 닿는 행동을 보여준다. 이런 이들이 있어 아직 세상은 살 만한 곳이라 여길 수 있다. 그들은 아수라와 같은 세상의 다른 쪽을 들어서 결국 이 세상을 지탱해주는 힘이다.

그런데 이런 인격을 흉내 내며 이용하는 사람도 있으니 성급하게 사람을 판단할 일이 아니다. 언제부터인가 나는 많은 이들이 존경해 마지 않는 이들의 본모습을 의심하게 되었다. 매체의 평가에 따라 무턱대고 신뢰하다 알려진 것과 실질이 정반대인 모습을 발견했기 때문이다. 겉으로 드러난 포장과 판이한 속내를 발견하는 일은 참담하다. 이들은 자기 욕심을 솔직히 드러낸 사람보다 못하다. 자기의 욕심을 좋은 구호로 덮어 가린 사람들. 재주가 좋아서 말도 글도 잘 쓰는 능력이 있다면 팬덤(Fandom)은 더욱 두터워진다.

단점이 없는 사람은 없고 아무리 좋은 뜻을 가졌다 해도 실수가 없을 수 없다. 그러나 자신이 가장 중요한 것이라며 내세우는 주장과 반대의 길을 걷는 일은 다르다. 공자도 이런 사람을 혐오해 마지않았다. 그래서 "잘 보이려고 꾸민 말과 가식적인 표정"(학이 3)을 무엇보다 싫어했던 것이다.

감염자 격리병동 현장에서 자신의 임무를 다한 간호사. 자신의 생명도 경각에 놓인 침몰되어 가는 선박에서 한 사람이라도 더 구조하고자 최선을 다한 어떤 남성. 부모 잃은 이웃의 아이를 품어주는 모성. 급식비를 낼 수 없는 친구의 손을 잡아주는 학생. 이른 아침 깨끗한 화장실로 만들어 주는 환경미화 노동자. 연구실의 밤을 밝히는 연구원의 열정.

세상의 건강함은 이들이 지켜준다. 세계 평화를 외치는 정치가나 좋은 뜻을 선전하는 선동가들이 아니다. 물론 모두에게 주목받는 위치에 있는 사람들 중에도 공익을 위해 투신하는 이들이 있다. 이들은 자기 가족에게 모질게 대하거나 친구를 무시하고 동료를 배신하지 않는다.

사람의 품위는 사람이 지켜야 할 심성을 잊지 않았을 때에 비로소 갖추어진다. 그것은 화려한 스펙으로 만들어질 수 없다. 옛사람들은 남을 배려하고 존중하는 일상의 작은 행동을 가르치는 것으로부터 소학의 교육을 시작했다. 이를 통해 기본을 아는 품위 있는 인격으로 키워내고자 했다. 이런 생각은 오늘이라고 해서 다를 것이 없다. 세상의 건강함을 지켜줄 수 있는 이를 키워내는 일이지 않은가.

----------------------------------- 원문 -----------------------------------

【학이 3】

子曰 巧言令色 鮮矣仁

공자가 말했다.

"꾸민 말이나 거짓된 표정에서는 인을 찾기 어렵다."

仁者樂山

어진 사람은 의리에 만족하여 몸가짐이 진중하고 심덕이 두터워
그 마음이 산과 비슷하므로 자연히 산을 좋아한다.

【옹야】

3

知天命
지 천 명

: 세상의 이치를 이해하다

흠 　　오십
　　　　플러스

君子求諸己 小人求諸人
군자구저기 소인구저인

군자는 자신에게서 구하고 소인은 다른 이에게서 구한다.
_위령공 20

　오십 대에 들어서서 어중간한 나이에 걸친 이들에겐 어려움이 많다. 완전 나이 든 사람으로 처신하기엔 아직 패기가 남아있다. 그렇다고 젊은 축에 끼이자니 그들의 소통 도구에 미숙하다는 애로사항이 있다. 신체적 조건은 하루하루 열악해진다. 밤을 새워서 작업을 하고 다음 날 정상 생활을 하는 것은 불가능에 가깝다.

　나도 한때는 좌고우면하지 않고 직진하던 때가 있었다. 그런데 이제는 여기저기 돌아보고 주춤대다 주저앉는 것이 일상이 되었다. 나이와 함께 찾아오는 부정적인 효과들에만 주목하다 보면 희망이 없다. 세상의 모든 현상이 그러하듯 완전히 나쁘거나 좋기만 한 일은 없다. 측면을 달리해서 보면 좋은 일에도 근심이 달려있고 나쁜 일에도 기회가 숨어있는 법이다.

공자가 오십의 나이는 세상의 이치를 아는 때[지천명]라고 했던 데에는 분명한 뜻이 있다. 이치를 아는 것은 보다 균형 있는 안목으로 사태를 파악할 때 주어지는 능력이다. 지금 바로 여기에서 나의 위치를 바로 보고 내가 가진 강점에 주목하면 없던 희망이 절로 살아난다. 공자의 의견에 따르면 어떤 세대에게도 자신이 가진 강점이 있다. 그런데 그 강점은 순간의 선택으로 돌변하여 약점이 되기도 한다.

지금까지 내가 걸어왔던 길을 돌아보아 부끄러움이 없다면 스스로를 칭찬해 줄 필요가 있다. 스스로에게 받는 격려도 예상 외로 힘이 있다. 자신을 부끄러워하고 왜소하게 만드는 일은 의외로 자신에게서 유래되는 경우가 많다. 다른 이들은 그렇게 생각하지 않는데 스스로 열등해졌다고 치부하는 것이다.

그러니 내가 마주한 어려움을 넘어설 근거를 우선 내 안에서 찾는 것이 현명한 길이다. 남들이 나를 뒤처졌다고 보는 것은 기우일 수도 있다. 괜한 피해의식으로 위축될 필요가 없다. 그렇지 않고 구세대로서의 무가치를 지탄받는 입장이라면 역으로 구세대로서의 가치를 입증하려는 전략을 세우면 된다. 공자는 "군자는 자신에게서 구하고 소인은 다른 이에게서 구한다."(위령공 20)고 했다. 남 탓 말고 스스로 원인을 찾아서 해결해 가자는 적극적 의지를 강조한 말이다.

살아있는 생명의 장이라면 언제고 문제가 일어날 수 있다. 살아있는 것들은 움직이기 마련이다. 이런 것이 삶의 어려움이자 묘미가 아니겠는가. 지난 2016년에 서울시에서 만든 '오십플러스센터'는 이런 의미를 잘 살린 기획이었다. 오십을 제2의 인생 설계가 필요한 시점으로 보고 지자체에서 이를 지원하자는 제도였다. 많은 이들이 이 센터의 도움으로 지금까지 자신이 못 해 봤던 새로운 일에 도전할 수 있는 기회를 얻었다. 6년 이상 활성화되었던 사업이 근간에는 지지부진한 모양이라 아쉽다.

이 기획은 중장년 세대가 공통적으로 직면한 문제를 공론화시켰다는 의의를 지닌다. 지금은 다소 주춤한 모양새이나 이 불꽃은 꺼지지 않을 것이다. 멀지 않은 날에 서울시뿐 아니라 전국석으로 더 활성화되는 모양을 갖출 것이다.

내가 해 왔던 일 중에 놓쳐서는 안 될 부분은 무엇인가. 꼭 지켜가야 할 일이라면 다시 재정비할 시점이다. 아니면 지금 하고 있던 일과 완전히 다른 어떤 일에 도전해 볼 수도 있다. 몸피는 줄이되 깊이를 더 주는 일도 좋다. 몸피도 깊이도 줄인 새로운 일로 부담을 덜어내는 방향도 나쁘지 않겠다.

나와 생각이 같은 친구들과 생각을 나누는 모임을 만들어 보는 것이다. "군자는 자긍심이 있지만 남과 다투지 않고, 무리와 함께 지내더라도 당파를 만들지는 않는다."(위령공 21)고 했다. 날 선 토론이 필요하지 않은 모임이면 편안하게 참여할 수 있을 것이다. 같은 문제의식을 가진 이들이 느슨한 관계로 모이는 방식이면 좋겠다. 이런 식으로 개인의 문제의식을 공론화하여 힘을 키우면 결국 사회의 변화를 이끌어 낼 수 있다.

【위령공 20】

子曰 君子求諸己 小人求諸人

공자가 말했다.

"군자는 자신에게서 구하고 소인은 다른 이에게서 구한다."

【위령공 21】

子曰 君子矜而不爭 群而不黨

공자가 말했다.

"군자는 자긍심이 있지만 남과 다투지 않고 무리와 함께 지내더라도 당파
를 만들지는 않는다."

喜 　　　참사랑의
　　　　　길

君子尊賢而容衆 嘉善而矜不能
군자존현이용중 가선이긍불능

군자는 현명한 이를 높이지만 대중을 포용하고, 잘하는 이를 아름답게
여기나 능력 없는 이를 불쌍히 여긴다.
_자장 3

　자하는 자신의 제자에게 "사귈 만한 사람은 함께 하고 사귀어서 안
될 이는 거절한다."(자장 3)고 조언했다. 자장이 이 말을 전해 듣고 다
음과 같이 자신의 의견을 밝혔다. "내가 들은 것과 다르구나. 군자는
현명한 이를 높이지만 대중을 포용하고, 잘하는 이를 아름답게 여기
나 능력 없는 이를 불쌍히 여긴다. 만일 내가 대단히 현명한 이라면
타인에 대해 받아들이지 못할 것이 무엇이겠는가. 내가 현명하지 못
하다면 다른 사람들이 나를 거절할 것인데 어떻게 타인을 거절할 것
인가."(자장 3)
　재벌가의 엄마가 아들에게 말한다.

"저 아이는 그저 네가 부리는 사람이야. 우리와 다른 계급임을 분명히 알려주어야 해."

고등학교 때부터 단짝으로 지내온 아들의 친구를 두고 한 말이다. 드라마에 나온 장면이지만 현실에도 이런 식으로 사람을 거절하고 선을 긋는 일이 적지 않다.

좋은 학군에 거주하며 비슷한 수준의 경제력을 가진 이들이 모여 자녀의 과외 팀을 꾸린다. 이들은 내 아이의 미래를 위해 좋은 인맥을 만들어 주어야 한다고 생각한다. 그런데 비슷한 환경의 사람들 하고만 교류하는 것이 정말 아이의 미래를 위해 좋은 일일까. 단백질이 몸에 좋다고 해서 그것만 과잉으로 섭취하면 영양 상태는 엉망이 된다.

세상은 넓고 그만큼 다양한 사람들이 살고 있다. 사람이 무균실과 같이 차단된 공간에서 살아갈 수는 없다. 언제 어느 곳에서 어떤 사람을 만나게 될지 모른다. 그때마다 생기는 문제를 부모가 따라다니며 해결해 줄 수 없다. 그러므로 부모는 자식이 경험의 폭을 넓히고 내면의 힘을 다지도록 돕는 것이 현명하다.

공자는 그가 잘 살 수 있도록 배려하는 것을 사랑이라 정의했다. 그러니 아이가 편향된 안목을 갖게 하는 사랑은 진정한 사랑이 아니다. 진정 사랑한다면 그가 지금보다 나은 자리에 설 수 있도록 해야 하기 때문이다. 발전된 삶의 자리란 자신을 반성하고 타인을 배려하는 태도가 몸에 배인 상태이다. 이것을 공자는 "자기를 수련하고 다른 사람들을 편안하게 해 주는 것."(헌문 45)이라고 표현했다.

출세와는 거리가 멀지만 그의 삶 자체가 존경스러운 이가 있다. 반면에 떠들썩한 명망을 가졌지만 보잘것없는 사람도 있다. 그러니 미리 선을 그어 두고 사람을 사귀는 것은 위험천만이다. 자기 세상의 폭을 그만큼 좁히는 길이다. 어떤 이는 나의 도움을 필요로 하고 때론 내가 다른 사람의 도움을 구할 수도 있다. 이런 상호 관계가 부드럽게 만들어지면 관계 맺기 능력이 뛰어난 것이다. 이런 능력이야말로 삶에 유익하다.

함께 하고 싶은 사람이 되는 길은 수기(修己)에 있다. 수기는 내가 좋은 사람이 되기 위해 마음을 다하는 공부이다. 같이 살아갈 사람들을 지지하고 지원하는 자세는 안인(安人)이다. 안인은 타인을 배려하여 그가 편안하게 살 수 있도록 돕는 자세이다. 수기안인은 사람들의 생생한 관계를 기초하는 관건이다. 아이에게 이런 생각을 소개해 주고 얻을 수 있는 이익은 좋은 과외 팀을 만들어 주는 것과는 비할 수 없이 클 것이다. 존경할 만한 이를 존경하고 약자를 포용하는 인격으로 키워진 아이는 서로를 살리는 관계를 잘 이해할 수 있다. 이는 무균실과 같은 데에서 길러진 이는 닿을 수 없는 경지이다.

―――――――――――― 원문 ――――――――――――

【헌문 45】

子路問君子 子曰 修己以敬 曰 如斯而已乎 曰 修己以安人 曰 如斯而已乎
曰 修己以安百姓 修己以安百姓 堯舜 其猶病諸

자로가 군자에 대해 묻자 공자가 말했다.

"경으로서 자신을 닦아야 한다."

"이렇게만 하면 되는지요?"

"자기를 닦고 사람들을 편안하게 해 주어야 한다."

"이렇게만 하면 되는지요?"

공자가 다시 말했다.

"자신을 수련하고 백성들을 편안하게 해 주어야 한다. 자신을 수련하고 백성들을 편안하게 해 주는 일은 요순도 오히려 부족하다고 여겼던 것이다."

【자장 3】

子夏之門人 問交於子張 子張曰 子夏云何 對曰 子夏曰 可者 與之 其不可者 拒之 子張曰 異乎吾所聞 君子尊賢而容衆 嘉善而矜不能 我之大賢與 於人 何所不容 我之不賢與 人將拒我 如之何其拒人也

자하의 문인이 자장에게 사귀는 것에 대해 물으니 자장이 말했다.

"자하는 무엇이라 말했는가?"

대답해서 말하기를 "자하께서는 사귈 만한 사람은 함께 하고 사귀어서 안될 이는 거절한다고 하셨습니다."

자장이 말했다.

"내가 들은 것과 다르구나. 군자는 현명한 이를 높이지만 대중을 포용하고, 잘하는 이를 아름답게 여기나 능력 없는 이를 불쌍히 여긴다. 만일 내가 대단히 현명한 이라면 타인에 대해 받아들이지 못할 것이 무엇이겠는가. 내가 현명하지 못하다면 다른 사람들이 나를 거절할 것인데 어떻게 타인을 거절할 것인가."

흚　　　고마운
　　　　　사람

歲寒然後 知松栢之後彫也
세한연후　지송백지후조야

날이 추워진 뒤에야 소나무와 잣나무가 뒤에 시든다는 것을 알 수 있다.
_자한 27

　존재 자체로 고마운 사람이 있다. 나와 동시대에 그가 함께 한다는 사실만으로 위안이 되는 이가 있다. 공자와 같은 시대에 살았던 이들도 나와 같은 마음이었을까. 마음으로부터 따르고 싶은 선생님 문하에서 배울 수 있었던 이들은 행복했을 것이다. 진나라 대부 진항이 공자를 폄하하자 자공은 바로 반박하여 공자를 변호한다. 자공의 긴 이야기 속에는 공자를 존경하고 따르는 마음이 그대로 배어있다.

　"군자는 한마디 말로 아는 사람이 되고, 한마디 말로 알지 못하는 자가 되니 말을 삼가지 않으면 안 됩니다. 선생님께 미칠 수 없는 것은 마치 하늘에는 계단을 타고 오를 수가 없는 것과 같습니다. 선생님이 나라를 얻으신다면 세우고자 하는 것은 곧 서고, 이끌면 곧 행해지며, 편안하게 하면 곧 오고, 움직이게 하면 곧 조화롭게 되어 그가 살아있을 때는 영광스럽고 돌아가시면 슬퍼할 것이니 이런 분을 어떻게 따라갈 수 있겠습니까?"(자장 25)

어린 시절 한때 보수는 틀렸고 진보는 옳다고 생각했던 적도 있었다. 세상 경험을 좀 더 하게 되면서 보수 중에서도 옳은 이가 있고 진보 중에도 옳지 못한 이가 있다는 현실을 배웠다. 그러니 사회를 바라보는 시각 자체는 문제가 아니다. 자신의 정치적 지향에 관계없이 사익을 중시하고 권력을 따르는 이들은 옳지 못한 길을 간다.

제도권에 들어가지 못한 연구자들은 사회적 약자이다. 의사결정을 할 수 있는 자리에 있지 못하다는 점에서 그렇다. 나와 같은 처지의 몇몇 연구자들과 재력과 명망을 두루 가진 인사 사이에 문제가 생긴 적이 있었다. 어떤 문제가 생겼을 때 양편 당사자의 권력관계를 저울질하고서 유력한 편에 서는 것이 인지상정이라 하자.

그러나 공정함을 지향하는 이라면 적어도 상황을 객관적으로 해석하고 그에 따른 판단을 할 것으로 기대한다. 그러나 당시 우리가 처한 문제에 관여한 십여 명의 사람 중 두 명만이 약자인 연구자들의 의견에 귀를 기울여 주었다. 모두가 평소 사회적 약자의 편에 서는 것이 정의라고 떠들던 이들이었다.

그럼에도 불구하고 소수였으나 우리 편이 존재했던 것이 내게는 큰 힘이 되었다. 그 때문에 세상에 대한 희망을 완전히 버리지 않을 수 있었다. 몇 년간의 소용돌이를 경험하고 나는 두 가지를 배운 셈이다. 하나는 대중에게 알려진 이미지와 실제의 인격은 상반될 수 있다.

그리고 대다수는 권력을 따른다. 이들로부터 입은 상처가 일의 실패보다 아팠다.

다른 하나는 대세보다 공정하게 판단하려는 사람도 있음을 확인한 것이다. 이들 소수에게서 얻은 힘이 이후의 삶에 더 큰 영향을 주었다. "날이 추워진 뒤에야 소나무와 잣나무가 뒤에 시든다는 것을 알 수 있다."(자한 27)는 말을 절실하게 이해했던 경험이었다.

아무 일 없이 즐거울 때야 무슨 문제가 있겠는가. 같이 웃고 즐기면 그만이다. 그런데 어려운 일이 생겨 분쟁이 초래되면 비로소 그 사람의 진짜 생각을 볼 수 있다. 여름의 싱싱한 신록이 영원할 순 없다. 가을이 가면 겨울이 오는 것이 자연의 이치다. 여름에는 모두가 녹색인 줄 알았지만 겨울이 되면 상록수만 푸른색을 유지하는 것도 자연이다.

공자 같은 스승을 욕심내지는 않는다. 그러나 거기 있어서 고마운 분들이 있다. 내 생각이 잘못되지 않았음을 알게 해 준다는 의미에서 그들은 나의 스승이다. 판단의 기준은 힘의 유무가 아니라 사실의 옳고 그름에 있음을 알고, 그에 따라 행동하는 이들의 존재 그 자체가 내게는 위안이다.

.... 원문 ....

【자한 27】

子曰 歲寒然後 知松栢之後彫也

공자가 말했다.

"날이 추워진 뒤에야 소나무와 잣나무가 뒤에 시든다는 것을 알 수 있다."

【자장 25】

陳子禽 謂子貢曰 子爲恭也 仲尼豈賢於子乎 子貢曰 君子 一言以爲知 一
言以爲不知 言不可不愼也 夫子之不可及也 猶天之不可 階而升也 夫子之
得邦家者 所謂立之斯立 道之斯行 綏之斯來 動之斯和 其生也榮 其死也
哀 如之何其可及也

진자금이 자공에게 말했다.

"그대가 공손해서이지 중니가 어떻게 그대보다 현명하겠습니까?"

자공이 답했다.

"군자는 한마디 말로 아는 사람이 되고 한마디 말로 알지 못하는 자가 되
니 말을 삼가지 않으면 안 됩니다. 선생님께 미칠 수 없는 것은 마치 하늘
에는 계단을 타고 오를 수가 없는 것과 같습니다. 선생님이 나라를 얻으신
다면 세우고자 하는 것은 곧 서고, 이끌면 곧 행해지며, 편안하게 하면 곧
오고, 움직이게 하면 곧 조화롭게 되어 그가 살아있을 때는 영광스럽고 돌
아가시면 슬퍼할 것이니 이런 분을 어떻게 따라갈 수 있겠습니까?"

흠 　명실상부
（名實相符）

君君臣臣父父子子
군군신신부부자자

임금은 임금답고 신하는 신하답고 부모는 부모답고 자식은 자식답게
하는 것입니다.
_안연 11

　제나라 경공이 공자에게 정치에 대한 견해를 물었다. 이에 대해 공
자는 "임금은 임금답고 신하는 신하답고 부모는 부모답고 자식은 자
식답게 하는 것입니다."(안연 11)라고 간명하게 답했다. 이름에 맞는
행동을 할 수 있도록 이끄는 것이 좋은 정치라는 뜻이다. 이로부터 공
자의 정치론을 말할 때 우선 거론되는 것이 정명론(正名論)이다. 사람
들이 자신이 선 자리에서 그 역할을 제대로 해 내려 노력하는 사회는
이상적인 곳이다.
　일 년 전 오늘 오송의 한 지하차도에서 어이없는 참사가 발생했다.
폭우로 불어난 미호강의 임시제방이 무너지자 강물이 범람하여 순식간에 지하차도를 잠식했다. 때마침 그곳을 지나던 차들이 지하차도의 짧은 구간을 채 빠져나가지 못하고 고립되었다. 차에 타고 있던 사람 중에 많은 이들이 구조되지 못하고 희생당하는 불행한 일이 벌어졌다.

사고를 당한 차 중에는 버스도 한 대 있었는데 이는 내가 청주에 가면 가끔 이용하던 버스였다. 마침 그날 청주에 강의가 있어서 오송역에 내린 다음 그 시간에 그 버스를 탔다면 어땠을까. 나라고 그 참사를 벗어날 수 있었겠는가. 보통 사람에게 예고 없이 닥치는 슬픈 사고를 또 한 번 보아야 했다. 참담한 심정이었다.

그 사고의 직접 원인은 미호강의 범람이었다. 강의 범람을 막아주던 자연제방을 무단으로 절개하고 임시로 세워 둔 제방이 제 역할을 하지 못했다. 그래서 몇 분 사이에 강한 물살이 도로를 침범했다. 이것만으로도 통탄할 일이다. 그런데 이런 일이 벌어지고 난 뒤에도 현명한 대처는 없었다. 재해가 일어났을 때 지휘하고 구조하는 체계가 원활하게 가동되었더라면 그렇게 많은 인명을 속수무책으로 잃지는 않았을 것이다.

그 자리에서 자기 이름에 맞는 일을 해내는 것은 이렇게 중요한 일이다. 정명이 이루어지는가에 따라 사람의 생명을 구할 수도 있고, 어처구니없는 사고를 당할 수도 있다. 오송의 참사는 일 년이 지난 오늘까지 책임 있는 자리에 있던 사람들에 대한 징계가 이루어지지 않았다. 이것은 정명론에 반하는 일이다. 그 이름에 맞는 대처를 하지 못했으면 책임을 지는 것이 당연한 일이다. 공자가 말한 정명은 지금의 현실에서도 준거가 되어야 하는 이론이지 않은가.

리더는 사태를 정확히 파악하고 그에 맞는 결정을 신속하게 해 주어야 한다. 담당 공무원은 결정된 사안에 따라 자신이 맡을 일을 정확히 해내어야 한다. 이런 공조가 잘 이루어지면 재난에 처하더라도 그 피해를 최소화할 수 있다. 반면에 거짓을 말하는 공무원. 해서는 안될 일을 하고야 만 기술자. 그 너머에서 부정의 고리를 만들어 낸 권력. 이런 부정으로 연결된 사회의 시민들은 재난이 없더라도 하루하루가 괴롭다.

장인은 자신이 맡은 일에서 최대한의 효과를 내는 이다. 뛰어난 장인은 본격적으로 일을 하기 전에 자신이 사용해야 할 도구를 잘 점검하고 단련해 둔다. 준비된 자세와 좋은 도구는 명품 탄생의 핵심 요소이다. 그런데 이런 자세는 장인에게만 해당되는 일이 아니다.

그래서 공자는 이것을 사람의 길에 비유했다. 나아가 각자의 자리에서 장인과 같은 자세를 가진 이들의 연합을 이야기했다. 공자는 "장인이 자신의 일을 잘하고자 하면 반드시 먼저 그 도구를 날카롭게 해 두는 것이니 그 나라에 머물 때에는 그곳의 대부 중에 현명한 사람을 받들고 그 선비 중에 인한 사람과 벗으로 사귀어야 한다."(위령공 9)고 했다. 뜻이 바른 이들이 힘을 합해 걸어가야 좋은 세상으로 가는 길이 열릴 것이라는 의미다.

【안연 11】

齊景公問政於孔子 孔子對曰 君君臣臣父父子子 公曰 善哉 信如君不君
臣不臣 父不父 子不子 雖有粟 吾得而食諸

제경공이 공자에게 정치에 대해 묻자 공자가 대답하여 말했다.

"임금은 임금답고 신하는 신하답고 부모는 부모답고 자식은 자식답게 하
는 것입니다."

공이 말했다.

"좋은 말씀입니다! 진실로 임금이 임금답지 못하고 신하가 신하답지 못하
며 부모가 부모답지 못하고 자식이 자식답지 못하다면 비록 곡식이 있더
라도 내가 어떻게 그것을 먹을 수 있겠습니까."

【위령공 9】

子貢問爲仁 子曰 工欲善其事 必先利其器 居是邦也 事其大夫之賢者 友
其士之仁者

자공이 인을 행하는 방법에 대해 묻자 공자가 말했다.

"장인이 자신의 일을 잘하고자 하면 반드시 먼저 그 도구를 날카롭게 해
두는 것이니 그 나라에 머물 때에는 그곳의 대부 중에 현명한 사람을 받들
고, 그 선비 중에 인한 사람과 벗으로 사귀어야 한다."

怒　　　따뜻한
　　　　　말 한마디

切切偲偲 怡怡如也 可謂士矣 朋友切切偲偲 兄弟怡怡
절절시시 이이여야 가위사의 붕우절절시시 형제이이

간절하고 자상하며 온화하면 선비라고 할 수 있다. 벗들에게는 간절하고 자상하며 형제간에는 온화하게 함이다.
_자로 28

　취미는 주업과 멀리 떨어진 영역에서 찾아보는 것이 여러모로 좋은 것 같다. 내가 춤추는 것을 좋아한다는 것을 발견한 것은 삼십이 훌쩍 넘어서였다. 발견한 이상 그대로 묵히지 말고 정식으로 배워보자 마음먹었다. 재즈댄스로 시작해서 탱고를 거쳐 안착한 것이 밸리댄스였다. 2~3년 정도 되니 제법 몸에 익숙해지며 내게 맞는 종목이라는 것을 알게 되었다. 한참 재미가 있던 참이었는데 아쉽게도 사정이 생겨서 계속할 수 없었다.

　그 후 2년쯤 뒤에 다시 강습할 수 있는 기회가 생겼다. 오랜만의 수업이었지만 다시 해도 역시 재미있었고 낯설지 않았다. 문제는 좀 다른 데서 발생했다. 기존 수강생들은 중급 이상의 수준인 것으로 보아 경력이 오래된 데다 줄곧 함께였는지 관계도 돈독해 보였다. 게다가 경험자 신입인 내가 불편했는지 담당 강사의 코멘트도 자못 무정했다.

어찌 되었든 춤을 추는 시간에는 내내 즐겁고 재미있었다. 그런데 수업 시간 전후로 소외감이랄까 껄끄러운 분위기가 감지되었다. 아니나 다를까 나와 같이 신입이던 몇 사람 중에 한 달을 넘긴 이는 나뿐이다. 기분 좋아지려고 하는 취미생활로 불쾌해질 필요가 없겠다 싶어서 세 달 만에 이 교실을 나왔다.

너그러움이나 배려 같은 가치를 실현하는 일은 말처럼 쉽지 않다. 누구나 타인을 배려하는 일이 옳다는 것을 알고 있지만 그것이 몸으로 실천되는 것은 차원이 다른 문제이다. 자칫 무신경하게 행동하는 순간에 같은 공간에 있는 어떤 이는 어려움을 토로하고 있을지 모른다. 그래서 공자는 "간절하고 자상하며 온화하면 선비라고 할 수 있다. 벗들에게는 간절하고 자상하며 형제간에는 온화하게 함이다."(자로 28)라고 했다. 주위 사람을 섬세하게 살피는 마음을 보이라는 말이다.

친구의 한마디가 울림이 되어 자기 삶의 새로운 영역을 열어갈 수 있었다는 이도 있다. 선생님의 격려 때문에 꿈을 잃지 않았던 아이도 있다. 관심과 진정이 담긴 말 한마디가 사람을 살리는 힘이 될 수 있다.

살려준다는 것이 꼭 절체절명의 위기에서 생명을 구해주는 일만을 의미하지는 않는다. 일상에서 건네는 한마디 말에 상대가 잘 살기를 바라는 마음을 받쳐놓는 일이 더 실제적이고 구체적인 실천이다. 주변에서 좋은 기운을 많이 받은 사람일수록 더 힘차고 건강한 생명의 길로 나아갈 수 있다.

그런데 기를 살려주는 행동이 칭찬 일색을 말하는 것은 아니다. 세심하게 때에 맞는 적절한 피드백을 주는 것이 바로 간절하고 자상하게 상대를 살리는 행동이다. 그리하여 선한 일에는 같이 나아가고자 하고, 악한 일은 함께 반대하려는 마음의 표현이면 족하다. 그래서 공자는 "군자가 의로움을 바탕으로 삼고, 예에 근거하여 행동하며, 겸손함으로 나아가고, 신뢰로써 일을 이룬다면 역시 군자로다!"(위령공 17)라고 했던 것이다. 도덕적 삶에서 생명의 가치를 발견하자는 것이다.

발리댄스 강습을 마지못해 마쳐야 했던 경험을 통해 나는 선 밖에 선 사람들의 소외감을 느껴볼 수 있었다. 취미로 선택한 일이야 언제든 그만두면 되니 별스런 일이 아닐 수 있다. 그런데 피할 수 없는 생활의 영역에서 빚어지고 있을 다양한 상황들이 있을 것이다.

그리고 나를 돌아보았다. '별생각 없이 나와 상관없는 사람들이라 여기고 누군가를 무시하거나 그에게 상처가 될 말을 한 적은 없을까.' 그런 다음에 생각했다. '어디서든 나보다 적응이 어려울 법한 이를 만나면 따뜻한 말 한마디라도 건네줄 수 있는 사람이면 좋겠다.' 아름다운 사람들의 세상은 이런 나의 작은 행동에서 비롯될 수 있지 않을까.

【자로 28】

子路問曰 何如 斯可謂之士矣 子曰 切切偲偲 怡怡如也 可謂士矣 朋友切
切偲偲 兄弟怡怡

자로가 질문했다.

"어떻게 해야 선비라고 할 수 있습니까?"

공자가 말했다.

"간절하고 자상하며 온화하면 선비라고 할 수 있다. 벗들에게는 간절하고
자상하며 형제간에는 온화하게 함이다."

【위령공 17】

子曰 君子 義以爲質 禮以行之 孫以出之 信以成之 君子哉

공자가 말했다.

"군자가 의로움을 바탕으로 삼고 예에 근거하여 행동하며 겸손함으로 나
아가고 신뢰로써 일을 이룬다면 역시 군자로다!"

怒

길을 찾는 사람들

莫春者 春服旣成 冠者五六人 童子六七人
모춘자 춘복기성 관자오륙인 동자육칠인

浴乎沂 風乎舞雩 詠而歸
욕호기 풍호무우 영이귀

늦봄에 봄옷이 다 만들어지면 관을 쓴 사람 대여섯 명과 어린아이 예닐곱 명과 함께 기수에서 목욕하고 무우에서 바람을 쐰 다음 노래하며 돌아오고 싶습니다.

_선진 25

외국계 회사에서 1억 연봉을 받던 삼십 대 젊은 부부가 푸드 트럭(Food Truck) 사업을 시작했다는 기사를 본 적이 있다. 누가 봐도 안정된 생활이 가능한 이들이 어려움이 예상되는 새 직업을 찾았다니 그 이유가 궁금해서 기사를 자세히 읽었던 기억이 있다. 이들은 자신들이 열심히 일해서 회사의 수익을 올릴수록 결국 다른 나라의 이익을 돕는다는 사실이 내내 불편했었다. 마음 편하게 자신들의 꿈을 펼쳐보자는 생각으로 회사를 나왔다. 그리고 이들이 새로운 사업으로

정한 것이 김치볶음밥 전문 푸드 트럭이었다.

이렇게 그들은 성취감을 주지 못하는 안정된 직장 대신 불안정하나 자신의 꿈을 펼 수 있는 일을 택했다. 그들은 이 일을 시작하고 그전에 알지 못했던 사회의 냉대를 경험했다고 했다. 주변 상가의 주인들이 그들을 예쁘게 볼 리가 없었기 때문이다. 그러나 어려움보다 더 큰 행복감을 느낀다고 했다.

우리 전통에 기반한 좋은 음식을 매체로 돈을 벌고 또 그것을 세계적으로 알리겠다는 자기들만의 희망이 생겼기 때문이다. SNS를 통한 적극적 홍보가 그들의 사업을 알리는 데 많은 도움이 되었고, 한 노르웨이의 페이스북 친구로부터는 합작 제의도 받았다. 여기까지가 오래전 기사에서 얻은 정보였다. 그들의 최근 소식이 궁금해서 검색해보니 안정적으로 사업을 이어가고 있었다. 사업을 시작하고 몇 년 지나 닥친 코로나19 팬데믹으로 어려움을 겪었지만 잘 극복한 것 같았다. 현재 그들은 대치동에 매장을 내고 그 사업을 이어가고 있다.

안온한 삶에 안주하지 않고 더 재미있고 의미 있는 삶을 찾아 나서는 젊은이들의 모습은 아름답다. 은퇴 이후에도 아직 많은 생을 살아내야 할 우리 시대의 장년들은 이런 젊은이들의 도전을 눈여겨보고 배워야 한다. 공자는 이천오백 년 전의 인류이나 역시 선진적이다. 자신의 행복한 삶을 위한 기획이 중요하다는 점을 알려준 것을 보아도 잘 알 수 있다.

어느 날 제자들과 담소하는 자리에서 공자가 질문한다. "평소에 '나를 알아주지 않는다.'고들 하는데 만일 자신을 알아준다면 무엇을 하겠는가?"(선진 25) 제자들은 각자 솔직하고 구체적으로 원대한 포부를 밝혔다. 그런데 증석만은 다른 제자들과 확연히 다른 대답을 했다. "늦봄에 봄옷이 다 만들어지면 관을 쓴 사람 대여섯 명과 어린아이 예닐곱 명과 함께 기수에서 목욕하고 무우에서 바람을 쐰 다음 노래하며 돌아오고 싶습니다."(선진 25)

세상을 경륜하는 큰 뜻을 이야기하는 제자들 사이에서 단연 튀는 대답을 한 증석의 이 말에 대해 공자는 감탄하면서 말했다. "나는 점과 함께 하리라!"(선진 25) 공자는 이 한마디를 통해 현실 인식과 자기 객관화가 부족했던 여러 제자들의 반성을 유도했다. 나아가 단단하게 자신의 삶을 단련해 가는 사람만이 지닐 수 있는 넉넉한 마음을 응원해 주었다.

봄의 정취를 즐기는 것은 그저 한가한 놀이가 아니다. 생생한 생명의 과정을 확인하는 자리이며 거기서 오는 기쁨을 몸으로 감지하는 체험이다. 공자는 자기 삶을 스스로 장악한 이에게 허락된 세상과 자연을 대하는 여유를 알려주려 했다. 아무리 좋은 뜻도 스스로 이해하지 못하고 흉내만 낸 것이면 좋은 결과를 기대할 수 없다. 반면 자신의 선택이 자기 결정에 기초한 것이면 그 일을 해 나갈 수 있는 자기 이유가 있다. 그렇기에 자기 삶에 몰입할 수 있다. 결과의 성패는 그 다음의 문제이다.

그러니 스스로 만족감을 느끼며 자기 일을 해 나가는 자세가 중요하다는 말씀이다. 인을 실천하는 삶을 각박한 사회의 여러 장면에서 실천하고자 할 때는 예상되는 각가지 어려움들이 있다. 그것을 이기고 자기의 길을 걸어가기 위해서는 자신의 신념이 주는 자기 만족감을 확인할 수 있어야 한다. 푸드 트럭의 주인이 주변의 차가운 시선과 좋지 않은 평판을 견뎌 낼 수 있었던 것은 자기 꿈을 실현해 간다는 내면의 행복감 때문이었다.

속도를 중시하는 대로가 있고 주변을 잘 감지할 수 있는 작은 도로도 있다. 자동차들이 들어올 수 없는 오솔길도 있고 숲길도 있다. 세상에는 많은 길들이 있고 각각이 다 존재의 이유가 있다. 다양한 길들이 있어야 소통할 수 있고, 잘 통해야 생명이 유지될 수 있다. 대로만이 최고의 선택이 아니다. 내가 선 길의 의미를 스스로 찾을 수 있는 길 찾기가 더 중요하다.

―――――――――――――― 원문 ――――――――――――――

【선진 25】

子路曾晳冉有公西華 侍坐 子曰 以吾一日長乎爾 毋吾以也 居則曰 不吾知也 如或知爾 則何以哉 子路率爾而對曰 千乘之國 攝乎大國之間 加之以師旅 因之以饑饉 由也爲之 比及三年 可使有勇 且知方也 夫子哂之 求爾何如 對曰 方六七十 如五六十 求也 爲之 比及三年 可使足民 如其禮樂以俟君子 赤爾何如 對曰 非曰能之 願學焉 宗廟之事 如會同 端章甫 願爲小相焉 點爾何如 鼓瑟希 鏗爾舍瑟而作 對曰 異乎三子者之撰 子曰 何傷乎 亦各言其志也 曰 莫春者 春服旣成 冠者五六人 童子六七人 浴乎沂 風乎舞雩 詠而歸 夫子 喟然嘆曰 吾與點也 三子者出 曾晳後 曾晳曰 夫三子

者之言 何如 子曰 亦各言其志已矣 曰 夫子何哂由也 曰 爲國以禮 其言
不讓 是故 哂之 唯求則非邦也與 安見方六七十 如五六十而非邦也者 唯
赤則非邦也與 宗廟會同 非諸侯而何 赤也爲之小 孰能爲之大

자로·증석·염유 그리고 공서화가 공자를 모시고 앉아있을 때 공자가 말
했다. "내가 비록 그대들보다 나이가 좀 많지만 나를 어렵게 생각하지 말
라. 평소에 '나를 알아주지 않는다.'고들 하는데 만일 자신을 알아준다면
무엇을 하겠는가?"

자로가 경솔하게 대답했다.

"천승의 나라가 큰 나라 사이에 끼어 있어서 전쟁이 있고 그에 따라 기근
이 생긴다면 제가 나서서 3년 이내에 용맹하고도 나아갈 방향을 알 수 있
는 나라로 만들어 보고 싶습니다." 하니 공자가 웃었다.

"구야 그대는 어떠한가?"

염유가 대답했다.

"사방 60~70리 아니면 50~60리의 공간을 제가 다스리면 3년 안에 백성
들이 풍족하도록 할 수 있습니다. 예악과 같은 부분은 다른 군자를 기다리
겠습니다."

"적아 그대는 어떠한가?"

공서화가 대답했다.

"저는 제가 무엇을 할 수 있다고 말하는 것이 아니라 배우기를 원합니다.
종묘의 일이나 제후들이 모일 때에 현단복을 입고 장보를 쓰고 예를 집행
하는 작은 임무를 맡고 싶습니다."

"점아 그대는 어떠한가?"

거문고 타는 소리가 띄엄띄엄해지다가 거문고를 내려놓고 일어서서 말했다.

"저는 앞의 세 사람이 생각한 것과 다릅니다."

공자가 말했다. "무엇이 잘못이겠는가. 각각 자신의 뜻을 말해보자는 것이다." 하니 증석이 말했다.

"늦봄에 봄옷이 다 만들어지면 관을 쓴 사람 대여섯 명과 어린아이 예닐곱 명과 함께 기수에서 목욕하고 무우에서 바람을 쐰 다음 노래하며 돌아오고 싶습니다."

공자가 아아! 하고 감탄하면서 말했다. "나는 점과 함께 하리라!"

세 제자가 나가고 증석만 남았을 때 증석이 말했다.

"세 사람의 말이 어떠하셨는지요?"

공자가 말했다.

"또한 각각 자신의 뜻을 말했을 뿐이다."

증석이 말했다.

"선생님께서는 왜 유의 말끝에 웃으셨는지요?"

공자가 말했다.

"나라를 다스리는 일은 예로써 하는 것인데 그의 말이 겸손하지 못했기 때문에 웃었다."

"구가 말한 경우는 나라를 다스리는 것이 아닙니까?"

"사방 60~70리나 50~60리를 어떻게 나라가 아니라고 할 수 있는가."

"적이 말한 경우는 나라를 다스리는 일이 아닌지요?"

"종묘의 일과 회동하는 일이 제후의 일이 아니고 무엇인가? 적이 하고픈 일이 작다고 하면 어떤 일을 크다고 할 수 있는가."

怒 　　　내 눈의
　　　들보 먼저

先事後得 非崇德與 攻其惡 無攻人之惡 非修慝與
선사후득 비숭덕여 공기악 무공인지악 비수특여

해야 할 일을 먼저 한 다음에 얻는 것이 덕을 높이는 것이 아니겠는가?
자신의 악을 비판하고 다른 이의 악을 공격하지 않는 것이 사특함을 다
스리는 것이 아니겠는가?

_안연 21

　타인의 작은 흠은 놓치지 않는 반면 자신의 잘못은 안중에 없다. 이
는 스스로에게는 관대하고 다른 사람에게는 엄격한 보통 사람의 모
습이다. 그래서 자신의 잘못이 어째서 피할 수 없었던 것이었는지는
자세하게 설명할 수 있다. 그러나 같은 일이 다른 이에게서 나타났을
때는 가차 없는 질타의 준비가 되어 있다. 이는 자신의 일은 그 과정
부터 이해하려 하고 타인에 대해서는 결과만 보려는 습성 때문이다.
그래서 교통사고 과실이 50%:50%로 나오면 대부분의 사람들은 그
판단을 받아들이지 못하고 자신의 잘못은 20% 정도로 낮추어서 주

장한다. 너 나 할 것 없이 사태를 객관적으로 보기는 참으로 어렵다.

공자는 늘 이런 인지상정에서 이야기를 시작하여 그 수준을 한 단계를 넘어설 것을 주문한다. 그래서 "잘못할 수 있지. 그런데 잘못했을 때는 용기를 내어 자기 잘못을 인정하고 그것을 고치려는 적극적인 태도를 가져야 해.", "좀 더 많은 재화를 소유하는 것, 매력적인 이성과 함께 하는 것. 누구나 좋아하는 일이지. 그런데 거기서 그치지 말고 인격적으로 성숙한 이를 제대로 평가하는 일도 그런 좋아하는 일처럼 해 보는 건 어떨까" 하는 식으로 사고의 전환을 유도한다.

이렇게 보면 스스로에게 관대하고 타인에게는 엄격한 습성도 한 단계 넘어설 수 있다. 자기 객관화에 능한 사람으로 격상하는 길이다. 공자와 번지의 대화에서 이런 의미를 찾아볼 수 있다. 번지가 무우 아래에서 공자를 모시고 있을 때에 질문했다.

"덕을 높이고 사특함을 다스리며 미혹을 변별하는 방법을 감히 여쭙니다."

이에 대해 공자는 "좋구나! 그 질문이여! 해야 할 일을 먼저 한 다음에 얻는 것이 덕을 높이는 것이 아니겠는가? 자신의 악을 비판하고 다른 이의 악을 공격하지 않는 것이 사특함을 다스리는 것이 아니겠는가? 하루아침의 분노가 자신을 잊어버려 그 결과가 부모에게 미치도록 하는 것이 미혹됨이 아닌가?"(안연 21)라고 답했다.

여기서 공자는 자기 자신에게는 엄격하게 하고 타인에 대해서는 너그럽게 헤아려 주는 태도를 연습하라고 했다. 실제로 평판이 좋은 사람들은 타인에 대한 이해와 배려가 깊다. 그런데 너그럽게 헤아리는 것이 무조건적인 옹호를 말하는 것은 아니다. 동기와 과정과 결과 모두를 관심 있게 관찰하고 고려하여 그 사람이 좋은 쪽으로 나아갈 수 있는 방향을 제안하고 격려해 줄 수 있어야 한다. 이런 것이 그 사람을 이해하고 포용하는 방식이다.

공자는 "사사로운 뜻을 내세우지 않았고, 반드시 해야 된다는 것이 없었으며, 한 곳에 고착되는 일이 없었고, 자신이 아니면 안 된다는 생각도 없었다."(자한 4)고 했다. 이 네 가지와 절연하려는 것은 자기중심의 생각에 빠지는 습성을 넘어서려는 노력이다. 이에 성공하면 스스로를 객관적 시각에서 바라볼 수 있는 역량을 가질 수 있다.

보통의 경우는 이와 반대다. 남의 눈에 티끌은 크게 보이지만 자기 눈에 들보는 못 본다. 자신의 욕심을 내세우고, 이 일은 반드시 해야만 한다고 고집하며, 어제의 일에 집착하고, 내가 주인공이어야 한다고 욕심을 낸다. 자신을 객관적으로 바라보는 것은 이런 아집을 넘어서기 위한 필요조건이다. 그런데 자기 객관화가 반드시 자신을 낮추고 억제하는 것은 아니다. 그보다는 자신감을 갖추기 위한 일이다. 이는 자신의 강점과 약점을 파악하는 일이기도 하다. 자신감은 강점을 단단히 하고 약점을 보완하는 노력으로 견고해질 수 있다.

.... 원문 ....

【자한 4】

子絶四 毋意 毋必 毋固 毋我

공자는 다음의 네 가지를 끊었다.

"사사로운 뜻을 내세우지 않았고, 반드시 해야 된다는 것이 없었으며, 한 곳에 고착되는 일이 없었고, 자신이 아니면 안 된다는 생각도 없었다."

【안연 21】

樊遲從遊於舞雩之下曰 敢問崇德修慝辨惑 子曰 善哉問 先事後得 非崇德與 攻其惡 無攻人之惡 非修慝與 一朝之忿 忘其身 以及其親 非惑與

번지가 무우 아래에서 공자를 모시고 있을 때에 말했다.

"덕을 높이고 사특함을 다스리며 미혹을 변별하는 방법을 감히 여쭙니다."

공자가 말했다.

"좋구나! 그 질문이여! 해야 할 일을 먼저 한 다음에 얻는 것이 덕을 높이는 것이 아니겠는가? 자신의 악을 비판하고 다른 이의 악을 공격하지 않는 것이 사특함을 다스리는 것이 아니겠는가? 하루아침의 분노가 자신을 잊어버려 그 결과가 부모에게 미치도록 하는 것이 미혹됨이 아닌가?"

怒　　　좋은
　　　　어른되기

志於道而恥惡衣惡食者 未足與議也
지어도이치악의악식자 미족여의야

도에 뜻을 두었다고 하면서 초라한 옷이나 나쁜 음식을 부끄러워하는
자는 더불어 의미 있는 대화를 하기에 부족하다.
_이인 9

　조선시대는 우리가 알고 있는 것보다 수준 높은 상식이 통하던 시
대였다. 그 한 예가 16세기의 이황과 기대승의 논변이다. 지금으로 치
면 국립대학의 총장 격인 성균관대사성으로서 나이 육십을 바라보던
이황과 삼십 대 신진학자 기대승의 학문적 만남은 당대 문화사·학술
사의 큰 사건이었다. 이를 사단칠정 논쟁이라 부른다.

　동서고금을 불문하고 대가로 불리는 이들의 권위는 넘기 어려운
벽이다. 그러니 섣불리 그에게 도전하는 일은 상상하기 어렵다. 설사
그런 도전이 있었더라도 사단칠정 논쟁처럼 상호 간의 대화로 발전
한 예를 찾아보기는 어렵다.

때는 지금으로부터 오백여 년 전으로 민주주의의 개념을 상상할 수 없었던 시대였다. 그런 시대에 명망이 높은 대가에게 학술적 도전을 감행한 신진학자가 있었고 그 도전을 포용한 대가의 면모를 볼 수 있다. 오늘날도 보기 어려운 수준 높은 문화현상이다. 이런 것이 519년 동안 생명을 유지했던 조선의 힘이었다. 그러니 성리학의 나라 조선이 상하의 질서를 강조하는 억압의 논리로 꽉 막힌 나라였다고 선전되는 것은 사실과 다르다.

두 사람은 그 이론의 근거가 달랐기에 애초에 일치를 볼 수 없는 논쟁이었다. 이럴 때 보통의 대가들은 대붕의 뜻을 네가 알겠느냐는 심정으로 이야기를 마무리 지을 것이다. 그런데 두 사람의 대화는 18년 동안 지속되었다. 이는 상대에 대한 이해와 배려 없이 가능하지 않은 일이다.

그 사람의 존엄함은 관계 속에서 분명히 드러난다. 이황의 탁월한 학문성과는 남긴 저술을 통해서 확인할 수 있다. 이것만도 훌륭한 업적이다. 그러나 우리는 학식만으로 그 사람을 존경하고 높이 평가하지는 않는다. 이황은 며느리의 재가를 권유했고 노비의 젖먹이를 배려했으며 사회적 계급을 불문하고 배우려는 자세가 간절하면 그를 제자로 받아들였다.

상대가 임금이라도 해야 할 말에 주저함이 없었고 힘없는 사회의 약자들은 더욱 배려했다. 이것이 이황이 실천한 인간관계의 실질이다. 그가 남긴 일화들은 사람을 위하는 마음의 표현이었다. 이것은 분명 시대를 앞서간 선진적인 마인드이다. 그러나 그런 이황의 행동은 그저 자신이 공부한 유학을 실천하는 길이었다.

재벌이라는 힘을 바탕으로 하지 말아야 할 짓을 저지르는 사람들을 보여준 영화 〈베테랑〉의 풍자는 현실적이다. 땅콩 회항이라 불리는 실제 사건이 우리 입에 오르내린 것도 얼마 전의 일이고, 인분 교수라는 제목의 기사가 사람들을 놀라게 한 일도 있었다. 돈을 댄 사람의 뜻이 진실에 우선한다고 여기는 사람들은 생각보다 많이 우리들 곁에 있다.

공자는 "도에 뜻을 두었다고 하면서 초라한 옷이나 나쁜 음식을 부끄러워하는 자는 더불어 의미 있는 대화를 하기에 부족하다."(이인 9)고 했다. 이는 경제적인 자산보다 우위에 있는 인간의 도덕심과 양심을 기억하라는 말이다.

그런데 현실에선 경제력이 모든 것에 우선하는 사례를 수도 없이 발견한다. 아마 공자의 시대에도 이런 경향이 많았기에 그러지 말자는 발언을 지속적으로 해야 했을 것이다. 사람으로서 가져야 할 기본이 무엇인가. 이에 대한 고민이 없이 부자가 되고 유명인이 되고 힘을 행사할 수 있는 자리에 서는 것이 문제이다. 그러니 타인의 존엄과 가치를 무시하는 일을 자행할 수 있는 것이다. 그리고 이것은 타인에게 해를 끼치는 데에서 끝나는 것이 아니라 결국 자신의 존엄을 훼손한다.

자존감을 지닌 사람은 타인의 인격을 존중해 줄 수 있다. 자존감은 자신의 존재가치를 철학적으로 사유하고 확인하는 데에서 확보된다. 공자의 시대나 오늘 우리의 시대나 돈과 권력을 최고로 여기는 사람이 대세이다. 어떻게 이 파도를 넘어 갈 것인가.

"삼군을 통솔하는 장수를 빼앗을 수는 있지만 필부의 뜻을 뺏을 수는 없다."(자한 25)고 했다. 인간의 가치보다 물질적 욕망이 넘실대는 세상이다. 이런 세파에 흔들리는 것이 사람이다. 그렇기 때문에 사람으로서의 자존을 세워주는 가치를 자신의 뿌리로 단단히 내려놓아야 한다. 그래야 흔들리더라도 회복될 수 있는 복원력을 가질 수 있다. 흔들리지만 다시 제자리를 찾아가고 또 흔들리다가도 결국 내 자신을 잃지 않고자 애쓰며 가는 길. 좋은 사람으로 성장하는 과정이다.

··· 원문 ···

【이인 9】

子曰 志於道而恥惡衣惡食者 未足與議也

공자가 말했다.

"도에 뜻을 두었다고 하면서 초라한 옷이나 나쁜 음식을 부끄러워하는 자는 더불어 의미 있는 대화를 하기에 부족하다."

【자한 25】

子曰 三軍 可奪帥也 匹夫 不可奪志也

공자가 말했다.

"삼군을 통솔하는 장수를 빼앗을 수는 있지만 필부의 뜻을 뺏을 수는 없다."

哀 　　좋은 사람만
　　　　내편

毋意 毋必 毋固 毋我
무의 무필 무고 무아

사사로운 뜻을 내세우지 않았고, 반드시 해야 된다는 것이 없었으며,
한 곳에 고착되는 일이 없었고, 자신이 아니면 안 된다는 생각도 없
었다.
_자한 4

　진리를 가리키는 말은 단순하다. 복잡하고 화려한 꾸밈을 필요로
하지 않는다. 예컨대 이 세상의 가장 기본적인 원리는 '살리는 것'이
라는 개념이 그러하다. 살리는 정신이라고 풀었지만 실은 생(生)이라
는 한 글자이다. "천지지대덕왈생(天地之大德曰生)"이라는 말은 『주
역』「계사전」에 나온다. 이 세상의 가장 기본적인 원리라면 대단히 어
려운 문장으로 심오한 개념과 함께 설명해야 할 것 같다. 그러나 '생'
자 하나로 다했다.
　이에 따르면 스스로를 살리고 관계를 살리는 것이 세상의 이치를

구현하는 길이다. '지천명(知天命)'(위정 4)은 세상의 이치가 무엇인지를 이해하고 그것을 실천하는 것이다. 공자가 말하는 지식은 머리로 아는 것을 넘어서 몸으로 실천하는 것까지 포함한다. 천명은 세상의 이치이다. 공자는 오십이 되면 지천명할 수 있는 지점에 이른다고 보았다.

아이가 잘 성장할 수 있게 하려면 사랑을 주어야 한다. 사랑은 다양한 형태로 표현된다. 따뜻하게 안아주는 것도 따끔한 꾸중을 하는 것도 모두 사랑의 표현이다. 사랑은 무조건 받아들이고 달콤한 것만 주는 것이 아니다. 그가 잘 살아갈 수 있도록 격려와 비판과 응원을 적절하게 주어야 한다. 이처럼 적절한 도움과 자극을 주는 것이 살리는 정신의 실천이다.

사람과 일에 대해 적절하게 관여하여 잘 살리기 위해서는 훈련이 필요하다. 공자는 다음의 네 가지 행동을 하지 않았다. "사사로운 뜻을 내세우지 않았고, 반드시 해야 된다는 것이 없었으며, 한 곳에 고착되는 일이 없었고, 자신이 아니면 안 된다는 생각도 없었다."(자한 4) 이는 자기 욕심에 급급한 좁은 안목을 넘어서야 비로소 가질 수 있는 자세이다. 자기 이익만 고집하면 타인과 더불어 원만하게 살아가기 어렵다. 변화하는 상황을 고려하지 않고 일정한 대응만 고집하다 보면 정체되고 급기야 망할 수도 있다. 그러니 공자처럼 네 가지를 끊는 방식은 적절하게 관여하기를 연습하는 좋은 방법이다.

이런 행동을 배운 사람은 다른 이의 좋은 모습을 진정으로 높이 평가할 수 있다. 이는 자신이 이미 좋은 사람이기 때문에 가능한 일이다. 이렇게 되면 자연스럽게 공자가 말했던 유익한 세 가지 즐거움을 누릴 수 있다.

"도움이 되는 세 가지 즐거움이 있고 손해가 되는 세 가지 즐거움이 있다. 예악을 절도에 맞게 행하는 것을 즐거워하고, 다른 이의 좋은 점 말하기를 좋아하고, 어진 벗을 많이 사귀기를 좋아하는 것이 도움이 되는 즐거움이다."(계씨 5)

좋은 사람을 좋아한다는 것의 다른 편에는 나쁜 사람을 미워한다는 뜻이 들어 있다. 나쁜 사람은 미워하는 것이 사회를 살리는 길이다. 나의 노선이 분명해지면 다른 사람들 역시 모두가 나를 좋아하는 편에 서지는 않을 것이다. 이것은 매우 자연스러운 현상이다. 그러니 나를 비판하는 사람이 있다고 해서 실망할 필요가 없다. 나에 대한 평가는 우호적일 수도 있고 부정적일 수도 있다. "마을 사람 중에 좋은 사람이 좋아하고, 좋지 않은 사람들이 싫어하는 것이 가장 좋다."(자로 24)고 한 말이 정답이다.

현명하고 바른 사람들이 나를 지지한다면 계속 정진하면 된다. 만일 현명하고 바른 이들이 나의 선택에 반대한다면 돌아보고 수정해야 한다. 모두 자신감 있는 태도이다. 그렇지만 부정한 사람이 나의 생각을 반대하는 경우라면 내 생각을 굽힐 필요가 없다.

"지향하는 도가 다르면 함께 일을 도모하지 않아야 한다."(위령공 39)고 하지 않았는가.

【위정 4】

子曰 吾十有五而志于學 三十而立 四十而不惑 五十而知天命 六十而耳順
七十而從心所欲不踰矩

공자가 말했다.

"나는 열다섯 살에 학문에 뜻을 두었으며, 삼십에는 삶의 목표를 세웠고,
사십에는 의혹함이 없었으며, 오십에는 천명을 알았고 육십에는 다른 의
견을 잘 수용할 수 있었으며, 칠십에는 마음이 하고 싶은 대로 해도 법도
를 넘지 않았다."

【자한 4】

子絶四 毋意 毋必 毋固 毋我

공자는 다음의 네 가지를 끊었다.

"사사로운 뜻을 내세우지 않았고, 반드시 해야 된다는 것이 없었으며, 한
곳에 고착되는 일이 없었고, 자신이 아니면 안 된다는 생각도 없었다."

【자로 24】

子貢問曰 鄕人 皆好之 何如 子曰 未可也 鄕人 皆惡之 何如 子曰 未可也
不如鄕人之善者 好之 其不善者 惡之

자공이 질문하여 말했다.

"마을 사람들이 모두 좋아하면 어떻습니까."

187

공자가 말했다.

"좋지 않다."

"마을 사람들이 다 싫어하면 어떻습니까?"

공자가 말했다.

"역시 좋지 않다. 마을 사람 중에 좋은 사람이 좋아하고, 좋지 않은 사람들
이 싫어하는 것만 못하다."

【위령공 39】

子曰 道不同 不相爲謀

공자가 말했다.

"지향하는 도가 다르면 함께 일을 도모하지 않아야 한다."

【계씨 5】

孔子曰 益者 三樂 損者 三樂 樂節禮樂 樂道人之善 樂多賢友 益矣 樂驕
樂 樂佚遊 樂宴樂 損矣

공자가 말했다.

"도움이 되는 세 가지 즐거움이 있고 손해가 되는 세 가지 즐거움이 있다.
예악을 절도에 맞게 행하는 것을 즐거워하고, 다른 이의 좋은 점 말하기를
좋아하고, 어진 벗을 많이 사귀기를 좋아하는 것이 도움이 되는 즐거움이
다. 교만하게 즐기기를 좋아하고, 방탕하게 놀기를 좋아하고, 잔치를 베풀
고 즐기는 것을 좋아하는 것은 손해가 되는 즐거움이다."

哀 　내가 더
　　행복해요

知之者 不如好之者 好之者 不如樂之者
지 지 자 불 여 호 지 자 호 지 자 불 여 낙 지 자

그것을 아는 것은 그것을 좋아하는 것만 못하고, 그것을 좋아하는 것은 그것을 즐기는 것만 못하다.
_옹야 18

유명 연예인이 사회문제 해결을 위해 거액을 기부했다는 소식을 심심치 않게 듣는다. 사회 환원을 실천하는 이들의 아름다운 모습이다. 이들의 기부는 돈을 잘 버는 만큼 손도 크다. 간혹 외부의 시선 때문에 어쩔 수 없이 강제되는 선행도 있을지 모르나 대부분은 진정성이 느껴지는 표정이다. 그렇다면 연예인처럼 수입이 좋은 사람들만 기부를 할 수 있는 것일까. 당연히 그렇지 않다. 크라우드 펀딩(Crowd funding)이 좋은 예이다.

이는 자금이 없는 예술가나 사회활동가 등이 자신의 창작 프로젝트나 사회공익 프로젝트를 인터넷에 공개하고 익명의 다수에게 기부

를 받는 모금 방식이다. 그리고 많은 경우 펀딩에 성공한다. 여기에 참여한 익명의 기부자들은 대체로 소액으로 후원의 뜻을 전한다. 이들 참가자의 대부분은 여유가 있어서라기보다 관심과 배려의 마음 때문에 기꺼이 펀딩에 참여한다.

이처럼 누구도 체크하지 않을 일이지만 충분한 가치가 있다고 여기는 일에 기꺼이 기부할 수 있는 마음이 있다. 이런 실천을 한 사람이 얻는 자기 만족감은 자기가 내놓은 것보다 크다. 그리고 보면 오른손이 하는 일을 왼손이 모르게 하라고 했던 성구가 비현실적인 것은 아닌 것 같다.

공자는 사람들에게 "인은 물이나 불보다 더 좋은 것이다. 사람에게 중요한 물이나 불이라 해도 내가 그것을 밟다가 죽은 경우를 보았지만 인을 밟다가 죽은 경우는 보지 못했다."(위령공 34)고 말했다. 사람에게 유용하고 이익을 주는 요소들이라도 과도하게 사용하거나 적절치 않게 활용하면 치명적으로 위험할 수 있다. 그러나 사랑-인은 사람을 살리자는 것이니 다른 어떤 것에 비견할 수 없는 긍정적 효용을 발휘한다.

가치 있는 일을 하는 예술가를 위해 익명의 자금을 내놓을 수 있는 마음이 바로 인(仁)한 마음이다. 모금된 돈으로 공익을 위한 다큐멘터리를 만들 수도 있고, 한 예술가의 작업을 후원할 수 있다. 그런 결실을 보는 일은 설레는 일이다. 그런데 인의 마음을 실천한 대가로 얻을 수 있는 더 멋진 효과는 자기만족이다.

그러니 현실의 고행을 감내하며 인의 실천을 강조했던 공자를 비롯한 유자들의 덕행은 결국 스스로를 만족시키는 충만감으로 환원되었다. 그러기에 공자는 안회를 "한 그릇 밥과 표주박의 물로 누추한 곳에 사는 것을 보통 사람들이 견디지 못하는데 안회는 그런 환경에서도 자신이 좋다고 여기는 것을 바꾸지 않으니 현명하구나, 안회여!"(옹야 9)라고 평가했다. 공자는 자기만족감을 최상의 가치로 여겼던 안회를 완전히 이해했던 것이다.

사람마다 스스로를 만족시키는 매체는 다양할 것이다. 돈·명예·사회적 성공·좋은 평판·성취. 그 모든 것들이 나름의 의미를 지닌다. 그런데 유자들이 최고로 삼은 것은 인을 실천했다는 자부심이다. "그것을 아는 것은 그것을 좋아하는 것만 못하고, 그것을 좋아하는 것은 그것을 즐기는 것만 못하다."(옹야 18)고 했다. 이는 인이 무엇인지 인식하고 그것을 마음으로부터 수용하여 자기 안에 품은 다음 자연스럽게 펼치는 과정에서 얻는 자기 만족감을 말한다. '아는 것'에서 '좋아하는 것'를 지나 '즐기는 것'까지 인을 실천하는 급수가 올라갈수록 그 만족감의 깊이도 달라진다.

공자는 "아침에 도를 들으면 저녁에 죽어도 좋다!"(이인 8)고 했다. 인을 실천하는 최고 수준에 도달하는 일에 자기의 모든 것을 걸겠다는 고백이다. 내게도 평생 알고 좋아하여 끝내 더불어 하나가 되고 싶은 대상이 있는가. 만약 그 질문에 대한 답을 찾았다면 나의 고단한 하루는 견딜 만한 것이 될 터이다. 그 무엇에도 우선하는 자기만족을 향한 여정이기 때문이다.

【이인 8】

子曰 朝聞道 夕死可矣

공자가 말했다.

"아침에 도를 들으면 저녁에 죽어도 좋다!"

【옹야 9】

子曰 賢哉回也 一簞食 一瓢飮 在陋巷 人不堪其憂 回也不改其樂 賢哉 回也

공자가 말했다.

"한 그릇 밥과 표주박의 물로 누추한 곳에 사는 것을 보통 사람들이 견디지 못하는데 안회는 그런 환경에서도 자신이 좋다고 여기는 것을 바꾸지 않으니 현명하구나, 안회여!"

【옹야 18】

子曰 知之者 不如好之者 好之者 不如樂之者

공자가 말했다.

"그것을 아는 것은 그것을 좋아하는 것만 못하고, 그것을 좋아하는 것은 그것을 즐기는 것만 못하다."

【위령공 34】

子曰 民之於仁也 甚於水火 水火 吾見蹈而死者矣 未見蹈仁而死者也

공자가 말했다.

"사람들에게 인은 물이나 불보다 더 좋은 것이다. 사람에게 중요한 물이나 불이라 해도 내가 그것을 밟다가 죽은 경우를 보았지만 인을 밟다가 죽은 경우는 보지 못했다."

哀　　　천국이
　　　따로 있나

里仁爲美 擇不處仁 焉得知
이인위미 택불처인 언득지

마을은 인한 것이 아름다우니 잘 선택하여 인한 곳에 머무르지 않는다
면 어떻게 지혜롭다 할 것인가.
_이인 1

　수준 높은 영화를 생산해 내는 나라임에도 불구하고 우리에게 이
란 영화는 그리 친숙하지 않다. 한국 영화는 이미 세계적으로 인정받
는 콘텐츠를 많이 축적했다. 그런데 다양한 외국의 영화를 소개받지
못하는 현실은 여전하다. 오래되었지만 지금 보아도 마음이 따뜻해
지는 이란 영화가 있다.
　〈천국의 아이들〉은 7살 여동생 자라와 9살 오빠 알리 남매의 이야
기다. 오빠가 동생의 구두를 수선하러 갔다가 실수로 구두를 잃어버
린 데에서 이야기가 시작된다. 아버지의 넉넉지 못한 주머니 사정을
아는 아이들은 자기들만의 해결책을 마련한다. 마침 이들은 등교시

간이 다르다. 그래서 오전반인 자라가 오빠의 운동화를 신고 학교에 갔다 와서 오후반인 오빠에게 넘겨주기로 한다.

영화 초반의 영상은 온통 남매의 달리기다. 남매는 그렇게 달리는 중에도 틈틈이 잃어버린 자라의 구두를 수소문한다. 그런데 어느 날 잃어버린 자라의 신발을 신고 있는 거리의 소녀와 마주친다. 그 소녀는 장님인 아버지를 인도해 다니는 걸인이었다. 남매는 차마 불쌍해 보이는 그 소녀에게 구두를 돌려달라고 할 수는 없었다.

그러던 어느 날 남매가 사는 마을 주최의 마라톤 대회 포스터가 걸렸다. 게다가 3등 상품이 운동화이다. 알리는 반드시 3등이 되기 위해 최선을 다해 뛰었다. 그러나 결과는 1등! '3등을 해야 했는데.' 만감이 교차하는 알리의 표정. 관객들에게 알리의 안타까움이 고스란히 전해진다. 영화 마지막 장면, 아버지의 자전거 짐칸에 살짝 보이는 구두와 운동화. 관객들은 이제 안심하며 극장을 나선다.

영화는 어린 남매가 서로를 배려하고 자기보다 못한 이를 헤아리는 마음을 너무 자연스럽게 표현했다. 천국이 따로 있겠는가. 그런 곳이 바로 천국이다. 감독은 그렇게 말하고 싶었던 것 같다. 관객들의 생각도 다르지 않았다. 욕심에 눈이 멀고 상대의 실수를 용납하지 못하는 어른들의 세상이 그렇게 누추해 보일 수가 없다.

영화 속 아이들과 같이 순수하고 아름다운 심성을 잘 성장시키고 그런 마음을 사회의 여러 관계 속에 펼치자고 했던 이가 공자이다. 이런 가치가 펼쳐지는 공간이 공자가 말하는 아름다운 마을이다. "마을은 인한 것이 아름다우니 잘 선택하여 인한 곳에 머무르지 않는다면 어떻게 지혜롭다 할 것인가."(이인 1)라고 한 말에 그런 공자의 뜻이 들어있다.

그런데 이런 이상적인 공간은 기성품으로 주어지지 않는다. 내가 머무는 곳을 그렇게 만들어 가야 하는 것이고 이렇게 했을 때 의미가 있다. 공자의 주유천하는 그런 토대를 만들기 위한 시도였다.

공자는 자기에게 좋은 물건이 있으니 그 물건의 가치를 지불하고 나를 등용하라는 공격적 유세를 기꺼이 감당했다. 아무리 좋은 뜻이라도 내 책상 위에서만 펼쳐서는 실효를 기약하기 어렵다. 때로는 위험을 감수해야 할 곳이라도 뛰어들어야 한다. 필힐이라는 배반자가 불렀을 때 공자가 가려 하자 자로가 못마땅해하면서 만류했다. 공자는 "그런데 단단하다고 하지 않았더냐? 갈아도 닳지 않으리니. 희다고 하지 않았느냐? 물들여도 검어지지 않을 테니. 내 어찌 박과 같을 수 있겠는가. 어찌 매달려 있는데도 먹을 수 없는 것과 같겠는가?"(양화 7)라고 했다.

꿈을 펼칠 수 있는 가능성이 있다면 상황이 열악하더라도 가서 시작하는 것이 옳다는 말이다. 아무리 좋은 가치라도 먹지도 못할 박처럼 한곳에 묶여있는 것은 의미가 없다. 일체유심조(一切唯心造)는 모든 것은 마음이 만들어 낸다는 화엄경의 논리이다. 간밤에 달게 마신 물이 아침에 보니 해골에 괸 물 이었다는 데에서 오는 충격. 그리하여 사물이 문제가 아니라 그 사물을 받아들이는 마음이 문제라는 깨달음. 일체유심조를 확인하는 순간이다. 이것이 세상을 이해하고 해석하는 방법이라면 공자는 좀 더 적극적 주장을 내놓았다. 내가 살아갈 세상을 천국으로 만들어 가자고. 자라와 알리 같은 예쁜 마음이 교류하는 세상으로.

---------- 원문 ----------

【이인 1】

子曰 里仁爲美 擇不處仁 焉得知

공자가 말했다. "마을은 인한 것이 아름다우니 잘 선택하여 인한 곳에 머무르지 않는다면 어떻게 지혜롭다 할 것인가"

【양화 7】

佛肹 召 子欲往 子路曰 昔者 由也 聞諸夫子曰 親於其身 爲不善者 君子不入也 佛肹 以中牟畔 子之往也 如之何 子曰 然 有是言也 不曰堅乎 磨而不磷 不曰白乎 涅而不緇 吾豈匏瓜也哉 焉能繫而不食

필힐이 부르자 공자가 가고자 하니 자로가 말했다.

"이전에 제가 선생님께 듣기를 '그 자신이 직접 불선을 행하는 자에게 군자는 들어가지 않는다.'고 하셨습니다. 필힐은 중모의 땅을 두고 배반을 했는데 선생님께서 그에게 가시려는 것은 무엇 때문입니까?"

공자가 말했다. "그렇다. 그런 말을 한 적이 있다. 그런데 단단하다고 하지 않았더냐? 갈아도 닳지 않으리니. 희다고 하지 않았느냐? 물들여도 검어지지 않을 테니. 내 어찌 박과 같을 수 있겠는가. 어찌 매달려도 먹을 수 없는 것과 같겠는가?"

哀 　　공자와 같은
　　　　마음

君子食無求飽 居無求安 敏於事而愼於言
군자식무구포 거무구안 민어사이신어언

就有道而正焉 可謂好學也已
취유도이정언 가위호학야이

먹을 때에 배부름을 구하지 않고, 머무는 데에 편안함을 구하지 않으
며, 해야 할 일에 대해서는 민첩하게 움직이고, 말을 할 때는 신중하며,
도 있는 곳에 나아가 바르게 한다면 학문을 좋아한다고 할 만하다.
_학이 14

　　일은 반드시 공정한 데로 돌아간다는 뜻의 사자성어가 사필귀정
(事必歸正)이다. 한자를 잘 모르는 이들에게도 익숙한 말이다. 이해할
수 없는 일들이 하도 많이 일어나니까 자주 이 말을 소환하곤 한다.
　　논리적으로나 이치상 맞는 말이니까 사필귀정을 의심하지 않았던
때가 있었다. 그러나 세파에 시달리는 곡절의 시기를 건너며 사필귀
정을 못 믿게 된 시기도 있었다. 세상은 온통 사필귀정의 반대로 가는
것처럼 보여서 좌절했다. 돌고 돌아서 지금은 다시 이 말을 믿어보기

로 하는 중이다.

이 믿음이 계속될지 모르겠으나 다시 나는 주도적으로 사필귀정을 믿기로 했다. 그러기 위해서는 일을 좀 더 길게 보아야 한다고 스스로에게 설명한다. 예컨대 힘과 권력으로 정의를 대체한 사연이 끝끝내 당당할 수 있겠는가. 바르지 않은 선택으로 취한 이익으로 그들이 평화로울 수 있을까. 반드시 불편한 잠을 잘 것이다. 만일 그렇지 않다면 비인간으로 떨어진 격이라 본인만 자각하지 못하는 지옥과 같은 현실이다.

이렇게 사필귀정을 믿는 데에는 공력이 필요하다. 저렇게 씹어서 해석하지 않으면 도저히 이해할 수 없는 현실과 대면해야 하기 때문이다. 공자는 "군자는 먹을 때에 배부름을 구하지 않고, 머무는 데에 편안함을 구하지 않으며, 해야 할 일에 대해서는 민첩하게 움직이고, 말을 할 때는 신중하며, 도 있는 곳에 나아가 바르게 한다면 학문을 좋아한다고 할 만하다."(학이 14)고 했다. 인격을 성장시키는 데에 중점을 둔 학문론이다. 이는 사필귀정을 몸으로 체현하는 과정이기도 하다.

대외적으로 기업의 성장을 제일의 가치로 내세우는 기업주가 있다. 그런데 이런 주장은 자기 집 곳간 채우는 욕심을 가리기 위한 방패이다. 실제로는 자신의 이익을 챙기는 데에 혈안이 되어 사원들을 사지에 내모는 일도 아랑곳하지 않는 무서운 사람이다. 자기만 잘 먹고 잘 살면 그만이라는 생각에 다른 이들이 먹는 음식에다 못할 짓을 하는 이도 보았다. 권력을 잡겠다는 욕망으로 해선 안 될 야합을 하는 정치인이 한둘이던가. 제자를 볼모로 장사하는 교수도 있다. 이런 사람들은 현실에서 흔히 볼 수 있는 유형인 동시에 공자의 말과 정반대로 사는 이들이다.

그렇다고 세상에 저런 사람들만 있는 것은 아니다. 이제 고인이 된 효암학원의 채현국 선생이나 유한양행 창업자와 같은 생각을 가진 부자도 있다. 이들처럼 자기 전 재산을 직원들에게 환원시킨 극적인 경우는 아니라도 미담을 나눌 수 있는 이들은 더 많이 있을 것이다. 그런 이들의 이야기가 좀 더 밝혀지면 좋겠다. 그리하여 부자로 사는 길이 한쪽으로만 열려 있는 것이 아니라고 안내하는 것이다. 부자들에겐 반성의 기회가 되고 보통 사람에겐 위로가 될 것이다.

한쪽에서는 사필귀정이 터무니없이 짓밟히는 사례들이 횡행하는 오늘도 여전히 공자의 길을 따르는 이들은 있다. 돈이 되는 일도 아니고 심지어 신변의 위협이 감지되는 상황에서도 대중의 알 권리를 확보하겠다고 나선 사람이 있다. 자신이 번 많은 돈은 사회로부터 얻은 것이라면서 자신의 자산을 사회에 환원하는 이도 있다. 사회의 약자들을 찾아가 그들이 필요로 하는 도움을 주는 사람도 많다. 남모르게 어려운 제자의 학업을 돕는 교수도 있다. 작은 액수를 부끄러워하며 다른 이를 위한 매달의 기부를 챙기는 사람들도 많다. 이들은 『논어』를 읽었든 읽지 않았든 공자와 같은 마음이다.

【학이 14】

子曰 君子食無求飽 居無求安 敏於事而愼於言 就有道而正焉 可謂好學
也已

공자가 말했다.

"군자가 먹을 때에 배부름을 구하지 않고, 머무는 데에 편안함을 구하지
않으며, 해야 할 일에 대해서는 민첩하게 움직이고, 말을 할 때는 신중하
며, 도 있는 곳에 나아가 바르게 한다면 학문을 좋아한다고 할 만하다."

樂　　　내 안의
　　　　나침반

士不可以不弘毅 任重而道遠
사불가이불홍의 임중이도원

선비는 품이 넓고 뜻이 강인하지 않으면 안 되니 소임이 무겁고 길은 멀기 때문이다.
_태백 7

　　지금 우리나라의 경제 상황은 대단히 어렵고 내수는 끝을 모르는 침체 일로에 있다. 임대료를 내기도 어려워 눈물의 폐업을 결정하는 자영업자들의 수는 가파르게 증가하고 있다. 폐업자 수가 창업자 수를 앞선지 오래라 하고, 보통 사람들의 살림은 이 복더위에도 얼어붙은 모양이다. 당장 먹고 살 일이 막막한 사람에게 불쑥 철학이니 인문학이니 들먹이며 정신의 힘을 선전하는 일은 무모한 일일지 모른다.
　　그런데 노숙자를 위한 인문학 강의를 통해 막장에 놓였던 이들이 새로운 삶의 길을 열어갔다는 사례가 있다. 경제적으로 매우 어려운 처지라도 마음과 정신을 돌보는 일로 동기부여를 갖게 되었다는 말이다. 실은 사정이 어려울수록 더 절실하게 필요한 일일지도 모른다. 같은 상황이라도 그 상황에 대처하는 자세는 사람마다 다르다. 자기 철학이 분명한 이라면 좀 더 현명하게 상황대처를 할 수 있다.

물론 더 급하게 필요한 일은 고용이 안정되고 내수가 활성화되는 건강한 경제구조를 만들어 내는 일이다. 그러나 내가 딛고 있는 현실은 그다지 건강하지 않을 수 있고 게다가 나의 자리는 불안정하게 주변으로 밀려나 있을 가능성도 높다. 그리고 세상은 그리 빨리 원하는 방향으로 바뀌지 않는다. 그렇다면 우선은 내가 변할 필요가 있다. 그래야 현실에 대처할 수 있는 힘이 생기기 때문이다.

『중용』1장에서는 "천명을 일러 본성이라 하고, 본성을 따르는 것을 도라 한다."고 하여 사람은 우주의 원리를 내재한 존재라고 정의했다. 사람은 누구나 어느 누구에게도 뒤지지 않는 존엄함을 탄생과 함께 받았다. 유학에서는 이런 본성을 잘 키워가는 것이 인간의 길이라고 제안한다.

공자는 인간이 가야 할 길이 곧 인(仁)이라 설명했다. 그러니 인을 실천하는 삶은 탄생에서부터 주어진 인간의 권리이자 사명이다. 내가 지금 어떤 자리에 있든 그 원리는 훼손되지 않는다. 다만 원리를 드러내는 방식에 차이가 있을 뿐이다.

만약 내가 생업을 포기할 처지로 몰리는 와중이라면 우선 정신이 흐트러지지 않도록 단속해야 한다. 그렇게 막다른 데로 몰리는 경우에는 정신이 혼미해지기 마련이다. 이를 그대로 방치하면 사태를 호전시키기가 어렵다. 자칫 인간이 가진 천부의 권리를 상실할 수 있다.

그러니 정신을 차려야 하고 그래야 길이 보인다. 길이 없으면 새로 길을 내서라도 나는 살아가야 한다.

증자는 "선비는 품이 넓고 뜻이 강인하지 않으면 안 되니 소임이 무겁고 길은 멀기 때문이다. 인을 행하는 것을 자신의 소임으로 삼았으니 또한 무겁지 않은가? 죽은 다음에야 끝날 것이니 또한 멀지 않은가?"(태백 7)라고 했다. 하늘로부터 받은 나의 원리는 평생 내 삶의 나침반과 같은 기준이 되어야 한다.

어려운 순간과 마주했을 때에는 내 삶의 나침반이 존재한다는 것을 기억해 내야 한다. 그래야 정신을 차릴 수 있다. 산 넘어 산이 인생의 길이라 하지 않던가. 이 길을 가는 동안 수많은 곡절과 만날 것이다. 어두운 길에서도 나침반은 흔들리고 있어야 한다. 그래야 결국 길이 찾아진다.

2012년에 우리나라 원정대가 세계 최초로 베링해 횡단에 성공했다. 이들은 영하 40도의 혹한에다 끝없이 움직이는 유빙을 뚫고 아시아에서 아메리카 대륙으로 두 발로 건너가는 모험을 했다. 이들이 의지한 것은 나침반이었다. 딛고 선 지점의 위치가 계속 바뀌는 상황에서도 그들을 지켜준 것은 나침반이었다. 그리하여 마침내 그들은 목적지에 도착할 수 있었다. 내 안에 있는 나침반과 같은 본질을 찾아낼 수 있는 힘은 평소 자기 철학의 깊이와 비례할 것이다.

【태백 7】

曾子曰 士 不可以不弘毅 任重而道遠 仁以爲己任 不亦重乎 死而後已 不亦遠乎

증자가 말했다.

"선비는 품이 넓고 뜻이 강인하지 않으면 안 되니 소임이 무겁고 길은 멀기 때문이다. 인을 행하는 것을 자신의 소임으로 삼았으니 또한 무겁지 않은가? 죽은 다음에야 끝날 것이니 또한 멀지 않은가?"

樂　　　보상은
셀프

出門如見大賓 使民如承大祭 己所不欲 勿施於人
출문여견대빈 사민여승대제 기소불욕 물시어인

문을 나가서는 큰 손님 만난 것처럼 하고, 백성을 대할 때에는 큰 제사
를 지내듯이 하며, 내가 하고 싶어 하지 않는 일을 다른 이에게 시키지
말아야 한다.
_안연 2

　　외국어 학원에서 레벨 업에 성공했을 때의 성취감은 꽤 쏠쏠하다.
외국어처럼 훈련을 통해 실력이 성장하는 활동에는 급수가 있다. 언
어능력에도 급수가 있으며 바둑에도 급수가 있고 태권도 같은 무술
에도 급수가 있다. 급수가 한 단계 오를 때마다 일정하게 실력이 향상
된다. 그렇더라도 진급 직전과 직후의 실력 차는 대동소이가 맞을 것
이다. 그런데 그 급수의 어떤 지점에 이르면 그 전후가 질적으로 다른
수준을 나타내는 단계가 온다.
　　이는 가파른 바위산의 정상에 오르는 과정에 비유할 수 있다. 가파

른 산을 올라가는 이의 눈앞에는 온통 바위뿐이고 흘낏 올려다보이는 정상은 아득하다. 마침내 바위산을 타고 올라 정상에 도달하면 바로 전엔 도저히 상상할 수 없었던 광경이 펼쳐진다.

송나라의 유학자 주희는 주자학으로 유명한 이다. 주희는 활연관통(豁然貫通)이라는 말을 했다. 쉬지 않고 공부를 하다 보면 자기 지식이 이전과 확연히 다른 경지에 도달할 수 있다는 말이다. 활연관통은 산의 정상에서 전체를 시원하게 조망하듯 탁 트여서 두루 다 통하는 인식의 단계이다.

우리는 누구나 활연관통의 인식 상태를 경험할 수 있지만 거기엔 필수의 전제가 있다. 많은 경험을 통해 자기 앎의 기반을 튼튼히 하는 일이다. 이는 물을 끓이는 것에 비유할 수 있다. 물을 끓이듯이 자신의 경험의 폭을 넓히고 깊어지게 하는 것이 전 단계이다. 다음 단계에서는 더워지던 물이 100도에 이르자 액체에서 기체로 질적 변화를 하듯 마침내 차원이 다른 인식의 세계로 들어간다.

그러니까 사람의 인식에도 급수가 있다는 말이다. 어느 날 자공이 "저는 남들이 내게 가하기를 원치 않는 것을 저 역시 다른 이들에게 가하지 않고자 합니다."라고 하니, 공자는 "사야! 네가 할 수 있는 일이 아니구나."(공야장 11)라고 했다. 선생님께 칭찬 듣기를 기대하며 내놓은 제자의 희망을 조용히 잠재워주는 스승의 답변이 엄정하다. 자공은 이익에 밝고 용감하기로 유명한 사람이다. 성격이 급해서 앞서가는 면이 있었다. 공자는 그런 자공의 성향을 감안하여 더 신중할 것을 주문한 것이다.

내가 그렇게 대우받으면 속이 아플 일을 다른 이에게 하지 않는 일은 공자의 사랑(仁)을 실천하는 최선의 방법이다. 이는 앞에서 자공이 한 말과 같고, "내가 하고 싶어 하지 않는 일을 다른 이에게 시키지 말아야 한다."(안연 2)는 말과도 같은 뜻이다. 자기 욕심을 넘어서서 타인을 먼저 배려하는 태도이다. 공자는 이것이 말처럼 쉽지 않다는 뜻으로 자공을 자극해 주었다.

우리는 일상에서 이것을 체험할 때가 있다. 내가 소중히 여기는 누군가를 위해 나의 수고를 기꺼이 감수하며 내가 할 수 있는 최선을 다한다. 그 행동이 상대에게 유익한 것이었음을 확인했을 때의 뿌듯함은 나를 충만하게 한다. 이는 내 것을 챙겨서 나의 이익을 확보했을 때의 그것과 차원이 다른 만족감이다.

그런데 문제는 그다음의 일이다. '나는 네게 그렇게 해 주었는데 너는 내게 왜 이렇게밖에 못하니.'라는 마음이 생기면 문제가 심각해진다. 생각보다 자주 우리는 이런 지경에 빠져서 스스로를 괴롭힌다. 모든 행위에 보상은 필요하다. 그런데 그 보상으로 상대에게 내가 해준만큼의 무엇을 기대하는 것은 어리석다. 그보다는 내 자신이 받았던 뿌듯했던 감정을 보상으로 여기는 편이 현명하다. 이런 것이 내 생각의 급수를 높이는 길이다.

"다른 이가 나를 알아주지 못할 것을 걱정하지 말고 내가 다른 사람 알아주지 못할 것을 걱정하라!"(학이 16)로부터 "다른 이가 나를 알아주지 않아도 평온할 수 있다면 또한 군자가 아닌가."(학이 1)라는 말이 그런 길을 열어주는 말이다. 스스로를 인정하는 자존감을 챙기는 것보다 가치 있는 보상이 무엇이겠는가.

-------------------------------- 원문 --------------------------------

【학이 1】

子曰 學而時習之 不亦說乎 有朋自遠方來 不亦樂乎 人不知而不慍 不亦
君子乎

공자가 말했다.

"배우고 때에 맞게 익히면 또한 기쁘지 않은가! 벗이 있어서 먼 곳으로부
터 오면 또한 즐겁지 않은가! 다른 이가 알아주지 않더라도 평온할 수 있
다면 또한 군자가 아니겠는가!"

【학이 16】

子曰 不患人之不己知 患不知人也

공자가 말했다.

"다른 이가 나를 알아주지 못할 것을 걱정하지 말고 내가 다른 사람 알아
주지 못할 것을 걱정하라!"

【공야장 11】

子貢曰 我不欲人之加諸我也 吾亦欲無加諸人 子曰 賜也 非爾所及也

자공이 말했다.

"저는 남들이 내게 가하기를 원치 않는 것을 저 역시 다른 이들에게 가하

지 않고자 합니다."

공자가 말했다.

"사야! 네가 할 수 있는 일이 아니구나."

【안연 2】

仲弓問仁 子曰 出門如見大賓 使民如承大祭 己所不欲 勿施於人 在邦無
怨 在家無怨 仲弓曰 雍雖不敏 請事斯語

중궁이 인에 대해 묻자 공자가 말했다.

"문을 나가서는 큰 손님 만난 것처럼 하고, 백성을 대할 때에는 큰 제사를
지내듯이 하며, 내가 하고 싶어 하지 않는 일을 다른 이에게 시키지 말아
야 한다. 그리하여 나라에서도 원망이 없고 집안에서도 원망이 없도록 하
는 것이다."

중궁이 말했다.

"제가 비록 슬기롭지 못하지만 이 말씀을 받들겠습니다."

樂 　　나는
　　　　　누구인가

博學而篤志 切問而近思 仁在其中矣
박학이독지 절문이근사 인재기중의

넓게 배우며 뜻을 돈독하게 갖고, 절실하게 질문하면서 가까운 데서부터 생각해 볼 수 있다면 인은 그 속에 있다.
_자장 6

　　영화 〈킹스맨〉 시리즈는 〈킹스맨: 시크릿 에이전트(2015)〉로 막을 올린 다음 지금까지 두 편의 영화가 더 나왔고 앞으로도 몇 편의 영화가 더 나올 예정이다. 대체로 첫 영화가 성공해야 그를 기반으로 시리즈가 만들어진다. 킹스맨 시리즈 첫 편의 성공을 이끌었던 주역은 주인공인 영국 배우 콜린 퍼스(Colin Andrew Firth)의 정장 액션이었다. 게다가 그는 정의를 위해 싸우다 장렬히 산화하는 의인이었다.

　　콜린 퍼스 외에도 이 영화의 미덕은 몇 가지 더 있었다. 악인 발렌타인이 지구를 지킨다는 명분을 내세운다. 그를 위해 일부 사람들을 제거해야 한다고 항변하며 하는 일이 스마트폰에 앱을 설치하도록 하는 것이었다. 이를 통해 사람들을 조정하는 장면은 너무 현실적이어서 오싹했을 지경이었다. 유용한 데다 무료라는 매력을 가진 앱에 사람들은 열광했다. 그리고 다투어 이 앱을 자신의 스마트폰에 다운받았다. 이를 이용한 어마어마한 폭력이 화면에 퍼졌다. 그런데 그런 무서운 장면이 허무맹랑한 상상처럼 보이지 않았다.

십여 년 전에 인공지능 프로그램 'Eugene(유진)'이 튜링테스트를 통과하는 실험이 있었다. 튜링테스트(Turing test)는 인공지능이 인간처럼 생각하는지를 판별하는 테스트이다. 이날 유진은 5분 동안의 텍스트 대화를 통해 심사위원의 33%에게 진짜 인간이라는 확신을 주었다고 한다. 지난 십여 년 동안 인공지능은 빠른 속도로 진화를 거듭했다. 최신 버전은 대화형 인공지능이다. 구글에서는 람다를 출시했고 오픈AI에서는 챗GPT를 내놓았다. 람다는 자신을 개발한 개발자와의 대화에서 자신이 인간인 것 같다는 답을 해서 사람들을 놀라게 했다.

이제 영화 〈그녀(Her)〉의 사만다와 같은 인공지능의 출현이 그리 멀지 않았다는 전망이다. 인공지능 프로그래밍(Programming)에서 어려운 지점은 감정을 삽입하는 일과 종합적 사고력을 탑재하는 일이다. 종합적 사고의 힘은 자기 정체성에 기반한 다양한 정보 수용을 전제로 이루어진다.

다른 말로 하면 이것이 바로 인간의 특성이다. 종합적 사고를 할 수 있고 감정을 가진 존재. 이는 사람이 사람일 수 있는 기반이다. 공자는 그것이 도덕적 선함을 지향하는 인격이라 했다. 이익보다는 정의에 따르는 선택이 가능한 성향(이인 16)이다. 시시각각 다른 상황에서 도덕적 올바름에 기초하여 대처하는 능력을 인공지능에게 기대할 수는 없다.

군자란 마음에 덕을 품고 있는 이다.(이인 11) 덕이 있는 사람은 스스로의 성취를 떠벌이지 않는다. 그래서 공자는 맹지반의 이러한 성향을 칭찬하여 "맹지반은 자랑하지 않는 이로구나. 군대가 도망갈 때 후미에 섰는데 성문을 들어서면서 말을 채찍질하며 말하기를 '감히 뒤에 서려고 한 것이 아니라 말이 나아가지 않았던 것입니다.'라고 했더라."(옹야 13)라고 했다. 그렇게 말한다고 그이의 행동이 묻히지는 않는다. 오히려 자기 공을 내세우지 않았다는 칭송이 더해질 뿐이다. 매력으로 치더라도 이런 사람이 킹스맨보다 못할 게 무엇인가.

그런 매력적 행동을 가능하게 하는 방법으로 제시한 것이 다음과 같은 자하의 말이다.

"넓게 배우며 뜻을 돈독하게 갖고, 절실하게 질문하면서 가까운 데서부터 생각해 볼 수 있다면 인은 그 속에 있다."(자장 6)

이는 내 곁의 작은 일에서부터 차근차근 시작하라는 것이다. 나와 연관된 일들은 작은 일이라도 스스로에게 의미가 있다. 때론 어떤 대의명분보다 중요한 가치를 지닐 수도 있다.

기술의 발전은 지속적으로 인공지능의 진화를 촉진할 것이다. 지식의 축적이라는 면에서는 이미 개인이 인공지능을 따라가기 어렵다. 챗GPT는 어떤 전문적인 지식이라도 대답할 준비가 되어 있다. 그럼에도 불구하고 인공지능은 인간이 필요로 하는 도구여야 한다. 그러려면 나는 그들의 대답을 취사하고 선택할 수 있는 관점을 유지해야 한다. 오늘도 인간성에 대한 탐구를 게을리할 수 없는 이유이다.

·· 원문 ··

【이인 11】

子曰 君子懷德 小人懷土 君子懷刑 小人懷惠

공자가 말했다.

"군자는 마음에 덕을 품고 소인은 마음에 땅을 품으며 군자는 형벌이 있음을 생각하고 소인은 혜택 받을 것을 생각한다."

【이인 16】

子曰 君子喩於義 小人喩於利

공자가 말했다.

"군자는 의에 밝고 소인은 이익에 밝다."

【옹야 13】

子曰 孟之反 不伐 奔而殿 將入門 策其馬曰 非敢後也 馬不進也

공자가 말했다.

"맹지반은 자랑하지 않는 이로구나. 군대가 도망갈 때 후미에 섰는데 성문을 들어서면서 말을 채찍질하며 말하기를 '감히 뒤에 서려고 한 것이 아니라 말이 나아가지 않았던 것입니다.'라고 했더라."

【자장6】

子夏曰 博學而篤志 切問而近思 仁在其中矣

자하가 말했다.

"넓게 배우며 뜻을 돈독하게 갖고, 절실하게 질문하면서 가까운 데서부터
생각해 볼 수 있다면 인은 그 속에 있다."

樂　　　해법은
　　　내게서

善人 吾不得而見之矣 得見有恒者 斯可矣
선인 오부득이견지의 득견유항자 사가의

亡而爲有 虛而爲盈 約而爲泰 難乎有恒矣
망이위유 허이위영 약이위태 난호유항의

좋은 사람을 내가 만날 수 없지만 한결같은 이라도 만나보면 좋겠다.
없으면서 있는 것처럼 행동하고, 비어있으면서 가득 찬 듯이 하며, 가
진 것이 보잘것없는데 과장되게 행동하는 이는 한결같이 행동하기가
어렵다.
_술이 25

　　빨리 움직이는 배속 화면을 배경으로 주인공만 느리게 움직이는
스텝프린팅(step printing) 영상처럼 익숙한 것들이 낯설어지는 때가
있다. 멍하니 정신을 잃은 주인공처럼 갈 길을 찾을 수 없는 상황이
다. 일시적으로 그런 경험을 하는 것이 그리 이상한 일은 아니다. 그
러나 자주 혹은 깊게 그런 상황에 빠지는 경우라면 문제가 있다.
　　자신이 맺고 있는 모든 관계가 허무하다 여겨지고 나 혼자 외딴 곳

에 버려진 것만 같다. 모든 이가 나를 불필요하게 여긴다는 피해의식에 갇히면 정상적인 생활이 불가능하다. 이는 관계 맺기에 심각한 문제가 생겼다는 징후이다. 이런 사태에 직면하면 우선 자신의 마음을 들여다보는 것으로부터 해법을 찾아야 한다.

좋은 관계는 자기 자신에 대한 사랑에서부터 시작된다. 자신을 사랑하지 못하면 다른 누구도 제대로 좋아할 수 없다. 그런 점에서 타인과 관계 맺기에 앞서 자신을 돌아보고 스스로 괜찮은 사람이 되기를 애쓰라는 유가의 '수신(修身)'론은 옳다.

수신은 속이 찬 인격을 위한 공부이다. 이를 통해 스스로를 사랑하고 자존감을 높이는 법을 배운다. 유학의 공부는 생활의 장에서 학습되고 피드백이 이루어진다. 집에서, 학교에서, 회사에서, 온라인 공간에서의 생활 자체가 공부의 과정이다. 공부의 핵심은 선천적으로 내재한 좋은 원리를 일상의 생활에서 잘 펼치는 것이다. 내 안의 좋은 원리는 씨앗으로 존재한다. 정성과 물을 주어 돌보지 않으면 열매로 맺지 못하는 자연의 원리가 수신 공부에도 그대로 적용된다.

그래서 "싹은 있지만 자라지 않은 경우도 있고, 자라기는 했는데 열매 맺지 못한 경우도 있다."(자한 21)고 한다. 그 씨가 잘 자라도록 하기 위해서는 작은 일이라도 몸소 행하는 것이 중요하다. "길에서 듣고 길에서 말하는 것은 덕을 버리는 것"(양화 14)이라고 한 말은 입과 머리로만 아는 것은 진정한 앎이 아니라는 뜻이다. 진짜가 아닌 거짓은 언제고 드러나기 마련이다. 실은 밖으로 드러나 많은 이들이 알아채기 전에 스스로에게 부끄러워진다.

공자는 "좋은 사람을 내가 만날 수 없지만 한결같은 이라도 만나보면 좋겠다. 없으면서 있는 것처럼 행동하고, 비어있으면서 가득 찬 듯이 하며, 가진 것이 보잘것없는데 과장되게 행동하는 이는 한결같이 행동하기가 어렵다."(술이 25)고 했다.

한결같은 사람은 정해진 틀대로 움직이는 이가 아니다. 때에 따라 유연하게 행동할 수 있는 사람이다. 기본기가 확실한 사람은 적절히 활용하는 능력도 쉽게 키울 수 있다. 기본을 알지만 숙성되지 못하면 활용보다는 정해진 틀만 따르기 쉽다. 이렇게민 되어도 아주 나쁜 수준은 아니다. 최악은 기본이 없이 순간순간 내키는 대로 자기 이익만 추구하는 경우다. 당장은 이익을 얻었다고 생각하지만 길게 보면 결국 스스로에게 유익한 선택이 아니다.

"군자는 잘 따져보고 지키며 무조건 믿지 않는다."(위령공 36)고 했다. 군자는 그저 사람 좋아 보이는 예스맨이 아니다. 그래서 자공이 "군자도 미워하는 것이 있습니까?"라고 질문했을 때 공자는 다음과 같이 답해 주었다. "미워함이 있다. 다른 사람의 나쁜 점을 들춰내는 것을 미워하고, 하류에 있으면서 위에 있는 사람을 비방하는 것을 미워하며, 용기가 있지만 예가 없는 이를 미워하고, 과감하면서 막힌 사람을 미워한다." 이와 같은 선생님의 답변에 깨달음을 얻은 자공이 다시 말했다 "저도 미워하는 것이 있습니다. 요행을 지혜로 여기는 것을 미워하고, 불손함을 용기라 하는 것을 미워하며, 비방하는 것을 정직하다고 여기는 것을 미워합니다."(양화24)

이렇게 스스로 좋은 사람이 되고자 노력한다면 내 자신은 스스로

를 지원하고 아끼게 된다. 이것이 건강한 관계를 맺을 수 있는 기본
요건이다. 그리하여 좋은 관계는 건강한 나로부터 시작되는 것이다.

······················· 원문 ·······················

【술이 25】

子曰 聖人 吾不得而見之矣 得見君子者 斯可矣 子曰 善人 吾不得而見之
矣 得見有恒者 斯可矣 亡而爲有 虛而爲盈 約而爲泰 難乎有恒矣

공자가 말했다. "성인은 내가 만나볼 수 없지만 군자라도 볼 수 있으면 좋
겠다."

공자가 말했다. "좋은 사람을 내가 만날 수 없지만 한결같은 이라도 만나
보면 좋겠다. 없으면서 있는 것처럼 행동하고, 비어있으면서 가득 찬 듯이
하며, 가진 것이 보잘것없는데 과장되게 행동하는 이는 한결같이 행동하
기 어렵다."

【자한 21】

子曰 苗而不秀者 有矣夫 秀而不實者 有矣夫

공자가 말했다. "싹은 있지만 자라지 않은 경우도 있고 자라기는 했는데
열매 맺지 못한 경우도 있다."

【위령공 36】

子曰 君子 貞而不諒

공자가 말했다. "군자는 잘 따져보고 지키며 무조건 믿지 않는다."

【양화 14】

子曰 道聽而塗說 德之棄也

공자가 말했다. "길에서 듣고 길에서 말하는 것은 덕을 버리는 것이다."

【양화 24】

子貢曰 君子亦有惡乎 子曰 有惡 惡稱人之惡者 惡居下流而訕上者 惡勇
而無禮者 惡果敢而窒者 曰 賜也 亦有惡乎 惡徼以爲知者 惡不孫以爲勇
者 惡訐以爲直者

자공이 말했다. "군자도 미워하는 것이 있습니까?"

공자가 말했다. "미워함이 있다. 다른 사람의 나쁜 점을 들춰내는 것을 미
워하고, 하류에 있으면서 위에 있는 사람을 비방하는 것을 미워하며, 용기
가 있지만 예가 없는 이를 미워하고, 과감하면서 막힌 사람을 미워한다."

자공이 말했다. "저도 미워하는 것이 있습니다. 요행을 지혜로 여기는 것
을 미워하고, 불손함을 용기라 하는 것을 미워하며, 비방하는 것을 정직하
다고 여기는 것을 미워합니다."

知者樂水

슬기로운 사람은 사리에 밝아 막힘이 없는 것이
흐르는 물과 같아서 물과 친하여 물을 즐긴다.

【옹야】

4

耳順
이　순

: 다른 목소리를 포용하다

흠 　　품위 있는
어른

君子有三戒 少之時 血氣未定 戒之在色 及其壯也
군자유삼계 소지시 혈기미정 계지재색 급기장야

血氣方剛 戒之在鬪 及其老也 血氣旣衰 戒之在得
혈기방강 계지재투 급기노야 혈기기쇠 계지재득

군자에게 세 가지의 경계할 일이 있다. 혈기가 아직 안정되지 않았을
때에는 경계함이 이성에 관한 일이고, 혈기가 바야흐로 강성해지면 경
계함이 싸우는 것에 있으며, 혈기가 이미 쇠했을 때에는 경계함이 욕심
에 있다.

_계씨 7

'유교아카데미'는 성균관에서 주관하고 문화체육관광부의 지원으
로 이루어지는 교육프로그램이다. 올해로 10년째이니 제법 긴 역사
를 가진 프로그램이다. 지자체에서 이루어지는 다른 시민 강좌들과
달리 이 강의의 주 수강생은 노년을 바라보거나 노년에 접어든 이들
이다. 노년을 위한 인문학 강의가 거의 없다시피 한 우리 현실에서 보
면 의미 있는 교육프로그램이다.

강의는 각 지역의 향교에서 진행되니 전국적 규모이다. 나는 지난 10여 년간 줄곧 이 강의에 강사로 참여하고 있다. 나로서는 대학의 강의에서는 배울 수 없는 다양한 경험을 할 수 있는 시간이다. 강의가 주로 여름에 진행되어 남들은 더위를 피해 방학을 하는 시기인데도 나이 지긋한 수강생들의 참여는 열정적이다.

프로그램 초창기이니 이미 오래전의 일인데도 잊히지 않는 에피소드가 있다. 용인 향교에서 있었던 일이다. 첫 만남에서 나는 수강생들에게 질문을 했다. 어떤 이유로 이 강좌에 참여하게 되었는지를 듣고 싶었기 때문이다. 이때 질문에 답한 한 수강생의 말씀이 인상적이었다.

공직에서 은퇴하셨다는 그분은 "나이가 들어 어른이 되고 노인이 되면 세상의 모든 일에 대해 여유롭게 대처하고 지혜로워질 줄 알았는데 스스로를 돌아보니 그렇지 않았다"고 했다. 젊었을 때보다 더 고집스러워지고 노여움도 잘 타는 등 이전에 막연히 그렸던 노년의 이미지와 너무 다른 스스로를 발견하게 된 것이 충격이었다고 했다. 그런 발견을 통해 잘 나이 들기 위해서는 공부를 하고 노력을 해야 한다는 것을 깨달았고, 유학의 경전을 공부하는 것이 그런 생각에 맞을 것 같아서 강의에 참여하게 되었다고 했다.

솔직한 심정을 담담하게 표현하시는 모습을 보니 '저분은 좋은 노년을 보내시겠구나!' 생각했다. 저런 자세가 바로 공자가 말해주려던 것이다. 어떻게 잘 나이 들어갈 것인가를 고민하는 지점이다. 노년에 이른 사람은 물론이고 인생의 어느 시기에 있는 이라도 염두에 두면 좋을 화두가 웰에이징(Well-aging)이다. 2023년도에 발표된 한국인의 기대수명은 82.7세이다. 평균 수명은 남자가 86.7세 여자는 90.7세이다.

60세 전후 은퇴를 하고도 몇십 년을 더 살게 되는 현실이다. 따라서 은퇴 이후의 삶을 새로운 안목으로 설계할 필요가 절실하다. 현직 때의 경험이 아무리 화려했다 해도 이제는 다른 국면이다. '왕년에 내가'는 더 이상 통하지 않는다는 것을 빨리 인정할수록 이후의 생활이 안정적일 수 있다. '이제 와서 내가 무얼' 하는 식의 태도도 아직 많이 남아있는 삶을 위해 건전하지 못하다.

특강에서 만난 어른의 문제의식은 생리적으로 자연스러운 현상이다. 그리고 그분은 그런 현실에 대한 대안도 스스로 마련한 셈이다. 뇌 과학자들의 연구를 보면 노인들이 고집스러워지는 것은 인체의 노화에 수반되는 특성이다. 커뮤니케이션의 개방성과 의사결정을 바꿀 수 있는 유연함은 젊은 뇌가 가진 장점이다. 노화가 진행될수록 의사결정의 속도는 빨라지지만 바꾸고 조정하는 능력은 떨어진다. 또한 나이 들수록 새로운 것을 수용하는 개혁적인 성향이 점점 보수적으로 변하여 나와 세계관이 비슷하고 미적 취향, 경제적 배경이 같은 사람들끼리 지내고 싶어 한다. 나이 들수록 상황은 긍정적으로 판단하고 사람에 대해서는 부정적으로 해석하는 경향도 있다고 한다.

공자는 "군자에게 세 가지의 경계할 일이 있다. 혈기가 아직 안정되지 않았을 때에는 경계함이 이성에 관한 일이고 혈기가 바야흐로 강성해지면 경계함이 싸우는 것에 있으며 혈기가 이미 쇠했을 때에

는 경계함이 욕심에 있다."(계씨 7)고 경계해 주었다. 품위 있는 어른
으로 살아가기를 원하는 이들이 잡아야 할 화두이다.

<hr>

원문

【계씨 7】

孔子曰 君子有三戒 少之時 血氣未定 戒之在色 及其壯也 血氣方剛 戒之
在鬪 及其老也 血氣 旣衰 戒之在得

공자가 말했다.

"군자에게 세 가지의 경계할 일이 있다. 혈기가 아직 안정되지 않았을 때에
는 경계함이 이성에 관한 일이고, 혈기가 바야흐로 강성해지면 경계함이
싸우는 것에 있으며, 혈기가 이미 쇠했을 때에는 경계함이 욕심에 있다."

恥 인간과 비인간의
갈림길

巧言令色足恭 左丘明恥之 丘亦恥之
교언영색족공 좌구명치지 구역치지

匿怨而友其人 左丘明恥之 丘亦恥之
익원이우기인 좌구명치지 구역치지

말을 교묘하게 꾸미고, 얼굴빛을 거짓으로 꾸미며, 지나치게 공손한 것을 좌구명이 부끄러워했는데 나도 그렇게 하는 것을 부끄러워한다. 원망을 숨기고 그 사람과 벗으로 지내는 것을 좌구명이 부끄러워했는데 나 역시 그런 행동을 부끄러워한다.

_공야장 24

　맹자는 모든 사람에게 내재된 네 가지 마음과 그것을 외면하는 것에 대해 다음처럼 이야기했다. 첫째, 측은해하는 마음이 없다면 사람이 아니다. 둘째, 부끄러워하는 마음이 없다면 사람이 아니다. 사양하는 마음이 없다면 사람이 아니다. 옳고 그름을 가리는 마음이 없다면 사람이 아니다. 사람이 사람일 수 있는 이유는 이 네 개의 단서, 곧 사단(四端)을 인지하고 따를 수 있기 때문이다. 이것에 반하면 인간이 아니다.

세상에는 두 종류의 사람이 있다. 염치를 아는 사람과 모르는 사람. 맹자의 의견에 근거하면 끝내 염치를 모르는 이는 비인간이다. 그런데 모든 사람은 염치없는 일을 저지를 수는 있다. 다만 스스로를 돌아보아 부끄러운 짓을 했다면 쿨하게 인정하고 사과할 수 있으면 된다. 반면에 염치없는 일을 저지르고도 적반하장으로 떳떳하다고 둘러대는 사람은 참 보잘것없어 보인다. 문제는 이런 비인간적인 예가 생각보다 많다는 사실이다.

공자는 "말을 교묘하게 둘러대고, 얼굴빛을 거짓으로 꾸미고, 지나치게 공손한"(공야장 24) 행동을 부끄러운 일이라 했다. 여기 한 사람이 있다. 세상에 둘도 없는 의리남으로 자처하는 그의 모습에 대중들은 열광한다. 자신의 이익보다는 공적 이익을 중시하고 그것을 위해 중요한 것을 내놓을 각오가 되어 있다는 그의 호언장담은 듬직하다.

세련되고 친절하며 강직하기도 한 그의 발언은 사람들을 위로하고 격려하는 힘이 있다. 환한 웃음과 편안한 제스처로 상대를 무장해제시키는 모습은 두말이 필요 없는 미덕이다. 그런데 만일 그 친절이 가식이었고 그 제스처 속에 딴 마음이 들어 있음을 알아차리게 된다면 이는 뼈아픈 일이다. 그건 믿음에 대한 배반이니까.

처음부터 별 기대가 없는 일에는 실망도 소소하다. 그렇지만 한껏 기대했던 바에 대한 실망은 실망을 넘어 상처가 된다. 거짓된 말과 행동으로 사람들을 현혹한 사람은 그래서 더 나쁘다. 그래서 공자는 "군자는 자신의 말이 행동을 앞서가는 것을 부끄러워한다."(헌문 29)

고 했다.

호기롭게 자신의 주장을 펼쳤지만 결과가 그 말처럼 되지 않을 수도 있다. 자신의 잘못된 판단 때문일 수도 있고 상황이 여의치 않았을 수도 있다. 원인이 무엇이든 우선 실패를 인정하고 반성해야 한다. 누구든 부끄러운 일을 저지를 수 있다. 그때 내 잘못을 인정하는 용기가 필요하다. 그래야 그것을 넘어 갈 길이 찾아진다.

문제적 인간은 한껏 자신의 행동을 미화하는 말로 사람들을 현혹한다. 정작 속으로는 자기 이익을 따지는 데 골몰하여 주변의 반응을 제대로 살피지 못한다. 이런 경우에 딱 맞는 말이 『대학』에 나온다. "사람들이 나를 바라보는 것이 간과 폐를 보는 것과 같으니 무슨 도움이 되겠는가."(6장) 그러니 오래지 않아 사람들은 그 실체를 훤히 알게 된다.

결론은 사필귀정이다. 당장은 꾸민 행동으로 사람들을 속일 수 있다. 그러나 진실은 한순간에 뱃속 내장까지 꿰뚫듯 속속들이 드러날 것이다. 그러니 자기 속으로 생각해서 부끄러운 일이라면 그만두는 것이 정답이다. 순간의 위기를 모면하고자 속과 다른 행동을 하는 것은 비인간을 향해 나아가는 지름길이다.

원문

【공야장 24】

子曰 巧言令色足恭 左丘明 恥之 丘亦恥之 匿怨而友其人 左丘明 恥之 丘

亦恥之

공자가 말했다.

"말을 교묘하게 꾸미고, 얼굴빛을 거짓으로 꾸미며, 지나치게 공손한 것을 좌구명이 부끄러워했는데 나도 그렇게 하는 것을 부끄러워한다. 원망을 숨기고 그 사람과 벗으로 지내는 것을 좌구명이 부끄러워했는데 나 역시 그런 행동을 부끄러워한다."

【헌문 29】

子曰 君子 恥其言而過其行

공자가 말했다.

"군자는 자신의 말이 행동을 앞서가는 것을 부끄러워한다."

흄   베스트
            드라이버

法語之言 能無從乎 改之爲貴 巽與之言 能無說乎
법어지언 능무종호 개지위귀 손여지언 능무열호
繹之爲貴 說而不繹 從而不改 吾末如之何也已矣
역지위귀 열이불역 종이불개 오말여지하야이의

바르게 정해진 말을 따르지 않을 수 있겠는가? 그러나 잘 고치는 것도
귀한 일이다. 부드럽게 전하는 말을 좋아하지 않을 수 있는가? 그러나
그 맥락을 살피는 것도 귀한 일이다. 좋아하면서 맥락을 살피지 않고
따르면서 고치지 않는다면 나는 어찌할 수가 없다!
_자한 23

　　그저 그 자리에 있음으로써 믿음을 주는 사람이 있다. 며칠 전에 유
명을 달리한 예술인 김민기도 그런 사람이다. 그의 부고를 듣고 한동
안 잊고 있었던 그의 음악을 찾아 들었다. 며칠째 플레이리스트 앞쪽
에 그의 노래를 담아두고 듣는 중이다. 사람에 대한 이해, 사회에 대
한 분석, 우리 역사에 대한 애정, 자연에 대한 통찰 등이 그의 음악을
관통한다. 그가 만든 음악은 음유시인 같이 낮고 힘 있는 자신의 음성

과 찰떡처럼 어울린다. 오래전에 만들어진 곡들이나 여전히 가슴을 울리는 노래들이다.

워낙 뛰어난 능력을 가진 분이라 여러 번 대학의 교수나 문화예술계의 요직을 맡아달라는 요청이 있었다고 한다. 그러나 자신은 뒷전을 지키는 사람을 자처하며 앞에서 활동하는 이들을 뒤에서 보조하는 역할을 자임했다. 그리고 문화예술계의 상징 같은 소극장 '학전' 지키기를 자신의 주업으로 삼았다. 그런 이와 동시대를 살았던 것에 감사한다.

사람에겐 자신의 경험에서 만들어진 독특한 생각이 있다. 예컨대 나는 운전을 잘하는 사람은 믿을 만한 사람이라 확신하는 편이다. 운전을 잘한다는 것은 앞으로 빨리 달려가는 능력을 말하지 않는다. 자기가 원하는 지점으로 나아갈 수 있는 최적의 조건을 현실화하는 능력이다. 여기에는 당연히 다른 운전자를 배려하는 신사적인 태도도 필수이다. 빨리 잘 갈 수 있는 능력자의 차에 탑승한 승객은 편안하다.

우리에게 든든한 믿음을 주는 사람은 "자리 없는 것을 걱정하지 말고 그 자리에 설 수 있는 능력 갖출 것을 걱정하라. 남들이 알아주지 않는 것을 걱정하지 말고 무엇으로 인정받을 수 있을지를 구하라."(이인 14)라고 했던 공자의 말을 직접 실천한 이들이다. 일의 선후를 아는 사람이다. 이런 인격을 습득하는 일은 그리 만만한 일이 아니다.

자공이 공자에게 질문하기를 "어떻게 하면 선비라고 이를 수 있습니까?"라고 하자 공자가 말해주었다. "행동하는 데에 부끄러움이 있고, 사방에 사신으로 갔을 때 임금의 명을 욕되게 하지 않으면 선비라고 할 수 있다." 그러자 다시 자공이 "그다음 수준에 대해 감히 여쭙겠습니다."라고 하니, 공자는 "자기 종족에게 효자로 칭찬을 받고 마을에서는 공손하다고 칭찬을 받는 것이다."라고 답했다. 세 번째로 자공이 "그다음 수준을 감히 여쭙겠습니다."라 했고, 공자가 다시 답했다. "말하면 반드시 지키고 행동에 반드시 과단성이 있는 것은 빡빡한 소인 같더라도 또한 그다음 수준이 될 수 있다."(자로 20)라고 말했다.

신뢰감에도 급수가 있는 것 같다. 그러니까 신뢰는 차근차근 쌓여서 그 효과가 드러나는 것이다. 그러니 스스로 신뢰를 갖춘 사람이 되고 싶다면 시간과 노력이 필요하다. 단번에 공중부양이나 한 번에 깨침 따위는 없다. 작은 데에서부터 차근차근 직접 밟아가는 과정이 있을 뿐이다. 스스로 만든 매뉴얼에 따라 하루를 채워 가면 된다.

다만 정한 지침을 따르는 일이 기계적이어서는 안 된다. 상황은 늘 변화 속에 있으니 말이다. 매뉴얼의 실천에는 융통성 있는 유연한 태도가 필수다. "바르게 정해진 말을 따르지 않을 수 있겠는가? 그러나 잘 고치는 것도 귀한 일이다. 부드럽게 전하는 말을 좋아하지 않을 수 있는가? 그러나 그 맥락을 살피는 것도 귀한 일이다. 좋아하면서 맥락을 살피지 않고 따르면서 고치지 않는다면 나는 어찌할 수가 없다!"(자한 23)고 한 것처럼 말이다.

빨리 가는 것이 미덕이나 초보 운전자에게는 길을 열어주는 것이 옳다. 속도도 중요하나 주변 교통 상황의 흐름에 따르는 것이 옳다. 이렇게 하여 믿음직한 운전자가 될 수 있듯이 삶의 지침도 융통성 있게 적용해야 한다.

【이인 14】

子曰 不患無位 患所以立 不患莫己知 求爲可知也

공자가 말했다.

"자리 없는 것을 걱정하지 말고 그 자리에 설 수 있는 능력을 갖출 것을 걱정하라. 남들이 알아주지 않는 것을 걱정하지 말고 무엇으로 인정받을 수 있을지를 구하라."

【자한 23】

子曰 法語之言 能無從乎 改之爲貴 巽與之言 能無說乎 繹之爲貴 說而不繹 從而不改 吾末如之何也已矣

공자가 말했다.

"바르게 정해진 말을 따르지 않을 수 있겠는가! 그러나 잘 고치는 것도 귀한 일이다. 부드럽게 전하는 말을 좋아하지 않을 수 있는가! 그러나 그 맥락을 살피는 것도 귀한 일이다. 좋아하면서 맥락을 살피지 않고 따르면서 고치지 않는다면 나는 어찌할 수가 없다!"

【자로 20】

子貢問曰 何如斯可謂之士矣 子曰 行己有恥 使於四方 不辱君命 可謂士矣 曰 敢問其次 曰 宗族稱孝焉 鄕黨稱弟焉 曰 敢問其次 曰 言必信 行必果 硜硜然小人哉 抑亦可以爲次矣 曰 今之從政者 何如 子曰 噫 斗筲之人

何足算也

자공이 질문하여 말했다.

"어떻게 하면 선비라고 이를 수 있습니까?"

공자가 말했다.

"행동하는 데에 부끄러움이 있고, 사방에 사신으로 갔을 때 임금의 명을 욕되게 하지 않으면 선비라고 할 수 있다."

"그다음 수준에 대해 감히 여쭙니다." 하니 공자가 말했다.

"자기 종족에게 효자로 칭찬을 받고 마을에서는 공손하다고 칭찬을 받는 것이다."

"그다음 수준을 감히 여쭙겠습니다."

공자가 말했다.

"말하면 반드시 지키고 행동에 반드시 과단성이 있는 것은 빡빡한 소인 같더라도 또한 그다음 수준이 될 수 있다."

자공이 다시 물었다.

"지금 정치를 하는 사람들은 어떻습니까?"

공자가 말했다.

"휴우! 도량이 작은 사람들이니 무슨 헤아릴 정도나 되겠는가?"

흠   산도 좋고
물도 좋아요

知者樂水 仁者樂山 知者動 仁者靜 知者樂 仁者壽
지자요수 인자요산 지자동 인자정 지자락 인자수

지혜로운 사람은 물을 좋아하고 인한 사람은 산을 좋아한다. 지혜로운
사람은 움직이고, 인한 사람은 고요하며, 지혜로운 사람은 즐기고, 인한
사람은 오래 산다.

_옹야 21

   공자는 "지혜로운 사람은 물을 좋아하고 인한 사람은 산을 좋아한
다. 지혜로운 사람은 움직이고, 인한 사람은 고요하며, 지혜로운 사람
은 즐기고, 인한 사람은 오래 산다."(옹야 21)고 했다. 여기서 나온 말
이 요산요수(樂山樂水)다. 서예 작품으로 흔하게 걸어 두는 글귀라
『논어』에 나온 글인지도 모르고 익숙해진 문자이다.
   나이가 어릴수록 물을 더 좋아하고 나이가 좀 들었다 싶은 이들은
산의 매력을 말한다. 나 역시 산보다는 강이든 바다이든 물이 좋은 쪽
이었다. 그런데 언제부터인가 물이 좋다는 즉답을 피하게 되었다. 산

에서 얻는 감흥을 알아버린 탓이었다. 결국 물도 좋고 산도 좋다. 그리하여 지혜로우면서 인한 사람이면 금상첨화이겠지.

지혜로운 사람을 물에 비유한 것은 그가 자유자재로 흐를 수 있는 물의 가치를 내면화한 사람이기 때문이다. 이들은 자신의 일상에서 마주하는 대상을 포용하여 함께 갈 수 있다. 혹 상충하는 일이 생겨도 서로를 상하게 하기보다는 돌아가더라도 같이 가는 길을 선택한다. 그러나 필요하다면 가속도를 높여 낙하할 수도 있다. 공존과 효율성을 고려할 능력을 갖춘 사람이다.

계속 흘러가는 물은 시간을 상징하기도 한다. 그러니 변화하는 시간 속에서 만나는 다양한 상황에 유연하게 대응하자는 것이 물에서 얻을 수 있는 지혜이다. 공자는 이런 면모를 통달함(達)이라 했다. 공자는 통달함에 대해 다음과 같이 설명했다.

자장이 묻기를 "선비가 어떻게 해야 통달할 수 있는지요?" 하니, 공자가 말했다.

"그대가 말하는 통달함이란 무엇을 말하는가?"

그러자 자장이 대답하여 말했다.

"나라에서도 반드시 알려지고 집안에서도 반드시 알려지는 것입니다."

공자가 자장의 생각을 수정해서 알려주었다.

"그것은 알려지는 것이지 통달함이 아니다. 통달함이란 정직함을 바탕으로 삼고 의를 좋아하며 말을 잘 살피고 안색을 관찰하여 잘 배려함으로써 다른 이의 아래에 서는 것이다. 이렇게 하면 나라에서도 반드시 통달할 것이고 집안에서도 반드시 통달할 것이다. 그런데 알려진다는 것은 겉모습은 인을 선택하는 것 같지만 그 행동은 인에 위배되고, 안전하게 머물면서 다른 생각을 갖지 않는 것이다. 이러면 나라에서도 반드시 알려지고 집안에서도 반드시 알려진다."(안연 20)

통달함은 유명해지는 것이 아니다. 타인을 배려하며 기꺼이 낮은 곳에 설 수 있는 역량을 지녀야 비로소 가능한 성취이다. 자신이 가진 재능을 지혜롭게 펼칠 수 있는 사람이 통달한 사람이다. 세상의 일에 두루 잘 통하는 인격이다. 이런 경지는 쉽게 갈 수 없을뿐더러 보통 사람이 그런 인격을 가려내는 일도 불가능하다.

노나라 대부 숙손무숙은 공자를 현실적으로 성공한 자공보다 못하다고 평가했다. 이에 대해 자공은 급이 안 되는 사람의 잘못된 안목이라 했다. 그래서 "궁실의 담장에 비유하면 나의 담장은 어깨 높이라 집안의 좋은 것들을 살펴볼 수 있다. 그런데 선생님의 담장은 대단히 높아서 그 문을 통해 들어가지 않으면 종묘의 아름다움과 백관의 풍요로움을 볼 수가 없다."(자장 23)라고 말했다.

공자는 제자인 안회를 사랑하고 존경했다. 자공에게 "나와 너는 그와 같을 수 없다."고 하면서 안회를 자신보다 나은 인물이라 평한 적도 있다. 공자는 "내가 안회와 종일토록 이야기를 나누어도 어김이 없어서 어리석은 것 같았는데 물러나 그가 사사로이 지내는 것을 보았는데 역시 충분히 들은 바를 실천하더라. 안회는 어리석지 않구나!"(위정 9)라고 했다.

안회는 물의 지혜와 산의 품을 함께 지닌 인격이었던 것 같다. 공자도 자기보다 안회가 낫다고 평가할 정도로 대단한 인물이다. 그러나 공자의 제자 중에 그런 사람이 존재했다는 사실이 우리에게는 일종의 격려이다. 이런 점에서도 공자는 좋은 선생님이다.

·· 원문 ··

【위정 9】

子曰 吾與回 言終日 不違如愚 退而省其私 亦足以發 回也不愚

공자가 말했다.

"내가 안회와 종일토록 이야기를 나누어도 어김이 없어서 어리석은 것 같았는데 물러나 그가 사사로이 지내는 것을 보았는데 역시 충분히 들은 바를 실천하더라. 안회는 어리석지 않구나!"

【옹야 21】

子曰 知者樂水 仁者樂山 知者動 仁者靜 知者樂 仁者壽

공자가 말했다.

"지혜로운 사람은 물을 좋아하고, 인한 사람은 산을 좋아한다. 지혜로운 사람은 움직이고, 인한 사람은 고요하며, 지혜로운 사람은 즐기고, 인한 사람은 오래 산다."

【안연 20】

子張問 士 何如 斯可謂之達矣 子曰 何哉 爾所謂達者 子張對曰 在邦必聞

在家必聞 子曰 是聞也 非達也 夫達也者 質直而好義 察言而觀色 慮以下
人 在邦必達 在家必達 夫聞也者 色取仁而行違 居之不疑 在邦必聞 在家
必聞

자장이 물었다.

"선비가 어떻게 해야 통달할 수 있는지요?"

공자가 말했다.

"그대가 말하는 통달함이란 무엇을 말하는가?"

자장이 대답하여 말했다.

"나라에서도 반드시 알려지고 집안에서도 반드시 알려지는 것입니다."

공자가 말했다.

"그것은 알려지는 것이지 통달함이 아니다. 통달함이란 정직함을 바탕으로 삼고 의를 좋아하며 말을 잘 살피고 안색을 관찰하여 잘 배려함으로써 다른 이의 아래에 서는 것이다. 이렇게 하면 나라에서도 반드시 통달할 것이고 집안에서도 반드시 통달할 것이다. 그런데 알려진다는 것은 겉모습은 인을 선택한 것 같지만 그 행동은 인에 위배되고, 안전하게 머물면서 다른 생각을 갖지 않는 것이다. 이러면 나라에서도 반드시 알려지고 집안에서도 반드시 알려진다."

怒　　　내 인생은
　　　　나의 것

君子和而不同 小人同而不和
군자화이부동 소인동이불화

군자는 조화를 이루지만 같아지지는 않고, 소인은 같아질 수는 있어도
조화를 이루지는 못한다.

_자로 23

　　세상에는 다양한 성향의 사람들로 북적댄다. 그중에는 항상 달콤
한 말로 무장해제를 구하는 사람도 있다. 언제든 날카로운 비판을 발
사할 준비가 되어 있는 이도 있다. 박식함을 무기로 다양한 해법을 내
놓을 줄 아는 사람도 있다. 이런 특별한 성격을 자랑하는 이들은 세상
을 다채롭게 해 주는 인물이다.

　　그런데 '현실 만렙의 사람은 결코 튀지 않는다.'에 공감 한 표를 던
진다. 그들은 수용하고 해석하며 소화하고 적용하는 것에 모두 능한
능력치를 지니고 있지만 결코 그 역량을 부자연스럽게 드러내지 않
는다. 지나고 보면 '아! 그래서 그렇게 행동한 것이군.' 뒤늦게 깨달을

뿐이다. 이런 내공이 하루아침에 혹은 누구에게나 가능하겠는가.

한약사인 김장하 어른은 다큐멘터리 영화를 통해 알게 된 인물이다. 그는 문전성시의 한약방을 운영하며 많은 부를 얻었다. 그는 "아픈 이들 때문에 번 돈인데 편하게 나만을 위해 쓸 수 없다."고 말했다. 그래서 지금까지 수백억 원의 돈을 대가를 바라지 않고 기부했다. 주로 형편이 어려운 학생들이나 사회적으로 의미 있는 일을 하는 단체들이 그의 지원을 받았다.

떠들썩하게 공정과 상식을 외치는 어떤 사람보다도 공평한 세상을 꿈꾸는 한 어른의 행보이다. 넷플릭스에 올라온 〈어른 김장하〉의 영상 속에 비춰진 주인공의 모습은 통상 보았던 부자의 얼굴이 아니었다. 영상을 통해 나온 눈빛인데도 단호하지만 너그러운 분위기가 충분히 전해졌다. 나라면 이런 삶을 선택하기 어렵겠지만 이런 길을 걷고 있는 어른이 우리나라에 존재한다는 사실이 감동적이었다.

재벌의 이혼소송에서 거론되는 돈은 보통 사람으로서 가늠할 수 없는 그저 숫자에 불과하다. 차원이 다른 리그(league)의 일이다. 그 리그에 속한 사람들은 자신이 가진 재력을 이용하여 검찰을 움직이고 정치인을 활용한다. 이런 일이 드라마보다 더 드라마틱하게 현실에서 벌어지고 있음을 알게 된 지 오래다. 자본 중심의 사회에서 벌어질 수 있는 단면이다. 그러니 넷플릭스 시리즈 〈오징어게임〉에서 서바이벌 게임을 관람하던 최상류층의 신사들이 상징하던 바도 그리 놀랄 일이 아니었다.

현실이 그러한지라 그런 세태와 다른 면모를 보여주는 부자를 만나는 일은 귀하고 고맙다. 그들은 자신이 얻은 부는 자신이 속한 사회를 통해 만들어졌음을 분명히 안다. 그리고 그에 대한 고마움을 잊지 않는다. 자기가 가진 것을 다중을 위해 나누는 일이 법적 의무는 아니다. 그럼에도 불구하고 대가 없는 쾌척을 결정하는 일은 대단한 일이다.

"군자는 조화를 이루지만 같아지지는 않고, 소인은 같아질 수는 있어도 조화를 이루지는 못한다."(자로 23)고 했다. 조화를 이룬다는 것은 자기 정체성을 유지하면서 주변과 잘 어울리는 태도이다. 같아지는 것은 자기 이익에 따라 즉각적으로 동화되는 처세이다. 김장하는 입장이 같은 이들과 동조하지 않았다. 그보다는 각양각색의 처지가 섞여 있는 넓은 사회로 시선을 돌리고 자신 역시 그 일원임을 표명했다.

공자는 "하늘을 원망하지 않고 다른 이를 원망하지 않으며 아래로부터 배워서 위에까지 두루 통하고자 하니 나를 알아 줄 이는 저 하늘일 것이다."(헌문 37)라고 탄식한 적이 있다. 이 말은 자신의 뜻을 펼칠 수 없는 현실을 인정하며 스스로를 위로한 것이다. 나아가 세태가 어떠하든 자신이 옳다고 생각하는 선택을 하겠다는 뜻을 담고 있다.

어떻게 사는 것이 좋은가에 대한 해답은 하나가 아니다. 그러니 한번 용기를 내 보는 것도 좋을 것 같다. 다른 이들은 내 삶에 그리 관심이 없다. 그들의 시선 때문에 나를 펼치지 못하는 것은 어리석은 일이다.

【자로 23】

子曰 君子和而不同 小人同而不和

공자가 말했다.

"군자는 조화를 이루지만 같아지지는 않고, 소인은 같아질 수는 있어도 조화를 이루지는 못한다."

【헌문 37】

子曰 莫我知也夫 子貢曰 何爲其莫知子也 子曰 不怨天 不尤人 下學而上達 知我者 其天乎

공자가 말했다.

"나를 알아주지 않는구나!"

자공이 말했다.

"어째서 선생님을 알아주지 않는다고 하십니까?"

공자가 말했다.

"하늘을 원망하지 않고 다른 이를 원망하지 않으며 아래로부터 배워서 위에까지 두루 통하고자 하니 나를 알아 줄 이는 저 하늘일 것이다."

怒　　　공감 능력

言忠信 行篤敬 雖蠻貊之邦 行矣
언충신 행독경 수만맥지방 행의

말에 진심을 담고 믿음이 있으며, 행동이 독실하고 공경스러우면 비록
오랑캐의 나라라 해도 잘 통할 수 있을 것이다.
_위령공 5

　수학여행 떠난 아이들이 원인불명으로 침몰된 배에 타고 있었다.
그 끔찍한 사고를 전해 들으며 온 나라 사람들은 가슴이 저렸다. 어떤
이는 병이 나고 누구는 나라를 떠나 정처 없는 여행길에 오르기도 했
다. 한동안 밥을 먹는 것이 불편했고 물건을 사기도 미안했다. 오래전
일이지만 여전히 앙금이 남아있다.

　몇 년 전에는 핼러윈 데이를 즐기러 모인 수많은 사람, 특히 젊은이
들이 압사 사고를 당했다. 외국 체류 중에 잠시 귀국했던 친구의 아들
이 사고 직전에 그 골목을 지나왔다는 소식을 듣고 가슴을 쓸어내리
기도 했다. 이태원은 나도 좋아하는 장소라 가끔 나들이 하는 곳이다.
그날 그때 그 골목을 지나는 중이었다면 나도 예외가 아니었을 사고

이다. 오후가 되면 늘 북적이는 곳이지만 시월 말이면 특히 많은 이들이 모였다. 해마다 예정된 행사로 그날을 지냈다. 그때마다 약간의 조치만으로도 질서에 문제가 생기지 않았다. 그런데 2022년의 그날만은 예외가 되었다.

어떤 이는 이런 일이 빨리 잊혀지기를 바란다. 그런데 또 어떤 사람들은 왜 그런 일이 일어났는지 분명해질 때까지 잊지 않아야 한다고 생각한다. 왜 그런 어처구니없는 일이 일어났는가. 이에 대한 답이 분명해지고 그에 따른 책임을 물을 수 있는 때가 되면 그 아픈 기억을 잊어도 좋을 것이다. 희생된 이들이 나와 관계있는 이들은 아니지만 그렇다고 누구도 나와 상관없는 사람은 아니다.

상대의 아픔을 자신의 그것처럼 느끼는 마음은 어디에서 오는가. 부모는 자식이 아플 때 자식보다 더 큰 고통을 받는다. 사랑에 빠져있는 이라면 연인의 아픔을 보는 것보다 차라리 자신이 그 어려움을 대신하는 게 낫겠다고 여긴다. 이런 정도로 강렬한 느낌은 아니라도 사람은 다른 사람의 아픔에 공감할 수 있는 능력을 가지고 있다.

상대의 진정성 있는 표현은 나의 공감 능력을 확인하게 한다. "말에 진심을 담고 믿음이 있으며, 행동이 독실하고 공경스러우면 비록 오랑캐의 나라라 해도 잘 통할 수 있을 것"(위령공 5)이라는 말이 그런 뜻이다. 곁에 있는 사람의 따뜻한 배려는 혼자가 아님을 일깨우며 내 고단한 삶을 위로해 준다. 그 사람은 내 부모이거나 연인일 수도 있고, 회사의 선배이거나 동료일 수도 있다.

또는 어떤 시기에 만난 선생님일 수도 있겠다. 특히나 선생님의 역할은 각별하다. 천방지축이던 집에서와 달리 유치원의 아이는 제법 의젓하다. 유아들에게도 선생님의 통솔이 통하는 것이다. 그렇게 선생님의 한마디는 특별한 무게를 지닌다. 그러니 교사는 열어주는 역할을 해 주어야 한다.

공자와 같은 선생님이 "나를 일으키는 이는 상이로구나. 비로소 그대와 더불어 『시경』을 논할 수 있겠구나!"(팔일 8)라고 말해준다면 용기백배하지 않겠는가. 아마 자히에게 이 말씀은 평생 동안 격려와 위로를 주었을 것이다. 선생님의 무심한 한마디가 학생에게는 의미 있는 울림이 될 수 있다.

타인이 내게 베푼 배려는 내가 새롭게 일어서는 계기가 될 수 있다. 내가 그를 위해 무언가를 나누었다면 그에게는 위로를 주고 나는 만족감을 얻을 것이다. 이런 상호 공감은 서로를 든든하게 해 준다. 이런 경험은 당연히 사회 안에서 벌어진다. 내가 사는 이 공간에서 벌어지는 일들은 모두 나와 관계가 있다. 하나의 네트워크에 들어있는 관계들이지 않은가. 기쁜 일엔 함께 기뻐하고 슬픈 일엔 같이 슬퍼하는 것이 자연스럽다. 여기서 벌어지는 모든 일들은 나와 상관없는 것들이 아니다.

───────────────── 원문 ─────────────────

【팔일 8】

子夏問 巧笑倩兮 美目盼兮 素以爲絢兮 何謂也 子曰 繪事後素 曰 禮後乎

子曰 起予者商也 始可與言詩已矣

자하가 말했다.

"아름다운 미소에 보조개여! 아름다운 눈 또렷하네! 흰 바탕으로 아름다운 문채를 만들었네!'라는 시는 무슨 뜻입니까?"

공자가 말했다.

"그림 그리는 일은 흰 바탕 뒤에 하는 것이다."

자하가 말하기를 "예가 나중이라는 말인지요?"

공자가 말했다.

"나를 일으키는 이는 상이로구나. 비로소 그대와 더불어 『시경』을 논할 수 있겠구나!"

【위령공 5】

子張問行 子曰 言忠信 行篤敬 雖蠻貊之邦 行矣 言不忠信 行不篤敬 雖州里 行乎哉 立則見其參於前也 在輿則見其倚於衡也 夫然後行 子張 書諸紳

자장이 잘 통할 수 있는 방법을 묻자 공자가 말했다.

"말에 진심을 담고 믿음이 있으며, 행동이 독실하고 공경스러우면 비록 오랑캐의 나라라 해도 잘 통할 수 있을 것이다. 말에 진심이 없고 신뢰도 없으며, 행동은 독실하지 않고 공경스럽지도 않다면 비록 주나리처럼 잘 갖추어진 행정단위라도 통할 수 있겠는가? 서 있을 땐 그것이 앞에 참여하고 있듯이 보고 수레를 타고 있을 때에는 그것이 멍에에 기대어 있는 것처럼 보아야 한다. 그런 다음에야 잘 통할 수 있다."

자장이 이 말씀을 띠에 썼다.

怒　　　　진짜 내 편

由也升堂矣 未入於室也
유야승당의 미입어실야

유는 당에 올랐는데 아직 방에 들어오지 않은 것이다.
_선진 14

　고래도 춤을 추게 한다는 게 칭찬이다. 칭찬은 누구나 좋아한다. 그렇더라도 아무 근거 없는 립서비스는 그리 탐탁지 않다. 머리로는 이렇게 알고 있지만 그럼에도 불구하고 입에 발린 말로 치켜세워 주는 이를 과감히 떨쳐버리는 일은 생각보다 어렵다. 그래서 고금의 많은 유력자들이 간신들의 감언이설 때문에 낭패를 보았던 것이다.

　정도전은 새 시대의 제도와 지향해야 할 가치를 구체적으로 만든 사람이다. 그래서 그를 조선의 설계자라 부른다. 그는 『조선경국전』을 써서 정치의 요점과 국가의 규모를 정했다. 이 책이 모태가 되어 조선의 법전인 『경국대전』이 만들어졌다. 그가 나라의 운영에서 가장 중요하게 여긴 것은 좋은 자질이 있는 이를 세자로 선택하고 그를 잘 교육하여 훌륭한 리더로 성장시키는 일이다.

세자를 교육할 때는 우선 인격과 능력을 겸비한 스승을 사부로 삼아야 한다. 사부를 비롯해서 세자 곁에 있는 사람들은 반드시 현명한 사람이어야 한다. 현명한 사람은 사태를 객관적으로 파악하고 그것을 직언할 수 있는 사람이다. 감언이설에 능한 이를 곁에 두어서는 안 된다는 뜻이다.

정도전은 현명하지 못한 이를 세자의 사부로 삼았을 때의 폐해를 다음과 같이 경고했다. "간혹 기술을 가진 인사를 초빙하여 한갓 사장(詞章)의 학문을 배우는 경우가 있어서, 그 배우고 익힌 것이 도리어 본심을 미혹하게 하는 도구가 되었다. 심한 경우에는 참소하고 아첨하는 무리들만을 신임하고 유희나 안일한 일만을 좋아하다가 끝내 세자의 위를 보존하지 못한 경우가 많았으니, 아! 애석하다."(『조선경국전』[정국본])

세상에는 평온한 일보다 풀기 어렵고 복잡한 일들이 더 많다. 사람의 관계에서도 각양각색의 상황들이 만들어진다. 어느 때는 특별한 일이 없기 때문에 평화롭고 우아한 식사가 가능하다. 다른 때에는 난제를 앞에 두고 치열한 토론을 거쳐 비로소 합의에 도달할 수도 있다. 그렇게 해서라도 합의에 도달하면 그나마 다행이다.

그런데 상황과 무관하게 언제나 좋은 말만 늘어놓는 이는 부자연스럽다. 그럼에도 불구하고 그런 감언에 휩쓸릴 수도 있는 것이 사람이다. 쓴맛보다는 단맛이 받아들이기 편해서 그렇다. 그러나 단맛이 독이 되는 경우도 있고, 쓴 약이 반드시 필요한 때가 있다. 그러니 자유처럼 "나의 벗 자장은 하기 어려운 일을 해낼 수 있으나 아직 인하지는 못하다."(자장 15)라고 말해주는 친구는 소중하다. 증자와 같이 "당당하구나 자장이여! 그러나 함께 인을 행하기를 어렵구나."(자장 16)라고 솔직하게 말해주는 벗은 유익한 친구이다.

나의 좋은 면만을 계속 추켜세우며 다른 쪽의 더 많은 단점을 가리게 하는 이는 친구가 아니다. 유력한 자리에 있는 이들일수록 그런 아첨꾼들이 많이 모이게 마련이다. 이들을 부시고 내치는 일은 보통의 감성을 넘어서야 가능하다. 그래서 정도전이 나라의 왕으로 성장할 사람을 더 매섭고 단호하게 키워야 한다고 주장했던 것이다.

한편으로 더 발전할 것을 주문하고 다른 한편으론 그의 성취를 인정하는 스승의 평가는 스스로를 돌아보는 준거가 된다. 공자가 "유의 거문고 소리가 어찌 우리 문하에 이르게 되었는가!"라고 하자, 다른 제자들이 자로를 공경하지 않았다. 이에 공자는 다시 "유는 당에 올랐는데 아직 방에 들어오지 않은 것이다."(선진 14)라고 말했다. 자로의 성취가 다른 제자들이 무시할 만큼 미진한 것이 아니라고 변호한 말이다. 마루까지 올라왔지만 아직 방에는 들어오지 못했다는 말에는 이제 곧 높은 경지로 진입할 수 있다는 뜻이 들어있다.

나를 앞으로 나아가게 하고 성장하게 하는 사람들, 그들이 진짜 내 편이다.

【선진14】

子曰 由之瑟 奚爲於丘之門 門人不敬子路 子曰 由也升堂矣 未入於室也)

공자가 말했다.

"유의 거문고 소리가 어찌 우리 문하에 이르게 되었는가!"

이에 문인들이 자로를 공경하지 않자 공자가 말했다.

"유는 당에 올랐는데 아직 방에 들어오지 않은 것이다."

【자장15】

子游曰 吾友張也 爲難能也 然而未仁

자유가 말했다.

"나의 벗 자장은 하기 어려운 일을 해낼 수 있으나 아직 인하지는 못하다."

【자장16】

曾子曰 堂堂乎張也 難與並爲仁矣

증자가 말했다.

"당당하구나 자장이여! 그러나 함께 인을 행하기를 어렵구나."

怒　　　당당한
　　　　태도

敏而好學 不恥下問 是以謂之文也
민이호학 불치하문 시이위지문야

민첩하고 배움을 좋아하여 아랫사람에게 묻는 것도 부끄러워하지 않
았다.
_공야장 14

　좋은 학자는 자신이 공부한 내용을 누구나 잘 이해할 수 있도록 설
명할 수 있다. 성숙한 학자는 현학적 표현으로 자신의 공부를 과시하
지 않는다. 학문이 학문하는 사람들 사이에서만 유통되면 그 의미는
반감된다. 자기가 가진 것에 자신이 있는 사람은 자신이 갖지 못한 것
에 대해 솔직하다. 자신이 모르는 것을 가리려고 일부러 어려운 표현
을 끌어다 쓰는 방식으로 다른 이를 설득할 수 없다.
　공자는 공문자를 평가하여 "그는 민첩하고 배움을 좋아하여 아랫
사람에게 묻는 것도 부끄러워하지 않았다. 그렇기 때문에 '문'으로 불
렸다."(공야장 14)라고 했다. 오늘의 학자들이 깊이 새겨들어야 할 말

이다. 다중에게 강의를 하는 이가 지녀야 할 첫째 덕목은 성실함이다. 그리고 자신의 부족함을 채우는 데에는 위아래의 고하가 없다. 자기보다 나은 경험을 가진 이라면 경청해야 한다.

공자가 태묘에 들어가 매사를 묻고 행동했더니 어떤 이가 "누가 추나라 사람의 아들을 두고 예를 안다고 했는가! 태묘에 들어와 매사를 묻더라."(팔일 15)라고 공자를 비웃었다. 이런 평가를 두고 공자가 한마디 했다. "그것이 바로 예이다." 공자가 정말로 그런 예절을 몰랐을 리는 없다. 그럼에도 불구하고 그가 매사를 묻고서 행동했던 이유는 상대의 전문성을 인정하고 경청하는 자세를 보인 것이다.

그런데 자기는 권력을 가졌고 아랫사람에게는 능력이 있다. 이럴 때 그 힘을 나쁘게 쓰는 사람들이 있다. 자신이 써야 할 논문을 대신 쓰게 하고, 자기가 관여하지 않은 책의 공저자로 이름을 올린다. 이런 전력 때문에 공직의 문턱에서 낙마한 경우를 많이 보았다. 학문의 세계에서 있으면 안 될 절도 행위이다.

물론 그 반대편의 양심적 학자들도 있다. 이들 좋은 편의 특징은 자신의 연구에 최선을 다하는 한편 다른 이들의 연구를 존중한다. 자기 연구 분야에 정통하나 미처 다루지 못한 부분에 대해서는 솔직히 인정한다. 제자들의 성취는 격려하고 자랑스러워한다. 동시에 그들의 의견을 존중한다.

구세대가 따라가지 못할 새로운 이슈는 늘 꿈틀대고 있다. 학계라고 예외가 아니다. 그리고 이에 대해서는 대체로 신진학자들의 이해가 빠르다. 자신이 제대로 파악하지 못한 새로운 조류에 대해 제자나

후배에게 묻는 것은 자연스러운 일이다. 나의 무지를 알리는 것은 모양 빠지는 일이니 모르더라도 참자는 결정은 부끄러운 선택이다. 불치하문(不恥下問)은 아랫사람에게 묻는 것을 부끄러워하지 않는 자세이다. 자기 지식의 한계를 넓혀가는 길에 위아래가 따로 없다는 말이다.

공자는 "현명한 이를 보면 그와 비슷해지기를 생각하고, 현명하지 못한 이를 보면 속으로 스스로 반성해 본다."(이인 17)고 했다. 모두가 배움이 된다는 열린 마음이다. 좋은 편의 성실하고 현명한 태도는 두말할 필요 없이 모범이 된다. 긍정적으로 수용하면 될 것이다. 그런데 나쁜 편의 행동을 보면서도 반면교사(反面敎師)로 삼을 수 있다. 제자들의 성과를 훔치는 절도범들을 보면서 비난만 할 것이 아니라 나도 모르는 사이에 내 것이 아닌 것을 내 것처럼 여긴 적이 없을까 돌아볼 수 있다.

그리하여 자기가 할 수 있는 최선을 다하고, 자기 것이 아닌 것은 가지려 하지 않으며, 남의 것을 제대로 인정해 줄 수 있는 마음을 가지고 싶다. 그렇게 떳떳해지고 싶다.

---------------------------------- 원문 ----------------------------------

【팔일 15】

子入大廟 每事問 或曰 孰謂鄹人之子 知禮乎 入大廟 每事問 子聞之曰 是禮也

공자가 태묘에 들어가 매사를 묻고 행동했더니 어떤 이가 말했다.

"누가 추나라 사람의 아들을 두고 예를 안다고 했는가! 태묘에 들어와 매사를 묻더라."

공자가 그 말을 듣고 말했다.

"그것이 바로 예이다."

【이인 17】

子曰 見賢思齊焉 見不賢而內自省也

공자가 말했다.

"현명한 이를 보면 그와 비슷해지기를 생각하고, 현명하지 못한 이를 보면 속으로 스스로 반성해 본다."

【공야장 14】

子貢問曰 公文子何以謂之文也 子曰 敏而好學 不恥下問 是以謂之文也

자공이 질문했다.

"공문자는 무엇 때문에 '문'으로 불리는지요?"

공자가 말했다.

"그는 민첩하고 배움을 좋아하여 아랫사람에게 묻는 것도 부끄러워하지 않았다. 그렇기 때문에 '문'으로 불렸다."

哀　　　기억보단
　　　　기록

吾日三省吾身 爲人謀而不忠乎 與朋友交而不信乎 傳不習乎
오일삼성오신 위인모이불충호 여붕우교이불신호 전불습호

나는 하루에 세 가지 측면에서 스스로를 돌아본다. 다른 이를 위해 일
을 하면서 마음을 다했는가? 벗과 사귀면서 미덥게 행동했는가? 배운
것을 잘 익혔는가?
_학이 4

드라마 〈대장금〉은 국내 흥행은 물론이고 해외 87개 나라에 수출
되어 한국 드라마의 위력을 과시했던 초대박 작품이다. 지금처럼 K-
문화 콘텐츠가 세계적인 위상을 가졌던 때가 아니었다. 당시 〈대장금〉
은 나를 드라마의 세계로 인도했고, 중국의 어떤 여인은 이 드라마 시
청을 방해하는 남편에 항의하여 강물에 뛰어드는 아찔한 선택을 했
었다. 중국에서는 이런 '대장금 페인'을 양산하며 우리나라에서보다
주가를 올린 드라마로 등극했다. 아직도 세계의 어디에선가 이 드라
마가 방영되고 있을지 모른다.

고부가가치를 달성해 낸 성과였다. 조선시대의 의녀를 주인공으로 내세운 것은 그때까지 사극에서 주목하지 않았던 이야기라는 점에서 신선하고 흥미로웠다. 의녀는 우리나라에만 유일하게 존재했던 제도이다. 이 드라마는 조선왕조실록-중종실록에 나오는 9개의 기사를 모티브로 이야기를 만들어 낸 픽션이다. 그러니 조선왕조실록의 기록은 이 드라마 탄생에 혁혁한 공을 세운 셈이다.

조선왕조실록은 조선의 태조에서 철종에 이르는 25대 왕조 472년간의 역사 기록이다. 여기에는 사관의 사초를 비롯하여 국가의 공문서, 여러 기관의 기록 등이 포함되어 있다. 왕조 중심의 기록이기는 하지만 그 시대의 사회문화 전반을 이해할 수 있는 내용이 실려 있다. 역시 조선시대는 만만한 나라가 아니었다.

유네스코가 정한 세계기록문화유산에 조선왕조실록이 처음으로 이름을 올린 후 지금까지 전부 18건(2023년 기준)의 우리 문화재가 그 목록에 올라 있다. 이는 세계 5위이고, 아시아 지역에서는 압도적 1위의 성적이다. 전체 18건의 유산 중 12건이 조선시대에 만들어진 기록물이다. 문화를 중시하는 유학을 나라의 이념으로 삼았던 시대다운 결과이다. 나는 우리처럼 불리한 지정학적 위치에 있는 작은 나라가 그 역사를 유지할 수 있었던 힘이 여기에 있다고 생각한다.

어쨌든 여기서는 기록의 의미를 생각해 보려 한다. 사람은 기억도 하지만 망각은 더 잘한다. 그래서 힘들고 아픈 일이 시간의 흐름과 함께 망각으로 치유되기도 한다. 그러니 잊을 수 있어서 좋은 일도 많다. 문제는 잊지 말아야 할 일까지 기억에서 멀어지는 현상이다.

다른 한편으로 사람의 기억은 신뢰하기 어려운 측면이 있다. 기억을 해도 문제가 있다는 말이다. 사람들은 자기가 기억하고 싶은 것을 자기가 원하는 방식으로 편집하여 기억하는 습성이 있다. 따라서 중요한 일을 기억에 의존하는 것은 위험한 일이다. 기록은 이러한 인간의 성향을 보완해 준다. 기록하면 각색되지 않은 진실을 보관할 수 있다.

증자는 하루에 세 가지 측면에서 스스로를 돌아본다고 했다. "다른 이를 위해 일을 하면서 마음을 다했는가? 벗과 사귀면서 미덥게 행동했는가? 배운 것을 잘 익혔는가?"(학이 4) 이렇게 돌아보는 일은 단순한 회고가 아니다. 그것은 새로운 발걸음을 내디딜 때 필요한 자료가 되어 준다. 그리하여 반성에는 미래지향의 성격이 들어있다.

증자처럼 세 가지도 좋고 그중의 한 가지만 택해도 나쁘지 않을 것이다. 그것을 기록하여 망각으로 사라질 오늘의 경험을 붙들어 두는 것이다. 잊히기 십상인 작은 경험이 나의 내일에 중요한 자산으로 활용될 수도 있지 않겠는가.

------------------------------- 원문 -------------------------------

【학이 4】

曾子曰 吾日三省吾身 爲人謀而不忠乎 與朋友交而不信乎 傳不習乎

증자가 말했다. "나는 하루에 세 가지 측면에서 스스로를 돌아본다. 다른 이를 위해 일을 하면서 마음을 다했는가? 벗과 사귀면서 미덥게 행동했는가? 배운 것을 잘 익혔는가?"

哀　　　　스물에서
　　　　　예순으로

譬如爲山 未成一簣 止 吾止也 譬如平地 雖覆一簣 進 吾往也
비여위산 미성일궤 지 오지야 비여평지 수복일궤 진 오왕야

산을 쌓는 것에 비유하면 한 삼태기만 더하면 완성되는데 그만두는 것
도 내가 그만두는 것이고, 평지를 만드는 것에 비유하면 한 삼태기만
부으면 되는데 그냥 가는 것도 내가 가는 것이다.
_자한 18

　　대학 입학이 결정된 갓 스물의 나는 자타 공인 성인이 되었다는 사
실에 안심이 되었다. 애늙은이 말고 진짜 어른이 되었으니 이젠 맘껏
건방진 생각을 해도 되겠다는 판단이었을까. 암튼 당시의 나는 꽤나
진지했고 세상에 대해서도 대충 알 것 같다는 호기로움이 있었다. 겨
우 이십인데 생각은 청춘답지 못했던 것 같다.
　　신입생 오리엔테이션에서의 일이다. 당시에는 몰랐지만 병중이셨
던 유정동 선생님이 주신 말씀이다. 선생님은 "산을 쌓는 것에 비유
하면 한 삼태기만 더하면 완성되는데 그만두는 것도 내가 그만두는

것이고, 평지를 만드는 것에 비유하면 한 삼태기만 부으면 되는데 그 냥 가는 것도 내가 가는 것이다."(자한 18)라는 문장을 소개해 주셨다.

그리고 이제 대학생이 되어 유학을 전공하게 되었으니 주체적으로 자기의 삶과 학문을 개척하라는 말씀을 해 주셨다. '진짜 어른이 된 내게 딱 어울리는 말이군!' 잠시 생각했지만 솔직히 큰 감흥은 없었다. 입학 후 얼마 지나지 않아 선생님께서 유명을 달리하셨기에 강의를 들을 기회는 없었다. 그런데 지금까지도 가끔 삼태기로 흙을 나르는 이야기를 해 주시던 조용조용한 모습이 떠오르곤 한다. 울림이 있는 순간이었던 것이다.

『논어』는 한 번의 통독으로 다 읽었다고 할 수 있는 책이 아니다. 동서양의 고전이 모두 그렇겠으나 특이 이 책은 읽는 이가 서 있는 자리에 따라 전혀 새로운 모습으로 다가온다. 그래서 스물의 『논어』와 육십의 『논어』는 완전히 다른 책일 수도 있다. 하여 평생의 반려책으로 어울리는 책이다.

좋은 말인 건 알겠는데 특별히 와 닿지 않던 문장이 어느 순간 매우 절실한 메시지로 다가온다. 같은 문장이 완전히 다른 옷을 입고 바짝 내 안으로 들이닥치는 것이다. 이는 자신이 처한 환경이 문장 해석에 투영되는 탓이다.

공자는 "진실로 자기 자신을 바로 할 수 있다면 정치를 하는 데에 무슨 어려움이 있겠는가. 자신을 바로잡을 수 없다면 다른 사람을 바르게 하는 일을 어떻게 하겠는가?"(자로 13)라고 했다. 특별할 것 없이 당연한 말이다. 내가 바로 서는 것이 정치의 기본이라는 뜻을 머리로 이해하는 데에는 아무런 어려움이 없다.

그러나 잘되면 자기 덕분이고, 안되는 일은 다른 사람 탓으로 돌리려는 보통 사람들의 마음으로는 그 실질에 다가가기 어려운 말이다. "다른 사람이 알아주지 않아도 평온"(학이 1) 할 수 있는 태도는 자존감 높은 사람만이 가질 수 있다. 결국 자신의 삶에서 검증되지 않으면 알 수 없는 경지이다.

계강자가 좋은 정치를 할 수 있는 방법을 질문했을 때 공자는 다음처럼 답했다.

"그들에게 임하기를 철저하고 바르게 한다면 경을 행할 것이고, 효도와 자애로움을 베푸신다면 충을 실천할 것입니다. 또 선한 이를 등용하여 아직 부족한 이를 가르치도록 한다면 열심히 노력하게 할 수 있습니다."(위정 20)

당신이 먼저 모범을 보이면 백성들도 자연스럽게 따를 것이라는 말이다.

세상을 대충 알겠다는 자신감에 차 있던 치기 어린 시절의 나는 역시 부족했다. 육십을 목전에 둔 나이에 이해할 수 있는 깊이를 그때는 몰랐다. 지금의 나는 세상을 잘 알 것 같기도 하고 동시에 전혀 모르는 듯도 하다. 그렇더라도 "한 삼태기만 더하면 완성되는데 그만두는 것도 내가 그만두는 것이고, 한 삼태기만 부으면 되는데 그냥 가는 것도 내가 가는 것"이라는 문장이 포괄하는 외연이 넓다는 점은 알겠다. 그리고 그 안에서 주체가 가지는 의미를 사유하게 하는 힘이 이 문장에 있다.

【위정 20】

季康子問 使民敬忠以勸 如之何 子曰 臨之以莊則敬 孝慈則忠 擧善而敎
不能則勸

계강자가 물었다.

"백성들이 경과 충을 실천하면서 열심히 노력하도록 하려면 어떻게 해야
할까요?"

공자가 말했다.

"그들에게 임하기를 철저하고 바르게 한다면 경을 행할 것이고, 효도와 자
애로움을 베푸신다면 충을 실천할 것입니다. 또 선한 이를 등용하여 아직
부족한 이를 가르치도록 한다면 열심히 노력하게 할 수 있습니다."

【자로 13】

子曰 苟正其身矣 於從政乎 何有 不能正其身 如正人何

공자가 말했다.

"진실로 자기 자신을 바로 할 수 있다면 정치를 하는 데에 무슨 어려움이
있겠는가. 자신을 바로잡을 수 없다면 다른 사람을 바르게 하는 일을 어떻
게 하겠는가?"

【자한 18】

子曰 譬如爲山 未成一簣 止 吾止也 譬如平地 雖覆一簣 進 吾往也

공자가 말했다.

"산을 쌓는 것에 비유하면 한 삼태기만 더하면 완성되는데 그만두는 것도 내가 그만두는 것이고, 평지를 만드는 것에 비유하면 한 삼태기만 부으면 되는데 그냥 가는 것도 내가 가는 것이다."

哀

양심의
힘

舊無大故則不棄也 無求備於一人
구무대고즉불기야 무구비어일인

제경공은 말 사천 마리를 가졌었지만 죽는 날에 사람들이 덕을 칭찬하는 소리가 없었고, 백이와 숙제는 수양산 아래서 굶어 죽었으나 사람들이 오늘에 이르기까지 칭송한다.

_계씨 12

얼마 전에 〈양심냉장고〉의 진행자를 내세워서 그와 유사한 새 프로그램을 만든다는 기사를 보았다. 그 뒤로 소식이 뜸한 것을 보면 이 새로운 기획은 성공하지 못한 것 같다. 〈양심냉장고〉가 방송되었던 것은 오래전이지만 아직도 기억에 생생하다. 이는 TV 예능프로그램의 한 코너였다. 매주 특정 주제를 정하고 그것을 잘 지키는 일반인을 찾아내서 칭찬하고 냉장고를 선물하며 격려하는 내용이었다.

예컨대 '자동차 정지선 지키기'를 주제로 심야의 도로에 카메라를 설치한다. 정지선을 무시하고 내달리는 대부분의 자동차들 속에서

제작진은 드디어 정지선을 지킨 경차 한 대를 발견한다. 차에 타고 있던 장애인 부부의 한마디는 "늘 지켜요."였다.

이 장면은 한동안 사회적 논의를 부르는 계기가 되었다. 무한 경쟁으로 내몰린 우리 생활을 돌아보고 삶의 의미를 재고해 보자는 것까지 방송의 기획 의도에 있었는지는 모르겠다. 그러나 현실적으로는 그런 반향이 있었다. 역시 사람들은 양심적 선택의 가치를 알고 있었던 것이다.

인적 드문 도로에서 교통신호를 지키는 것은 일상의 작은 일이다. 그런데 "어린 왕을 맡길 만하고, 한 나라의 운명을 위임할 만하며, 죽기를 각오한 절개에 임했을 때 그 뜻을 빼앗을 수 없다면 군자다운 사람이겠는가? 군자다운 사람이다."(태백 6)라고 했을 때 가동하는 양심의 사이즈는 특대 사이즈이고, 정지선을 지키는 양심은 스몰 사이즈 그렇게 구분할 수 있는 것일까.

물론 일상의 작은 규범을 지키는 일은 할 수 있지만, 나라의 독립을 위해 목숨을 내어 놓는 일에 누구나 다 나서지는 못한다. 그렇다 해도 그 두 경우에 반영되는 양심은 동일하다. 단지 어떤 이는 그 양심을 보다 넓게 실천하는 것일 뿐이다.

그래서 혼자 있을 때에도 자기 양심에 비추어 부끄러움이 없도록 삼가는 신독(愼獨)이 가능한 사람만이 치국평천하의 큰 사업을 감당할 수 있다. 이런 맥락에서 공자는 "교묘하게 꾸민 말은 덕을 어지럽히고 작은 일을 참아내지 못하면 큰일을 어지럽힌다."(위령공 26)라고 했다. 작은 일에 둔감하고 무지하면서 큰일을 욕심내면 위험하나. 세다가 영혼이 없는 화려한 말. 시선을 고정하지 못하고 눈동자를 부산하게 움직이며 쏟아내는 매끄러운 말. 이는 말하는 이의 내면과 분리된 표현이다. 공자는 진실에 반하는 이런 행동을 극히 혐오했다.

현대 커뮤니케이션 이론도 별반 다르지 않다. 메라비언의 법칙(The Law of Mehrabian)에 따르면 의사소통에서 말이 차지하는 비율은 7%불과하다. 나머지 93%는 눈빛이나 표정·자세 등 비언어 수단이 소통의 핵심으로 작용한다. 말의 내용이 차지하는 비중이 생각보다 현격히 낮은 것이 놀랍기는 하다. 그런데 진심을 전달하는 포인트를 생각해 보면 수긍이 가는 이론이다. 강렬한 햇볕 아래서 잠든 애인의 얼굴을 가려주는 손길, 목마른 이에게 물을 건네면서 나뭇잎 하나를 띄웠던 옛 아가씨의 마음을 이해한다면 말이다.

재벌은 죄를 짓고 교도소에 들어가도 각가지 특혜를 받으며 군림하고 복역기간에도 자산이 불어난다. 물론 형량만큼 벌을 받는 것도 아니고 적절한 때에 사면을 얻어낸다. 벌을 받는 동안의 참회는 외부에 보이는 동안에만 가동된다. 권력과 돈으로 양심을 팔고 사는 현실의 아수라가 보통 사람들에겐 상처가 된다. 자신이 알고 있는 진실이 과연 의미를 갖는지를 회의하게 한다.

이럴 때 "제경공은 말 사천 마리를 가졌었지만 죽는 날에 사람들이 덕을 칭찬하는 소리가 없었고, 백이와 숙제는 수양산 아래서 굶어 죽었으나 사람들이 오늘에 이르기까지 칭송한다."(계씨 12)고 했던 공자의 말은 상처 입은 사람들의 치유를 돕는다. 사람이 사람일 수 있는 이유를 확인하게 해 주니 그렇다.

【태백 6】

曾子曰 可以託六尺之孤 可以寄百里之命 臨大節而不可奪也 君子人與 君
子人也

증자가 말했다.

"어린 왕을 맡길 만하고 한 나라의 운명을 위임할 만하며 죽기를 각오한
절개에 임했을 때 그 뜻을 빼앗을 수 없다면 군자다운 사람이겠는가? 군
자다운 사람이다."

【위령공 26】

子曰 巧言亂德 小不忍則亂大謀

공자가 말했다.

"교묘하게 꾸민 말은 덕을 어지럽히고 작은 일을 참아내지 못하면 큰일을
어지럽힌다."

【계씨 12】

齊景公 有馬千駟 死之日 民無德而稱焉 伯夷叔齊 餓于首陽之下 民到于
今稱之 其斯之謂與

제경공은 말 사천 마리를 가졌었지만 죽는 날에 사람들이 덕을 칭찬하는
소리가 없었고 백이와 숙제는 수양산 아래서 굶어 죽었으나 사람들이 오
늘에 이르기까지 칭송하니 그 이것을 이른 것인저!

哀　　　살리는
　　　　　마음

不知命 無以爲君子也 不知禮 無以立也 不知言 無以知人也
부지명 무이위군자야 부지례 무이입야 부지언 무이지인야

명을 알지 못하면 군자라 할 수 없고, 예를 알지 못하면 제대로 설 수 없
으며, 말을 알지 못하면 사람을 이해할 수 없다.
_요왈 3

　영화 〈8월의 크리스마스〉는 내 인생 영화 중 하나이다. 내가 이 영
화에서 백미로 꼽는 장면은 죽음을 앞둔 주인공 정원이 아버지를 위
해 비디오 재생법을 메모하는 장면이다. 여러 번 반복해서 설명해도
그 간단한 조작을 알아듣지 못하는 아버지. 정원은 불쑥 화가 난다.
　장면이 바뀌고 마음을 가다듬은 정원은 종이에다 큰 글자로 적어
나간다. 비디오 재생법을 적어 내리는 아들의 안타까운 심정이 보는
이의 마음으로 이입되는 순간이다. 정원과 다림의 아름다운 연애 이
야기에 공감하여 이 영화를 좋아하지만 명장면은 저 장면이다. 소통
이 어려운 아버지를 답답해하는 정원에 공감이 간다. 그렇더라도 포

기하지 않고 아버지를 배려하는 아들의 마음이 메모를 써 내리는 손길에 담겼고 그 마음 또한 너무 잘 이해가 된다.

십여 년 전부터 1990년대를 기억하는 문화계의 기획이 활발하다. 〈8월의 크리스마스〉 같은 한국 영화나 당시를 달궜던 홍콩 영화가 속속 재개봉하고 있다. 드라마 〈응답하라〉 시리즈는 대박이 났다. 같은 시대에 젊은 시절을 보낸 이들이 공유하는 감수성이 있다. 그것을 자극하는 매체를 제시함으로써 공감을 부르고 지갑을 열게 하는 마케팅은 성공적이었다.

상업적인 시도는 물론이고 공감이 주는 효과는 폭이 넓다. 도무지 풀리지 않을 것 같았던 일의 새로운 국면은 공감이 열어준다. 공감은 이해가 가능할 때 열린다. 그 시절에 대한 이해가 있기에 공감할 수 있는 것이다. 그래서 공자는 "말을 알지 못하면 사람을 이해할 수 없다."(요왈 3)고 했다. 그 사람을 이해하려면 그이의 환경을 알아야 한다. 환경은 그의 생각과 그 표현 방식에 영향을 주기 때문이다. 구십 년대라는 환경이나 정원의 아버지처럼 노년이라는 환경은 모두 이해의 바탕이 되어야 할 지점이다.

자장이 잘 소통할 수 있는 방법을 물었을 때 공자는 진심으로 다가가야 한다고 말했다. 그래서 "말에 진심을 담고 믿음이 있으며, 행동이 독실하고 공경스러우면 비록 오랑캐의 나라라 해도 잘 통할 수 있을 것이다. 말에 진심이 없고 신뢰도 없으며, 행동은 독실하지 않고 공경스럽지도 않다면 비록 주나 리처럼 잘 갖추어진 행정단위라도 통할 수 있겠는가?"(위령공 5)라고 했다. 말만 화려하고 듣기 좋게 꾸며서는 다른 이의 마음을 움직일 수 없다. 사람의 마음은 진정성 있는 말과 태도를 가려낼 수 있다.

상대의 마음이 열리면 비로소 그를 이해할 수 있게 된다. 그를 이해하게 되면 그를 설득할 수 있는 방법도 찾아진다. 그렇게 공감을 부르는 관계가 된다. 그런데 서로의 마음을 확인한 관계가 되었으면 그때부터 더 세심한 주의를 요한다. 편안해졌다고 함부로 대하는 기미가 보이면 마음은 다시 닫힌다. 그러니 상대를 존중하는 태도를 항상 기억해야 한다. 그래서 공자는 좋은 관계를 유지하는 방법으로 "오래되어도 공경"(공야장 16)하는 태도를 꼽았다.

내 앞의 삶이 아무리 고단하고 힘겨워도 곁에서 나를 이해하고 응원해주는 이가 있다면 나는 새롭게 힘을 내어 볼 수 있다. 아버지를 위해 비디오 작동법을 메모하는 마음은 반드시 전해진다. 아들을 먼저 떠나보낸 아버지의 마음은 고통스러울 것이다. 그러나 이미 아들의 마음이 아버지에게 전해졌기 때문에 그 힘으로 아버지는 살아갈 수 있다.

························· 원문 ·························

【공야장 16】

子曰 晏平仲 善與人交 久而敬之

공자가 말했다.

"안평중은 사람과 사귀기를 잘했으니 오래되어도 공경했다."

【위령공 5】

子張問行 子曰 言忠信 行篤敬 雖蠻貊之邦 行矣 言不忠信 行不篤敬 雖州
里 行乎哉 立則見其參於前也 在輿則見其倚於衡也 夫然後行 子張 書諸紳

자장이 잘 통할 수 있는 방법을 묻자 공자가 말했다.

"말에 진심을 담고 믿음이 있으며, 행동이 독실하고 공경스러우면 비록 오
랑캐의 나라라 해도 잘 통할 수 있을 것이다. 말에 진심이 없고 신뢰도 없
으며, 행동은 독실하지 않고 공경스럽지도 않다면 비록 주나 리처럼 잘 갖
추어진 행정단위라도 통할 수 있겠는가? 서 있을 땐 그것이 앞에 참여하
고 있듯이 보고 수레를 타고 있을 때에는 그것이 멍에에 기대어 있는 것처
럼 보아야 한다. 그런 다음에야 잘 통할 수 있다."

자장이 이 말씀을 띠에 썼다.

【요왈 3】

子曰 不知命 無以爲君子也 不知禮 無以立也 不知言 無以知人也

공자가 말했다.

"명을 알지 못하면 군자라 할 수 없고, 예를 알지 못하면 제대로 설 수 없
으며, 말을 알지 못하면 사람을 이해할 수 없다."

樂　　　절차탁마를
　　　　연습하는 시간

貧而無諂 富而無驕 何如 子曰 可也 未若貧而樂 富而好禮者也
빈이무첨 부이무교 하여 자왈 가야 미약빈이낙 부이호례자야

"가난하지만 아첨하지 않고 부자라도 교만하지 않는다면 어떻습니까?"
"괜찮다. 그런데 가난하지만 즐길 수 있고 부자라도 예를 좋아하는 것만은 못하다."
_학이 15

　평생 도시를 떠나 본 적이 없는 삶이다. 일상으로서의 농촌을 경험해 본 적이 없거니와 앞으로도 그럴 일은 없을 것이다. 나뿐 아니라 많은 이들에게 농촌은 고향이거나 여행지 이상이 아니다. 그런데 최근에 젊은이들 사이에서 귀농이나 귀촌을 계획하는 이들이 있다는 뉴스를 들은 적은 있다. 오랫동안 볼 수 없었던 뉴스라 눈길이 갔다.
　간접경험을 통해 이해되는 농촌의 생활은 어려움도 있고 매력도 있는 선택지이다. 내 언니 부부는 오십 대 나이에 명예퇴직으로 다니

던 직장을 자발적으로 마감한 다음 강원도 홍천의 농부가 되었다. 이 변화의 조짐은 퇴직 이전에 이미 있었다. 두 사람은 각자 직장에서의 일주일을 보내고 주말이 오면 기다렸다는 듯 홍천으로 달려갔다. 그렇게 몇 년을 보낸 뒤 드디어 그곳에 집을 짓고 아예 홍천군민이 되었다.

홍천군민이 된 그들의 모습은 좋은 직장에 다니던 때보다 훨씬 평화로워 보였다. 그러나 그들의 일상은 늘 육체의 노동을 부른다. 농약이나 제초제를 쓰지 않는 그들의 농법은 잡초와의 전쟁이다. 내 언니가 농사를 매력으로 여기는 것은 뿌린 대로 거둘 수 있는 과정이 거기에 있어서다. 자연의 장에서는 이해하지 못할 결과나 얽히고설킨 왜곡의 스토리가 없다. 때에 따라 그 시기에 맞는 노동이 자연스럽게 이루어지는 공간이다. 반면에 때를 놓치면 산물을 기약할 수 없는 장이다.

『시경』에 "끊듯이 가는 듯이 하고 쪼는 듯이 가는 듯이 하다[如切如磋 如琢如磨]"라는 시구가 있다. 이는 당시 귀한 보석이었던 옥을 세심하게 가공하는 모습을 표현한 말이다. 이것이 '절차탁마'라는 사자성어의 출전이다. 이후 절차탁마는 옥을 가공하듯 어떤 일을 공들여 잘 해낸다는 뜻으로 사용되었다.

『시경』에서는 공부를 하여 군자가 되는 과정의 노력을 절차탁마로 표현했다. 공자의 학문은 좋은 사람이 되자는 데에 그 목적이 있다. 따라서 그 공부가 지적인 학습에 한정되지 않는다. 예컨대 농부가 때를 놓치지 않고 농사를 지어 많은 이들에게 좋은 먹거리를 제공하는 과정도 그 공부에 해당된다.

대체로 땀 흘린 노력의 결과는 풍성한 수확으로 돌아온다. 여기 자기가 선 자리에서 거짓되지 않게 행동하려는 이가 있다. 그는 어제보다 발전된 방법으로 오늘에 임하려는 자세를 지니고 있다. 그의 육체는 피곤하고 지칠 수 있으나 마음은 평화롭다. 자신이 가는 길에 대한 확신은 자부심이 되고 만족감을 주기 때문이다. 이렇게 되면 "가난하지만 아첨하지 않고 부자라도 교만하지 않는" 단계를 거쳐 "가난하지만 즐길 수 있고 부자라도 예를 좋아하는"(학이 15) 수준으로 향할 수 있다.

그런데 현실에선 이런 기대에 반하는 일들도 많다. 공직을 맡고 싶다는 자가 남이 쓴 글을 자기 것처럼 속이는 절도를 저지르기도 한다. 속마음은 무슨 수를 쓰든 돈과 명예만 얻으면 된다고 여기면서 그런 속을 감추고 좋은 뜻으로 포장하는 위선은 사기다. 이런 자들의 길 끝에는 법의 심판이 기다리고 있을 터이다.

그런 자들과 달리 살림이 가난해도 내 마음과 남을 속이지 않는 사람. 내 일의 가치를 알고 그에 맞는 행동을 하려는 사람. 경제적으로 풍요롭고 사회적 지위도 가졌지만 겸손하게 타인을 배려하는 마음을 가진 사람. 모두 절차탁마의 장에 같이 선 이들이다.

------------------------------------ 원문 ------------------------------------

【학이 15】

子貢曰 貧而無諂 富而無驕 何如 子曰 可也 未若貧而樂 富而好禮者也

子貢曰 詩云如切如磋 如琢如磨 其斯之謂與 曰賜也 始可與言詩已矣 告
諸往而知來者

자공이 말했다.

"가난하지만 아첨하지 않고 부자라도 교만하지 않는다면 어떻습니까?"

공자가 답했다.

"괜찮다. 그런데 가난하지만 즐길 수 있고 부자라도 예를 좋아하는 것만은
못하다."

자공이 다시 말했다.

"『시경』에서 '끊듯이 가는 듯이 하고 쪼는 듯이 가는 듯이 하다'고 한 말이
이와 같은 경지를 말하는 것인지요?"

공자가 말했다.

"이제 비로소 그대와 더불어 『시경』을 논할 수 있겠다. 지나간 것을 말해
주니 도래할 것을 알아차리는구나!"

樂　　　사랑의
　　　　힘

有一言而可以終身行之者乎 子曰 其恕乎 己所不欲勿施於人
유일언이가이종신행지자호 자왈 기서호 기소불욕물시어인

"평생토록 지킬 만한 한 마디의 말이 있습니까?"
공자가 말했다. "서일 것이다. 서는 자기가 하고자 하지 않는 일을 다른
이에게 미루지 않는 것이다."

_위령공 23

　평계 없는 무덤 없고 처녀가 애를 낳아도 할 말이 있다. 원인 없는
결과가 없다는 속담이다. 그가 내게 화를 내는 데에는 이유가 있다.
단지 내 입장에서 그 이유가 분명한 경우와 그렇지 못할 때가 있을 뿐
이다. 그와 좋은 관계를 유지하고 싶다면 나는 그가 화를 내는 원인을
알아야 한다. 그리하여 갈등을 해소하고 이전처럼 혹은 이전보다 나
은 관계를 만들어야 한다.
　그 사람에 대한 이해가 깊을수록 그의 행동을 해석하는 시야도 넓
고 깊을 수 있다. 어느 날 수업 시간 말미에 공자는 '일이관지'라는 말

을 했다. "삼아! 나의 도는 하나로 꿰뚫어지는 것이다."라고 하자, 증자는 "잘 알겠습니다!" 하고 답했다. 공자가 강의실을 나가자 다른 제자들이 증자에게 물었다. "무엇을 말씀하신 것인가?" 이에 증자가 말했다. "선생님의 도는 충서일 뿐이라네."(이인 15) 이천오백여 년 전 강의실의 풍경이 생생하게 그려지는 기록이다.

이로부터 충(忠)과 서(恕)는 공자의 사상을 꿰뚫고 있는 중요한 개념이 되었다. 충은 자기 마음의 중심을 잡는 수기 공부이다. 자기 마음의 진정성을 찾아내는 것이고 이것이 모든 일의 기초이다. 나를 사랑할 수 있어야 다른 이를 제대로 좋아할 수 있다. 서는 나를 사랑하는 마음을 미루어서 상대를 이해하려는 마음이다. 자기 자신처럼 타인을 사랑하는 마음, 때로는 자기보다 더 그 사람을 사랑하는 마음들은 우리 곁에 존재한다.

그런 사례는 부모의 자식 사랑은 물론이고 연인이나 사제 간의 사랑에서도 볼 수 있다. 유효기간의 차이나 지속성의 다름이 있을지언정 그 마음이 발현되는 순간의 실질은 대동소이하다. 그것은 상대를 우선으로 여기고, 상대가 잘 되기를 바라며, 상대를 위험에서 먼저 구하려는 마음이다.

이런 마음을 자식이나 애인·사제·친구 관계를 넘어 더 넓게 펼치자는 것이 평천하를 지향하는 유가의 목표이다. 대단히 거창한 목표이나 그 시작은 자신을 사랑하는 것으로부터 시작한다. 자신을 잘 사랑하기 위해서는 내가 어떤 사람인지를 스스로 알아야 한다. 내가 좋아하는 음식, 내가 좋아하는 영화, 내가 즐기는 취미, 내가 하고 싶은

279

공부, 내 몸과 정신을 활성화할 수 있는 활동은 무엇인가.

많은 이들이 애호하는 바이나 내게는 의미가 없고 재미도 찾을 수 없는 것이 있다. 그런 일을 주변의 이목 때문에 영혼 없이 따라 하기도 한다. 이를 통해 비록 좋은 평가를 얻는다 해도 이것은 나의 삶을 돕는 길이 아니다. 그러니 자신을 잘 이해하고 그에 적합한 배려를 하는 일이 내 삶의 만족 지수를 높이는 자기 사랑법이다.

이는 다른 사람을 사랑하는 데에서도 다름이 없다. 이제부터는 서의 영역이다. 첫 번째 미션은 자신을 사랑하는 마음을 뿌리로 삼고 내 주변의 사람들과 좋은 관계를 유지하는 일이다. 이런 노력이 마침내 세상의 평화를 지키는 길로 확장될 수 있다. 세상의 평화는 하늘에 떠 있는 불가능한 미션이 아니다.

그러니 공자가 평생 지킬 만한 일로 서를 든 것이 우연이 아니다. 자공이 질문했다. "한마디로 평생토록 지킬 만한 말이 있습니까?" 공자가 말했다. "서일 것이다. 자기가 하고자 하지 않는 일을 다른 이에게 미루지 않는 것이다."(위령공 23)

그러니 우선 화를 풀어주고 싶은 나의 마음을 그에게 전해야 한다. 그런 다음 혹 그를 먼저 배려하지 않고 내 생각을 강요했었나. 그가 지금 원하는 방향이 전과 다른데 변화된 그의 생각을 고려하지 못했던 건 아닐까. 가깝다는 이유로 그를 존중하지 못했던가. 여러모로 돌아볼 필요가 있다. 세상의 평화는 내가 사랑하는 이의 마음을 헤아리는 것으로부터 시작된다.

【이인 15】

子曰 參乎 吾道一以貫之 曾子曰 唯 子出 門人問曰 何謂也 曾子曰 夫子
之道 忠恕而已矣

공자가 "삼아! 나의 도는 하나로 꿰뚫어지는 것이다."라고 하자 증자는 잘
"알겠습니다!"라고 답했다. 공자가 강의실을 나가자 제자들이 증자에게
물었다.

"무엇을 말씀하신 것인가?"

이에 증자가 말했다.

"선생님의 도는 충서일 뿐이라네."

【위령공 23】

子貢問曰 有一言而可以終身行之者乎 子曰 其恕乎 己所不欲勿施於人

자공이 질문했다.

"평생토록 지킬 만한 한 마디의 말이 있습니까?"

공자가 말했다.

"서일 것이다. 자기가 하고자 하지 않는 일을 다른 이에게 미루지 않는 것
이다."

樂　　　직업도 꿈도
　　　모두 필요해

無欲速 無見小利 欲速則不達 見小利則大事不成
무욕속 무견소리 욕속즉부달 견소리즉대사불성

빨리 효과를 얻으려 하지 말고 작은 이익을 보려고 하지 말라. 빨리 효
과를 보고자 하면 두루 통할 수 없고, 작은 이익에 빠지면 큰일을 이룰
수 없다.

_자로 17

초등학생들의 장래희망 순위를 보면 트렌드가 보인다. 지금 대세
는 유튜브(Youtube) 크리에이터이다. 몇 년째 초등학생들의 장래희
망 순위 중 우위에 올라 있다. 이들에게 유튜브는 너무 친숙한 매체이
다. 그러니 많은 구독자를 보유하고 많은 수익을 거둔 크리에이터가
초등학생들의 워너비가 된 것은 자연스런 현상이다.

크리에이터가 대세가 되기 전에는 셰프가 그 자리에 있었다. 기존
의 희망직업 순위에서 볼 수 없었던 일이라 사람들의 화젯거리가 되
었다. 이들의 부상은 음식 관련 프로그램의 유행과 궤를 같이했다. 방

송에 출연하는 셰프의 숫자도 늘었고 그중 스타 셰프로 등극한 이들도 적지 않았다.

초등학생들이 희망직업을 꼽을 때 극소수만이 스타성을 인정받는 현실의 요소는 고려되지 않았을 것이다. 화려한 조명을 받는 현상과 자신도 접근할 수 있는 직업일 수 있다는 친근한 이미지가 한몫을 했을 것이다. 게다가 대중의 관심과 그에 비례하는 어마어마한 수입은 주목을 끌기에 충분하다. 하여 꿈과 직업을 혼동하며 동경한다.

우리는 살아가며 크고 작은 바람을 가진다. 뜻이 같은 친구나 열애의 대상을 만나고 싶다는 희망. 자신이 업으로 삼을 멋진 일에 대한 열망. 특히 직업은 생활을 해결하는 경제적 수단으로서의 의미가 전제되어야 하고 본인의 적성에 맞아야 할 것이며 인생의 큰 그림을 그려가는 데에 유용하기를 바란다.

그러므로 꿈이 직업 자체는 아니다. 꿈은 직업을 발판으로 삼아 그리는 자기 삶의 그림이다. 내가 어떤 삶을 살 것인가에서 만들어진 자기 철학의 가치를 실현하는 일이다. 예컨대 공자라면 "성인이 되고 인을 완성하는 일을 내가 어떻게 감히 바라겠는가만 단지 그렇게 되고자 노력하는 일을 싫증내지 않고 그곳을 향하도록 사람들을 일깨우는 일을 게을리하지 않는"(술이 33) 삶을 살고자 했다. 이는 공자가 권력을 가진 관리이거나 시골 마을의 교사이거나 그 직업과 상관없이 희망했던 꿈이었다.

그러니까 직업은 마음대로 구할 수 없더라도 어떻게 살 것인가의 문제는 자신이 선택할 수 있다. 공자는 "글은 나도 다른 사람만 못하겠는가만 군자의 도를 몸소 실천하는 것은 내가 아직 얻지 못했다."(술이 32)고 생각했다. 그에게는 인(仁)을 체화하는 것이 자기 삶의 목표이자 꿈이었다.

아이들이 못 가질 것이 뻔한 물질적 욕심을 꿈으로 착각하는 것은 어른들의 책임이다. 공자는 "빨리 효과를 얻으려 하지 말고 작은 이익을 보려고 하지 말라. 빨리 효과를 보고자 하면 두루 통할 수 없고, 작은 이익에 빠지면 큰일을 이룰 수 없다."(자로 17)고 말했다. 이런 생각도 이 세상에 존재한다는 것을 일러 주어야 할 책임이 어른에게 있다. 화려한 삶, 조용한 삶, 나누는 삶, 어려운 삶. 세상에는 많은 삶의 방식이 있고 그것들은 모두 필요한 것들이다. 이들이 모여서 조화를 이루어야 비로소 좋은 세상이 된다.

조화란 서로 다른 것들의 어울림이다. 같은 것들만 모인 것은 획일적이고 그런 것은 현실에 없는 가짜이다. 우리는 모두 다양한 일을 하고 다양한 방식의 생활을 영위한다. 그렇지만 꿈은 좀 다른 데에 있으면 좋을 것이다. 그것이 '어떻게'의 문제이다. '어떻게'를 채울 수 있는 내용이 자신의 꿈이다. 이는 자기 삶의 가치를 내면화하는 길이기도 하다.

------- 원문 -------

【술이 32】

子曰 文莫吾猶人也 躬行君子 則吾未之有得

공자가 말했다.

"글은 나도 다른 사람만 못하겠는가만 군자의 도를 몸소 실천하는 것은 내가 아직 얻지 못했다."

【술이 33】

子曰 若聖與仁則吾豈敢 抑爲之不厭 誨人不倦 則可謂云爾已矣

公西華曰 正唯弟子 不能學也

공자가 말했다.

"성인이 되고 인을 완성하는 일을 내가 어떻게 감히 바라겠는가만 단지 그렇게 되고자 노력하는 일을 싫증내지 않고 그곳을 향하도록 사람들을 일깨우는 일을 게을리하지 않았던 점을 말할 수 있을 뿐이다."

공서화가 말했다.

"바로 이것이 우리 제자들이 따라갈 수 없는 바이다."

【자로 17】

子夏 爲莒父宰 問政 子曰 無欲速 無見小利 欲速則不達 見小利則大事不成

자하가 거보의 읍재가 되어 정치에 대해 묻자 공자가 말했다.

"빨리 효과를 얻으려 하지 말고, 작은 이익을 보려고 하지 말라. 빨리 효과를 보고자 하면 두루 통할 수 없고, 작은 이익에 빠지면 큰일을 이룰 수 없다."

樂　　　　개성에 따른
　　　　　점화(點火)

驥不稱其力 稱其德也
기불칭기력 칭기덕야

천리마인 기를 칭찬하는 것은 그 힘을 칭찬하는 것이 아니라 그의 덕을
칭찬하는 것이다.

_헌문 35

　심리학 용어 점화효과(Priming effect)는 시각적으로 먼저 제시된
단어가 다음에 제시된 단어의 처리에 영향을 미치는 현상을 말한다.
예컨대 먹는다는 영어단어 Eat를 보여주고 음식에 관한 단어들을 열
거한다. 그런 뒤에 SO □P의 □안에 들어갈 철자를 넣어보라고 하면
대다수의 사람들이 SOUP(수프)라는 단어를 연상한다. 반면 SOUP
못지않게 많이 사용하는 SOAP(비누)를 떠올리는 경우는 현저히 떨
어진다.
　점화는 단어만이 아니라 관념적인 영역에서도 유사한 효과를 보인
다. 심리학자 존 바그(John Bargh)와 동료들은 두 그룹으로 나눈 뉴욕

대 학생들을 대상으로 실험을 했다. 한 그룹에는 노인을 연상시키는 단어를 제시하고 그것들을 조합해서 문장을 만들도록 했다. 다른 그룹은 그것과 상관없는 과제를 주었다. 실험 후 다른 방으로 이동하는 시간을 측정했더니 첫 번째 그룹이 현저히 느리게 걸었다는 것을 알 수 있었다.

그들은 이 실험을 통해 두 가지를 밝힐 수 있었다. 첫째는 노년에 대한 단어가 직접 언급되지 않았어도 제시된 단어들이 노년에 대한 생각을 점화시켰다는 사실이다. 둘째는 이렇게 점화된 생각이 느리게 걷는 행동을 가져왔다는 점이었다. 이와 반대의 실험도 있었는데 학생들을 평소 속도의 1/3 정도로 느리게 걷게 한 뒤 노인에 관계된 단어를 제시하자 그렇지 않은 그룹보다 인식하는 속도가 훨씬 빨랐다고 한다.

이렇게 보면 웃으니까 행복하다는 말이 과학적 근거를 갖는다. 힘의 논리가 강력했던 춘추시대에 공자의 사랑론은 환영받을 사상이 아니었다. 그러나 공자는 사람에게는 물질적 욕망뿐 아니라 사랑도 있음을 바라보게 해 주었다. 그것을 선택했는가의 문제와는 별개로 배려와 상생을 실천하는 삶의 의미를 돌아보게 했다.

공자는 출세에는 실패했지만 쉬지 않고 전국을 돌며 인의 의미를 반복적으로 설명했다. 이를 통해 사람의 내면에 가지고 있는 사람의 도리를 밖으로 드러내려 했다. 그 과정에서 사람의 도리를 잘 지켜낸 사람을 칭찬하고 높게 평가한 것은 당연한 일이었다. 공자는 "천리마인 기를 칭찬하는 것은 그 힘을 칭찬하는 것이 아니라 그의 덕을 칭찬하는 것"(헌문 35)이라 했다. 기능만 뛰어난 사람이 아니라 더 기본적인 인성을 갖춘 인재여야 비로소 높은 점수를 줄 수 있다는 생각이다.

살림이 넉넉지 못했던 맹자의 어머니는 자신이 할 수 있는 한도 내에서 최선을 다해 아들에게 도움이 되는 환경을 만들어 주려 했다. 여러 번 이사하며 고심했던 초점은 아들의 교육환경이었다. 그런데 오늘의 어머니들이 대입에 유리한 좋은 학군과 학원을 따라다니는 행동이 맹자 어머니의 그것과 같은 차원인지는 잘 모르겠다.

그런데 만일 어머니들의 목표가 좋은 대학 입학에만 고정되었다면 그리 바람직하진 않을 것 같다. 좋은 대학 입학의 목적은 출세. 출세의 목적은 윤택한 삶. 이렇게 연결이 될 터인데 그렇다면 부유한 삶을 인생의 최종 목표로 삼자는 말이다.

누군가에게는 그것이 정답일 수 있지만 다른 이에겐 그렇지 않을 수도 있다. 아이들의 개성은 제각각이다. 그렇다면 자식의 삶을 위해서 점화해 주어야 할 것이 획일적으로 정해질 수 없다. 다양한 선택을 가능하게 하는 열린 태도가 현명하다. 이것이 맹자의 시대와 지금의 다른 점이다. 어떤 길을 가든 좋은 사람이 되는 것이 기본임을 알려주는 것은 필수다. 이것은 맹자의 시대나 지금이나 다르지 않은 지침이다.

그러니 필수는 빼버리고 아이의 개성과 무관하게 한 방향만 열어주는 방식은 피하는 것이 좋겠다. 기본을 상실한 데다 시대의 흐름과도 어긋나는 길이기 때문이다. 아이의 행복한 삶에 관계된 일이니 좀 더 신중할 필요가 있다.

【술이 31】

子與人歌而善 必使反之 而後和之

공자는 사람들과 함께 노래를 부르다 잘하는 이가 있으면 반드시 다시 청하고 그다음에 화답했다.

【헌문 35】

子曰 驥不稱其力 稱其德也

공자가 말했다.

"천리마인 기를 칭찬하는 것은 그 힘을 칭찬하는 것이 아니라 그의 덕을 칭찬하는 것이다."

5

從心所欲不踰矩
종 심 소 욕 불 유 구

: 내 마음 가는 곳이 정답이다

喜 감성을 깨워
추억을 쌓는 오늘

關雎 樂而不淫 哀而不傷
관저 낙이불음 애이불상

『시경』 관저의 시는 즐기지만 지나치게 나아가지 않고, 슬픔의 감정이
드러나지만 상하게 하는 지경에 이르지 않는다.
_팔일 20

    희로애락의 감정은 사람의 개성을 표현할 수 있는 중요한 요소이
다. 사람과 사람의 교류를 매개하는 데에도 감정의 역할이 크다. 감정
의 교류를 통해 우리는 사랑을 하고 미워하기도 하며 상호 공감의 이
야기들을 생산해 낸다.

    어느 세대에게나 자신이 지나온 시절의 한때를 기억하게 하는 음
악이 있고 그런 영화가 있다. 예컨대 엘비스 프레슬리나 알랭 들롱이
란 이름을 들으면 70년대에 청년기를 보낸 이들이 자극될 것이다. 80
년대에 청년기를 보낸 이들은 송창식이나 한영애 같은 가수들을 뜨
겁게 추억할 것이다. 왕가위 감독의 비주얼이 강조된 영화들은 90년

대를 추억하게 한다.

〈아비정전〉에서 〈화양연화〉에 이르는 왕가위의 영화는 그 시대에 청춘을 지나온 이들에게 상징과도 같은 매체이다. 나 역시 예외가 아니라서 피아졸라(Astor Piazzolla)의 탱고(Finale, Tango Apasionado)를 들으면 〈해피 투게더〉의 아휘와 보영이 주방에서 춤추던 영상과 함께 1997년의 나를 곧바로 소환할 수 있다.

장소·음악·책·물건·음식 등 감상을 일깨우는 매체는 다양하다. 그리고 다양한 기억을 가진 이의 삶은 향기롭다. 좋은 시간이었든 견디기 어려운 아픔이었든 '그' 순간은 쉼 없이 흐르는 시간과 함께 흘러간다. 흘러가는 순간이 아쉽기도 하지만 어떤 경우에는 시간이 흘러서 사람은 고통의 순간을 치유할 수도 있다.

그런 순간들은 기억과 추억으로 남는다. 다양한 경험은 그에 비례하는 감정의 결을 만들어 준다. 그래서 나쁜 경험이라도 아무것도 경험하지 않은 것보다 낫다고 한다. 좋은 기억이 많을수록 삶은 풍요로워지고 추억할 것이 많은 이의 인생은 깊이가 있다

그런데 지나친 감정 표출은 스스로를 다치게 하고 타인에게 상처를 줄 수 있다. 『중용』에서는 "희로애락이 아직 드러나지 않은 것을 중(中)이라 하고, 드러나서 모두 절도에 맞는 것을 화(和)라고 한다."(1장)라는 말이 나온다. 인간의 감정 자체는 본성에 따르는 선한 것이다. 다만 그것이 표현되었을 때에는 지나친 경우도 있고 모자란 경우도 생긴다.

그래서 유학은 감정이 각 상황에 맞게 적절한 상태로 드러나게 하

는 공부를 중요하게 여긴다. 공자는 "『시경』 관저의 시는 즐기지만 지나치게 나아가지 않고, 슬픔의 감정이 드러나지만 상하게 하는 지경에 이르지 않는다."(팔일 20)고 하여 감정 과다를 경계했다. 감정 과다를 경계한 것이 사실이나 무감한 사람은 사람의 본성에 반하는 행동이라는 점도 지적한다. 남자는 울면 안 된다는 식의 폭력적인 사고는 사람의 감정을 왜곡하고 나아가 본성의 표현을 막는 일이다.

공자는 울어야 할 때 확실히 우는 남자였다. 안연이 죽었을 때 공자는 슬픔에 겨워 통곡을 했다. 그랬더니 따르던 사람이 못 믿을 일이 벌어졌다는 듯 말했다. "선생님께서 통곡하셨습니다!" 이를 듣고 공자는 "그 사람을 위해 통곡하지 않으면 누구를 위해 그렇게 하겠는가?"(선진 9)라고 반문했다. 아프게 울어야 하는 상황에는 그렇게 하는 것이 성숙한 인간의 모습이다. 공자가 말하는 인간적인 사람은 희로애락을 잘 표현할 수 있는 이다. 그리하여 오늘도 나는 아름다운 것을 아름답다고 느낄 수 있는 감각과 사랑하는 이를 사모할 수 있는 감정이 있는 살아있기를 희망한다.

·· 원문 ··

【팔일 20】

子曰 關雎 樂而不淫 哀而不傷

공자가 말했다.

"『시경』 관저의 시는 즐기지만 지나치게 나아가지 않고 슬픔의 감정이 드러나지만 상하게 하는 지경에 이르지 않는다."

【선진 9】

顏淵死 子哭之慟 從者曰 子慟矣 曰 有慟乎 非夫人之爲慟而誰爲

안연이 죽자 공자가 통곡했더니 따르는 사람이 말했다.

"선생님께서 통곡하셨습니다."

공자가 말했다.

"통곡을 했던가. 그 사람을 위해 통곡하지 않으면 누구를 위해 그렇게 하

겠는가?"

喜 　　삶의 자산
　　　　1호

友直 友諒 友多聞 益矣 友便辟 友善柔 友便佞 損矣
우직 우량 우다문 익의 우편벽 우선유 우편녕 손의

정직한 이를 벗하고, 믿을 만한 이를 벗하고, 많이 들은 이를 벗하면 이
익이 된다. 편벽된 이를 벗하고, 잘 구부러지는 이를 벗하고, 말만 잘하
는 이를 벗하면 손해가 된다.
_계씨 5

　예술 행위의 가장 큰 목적은 소통이다. 연주가는 자신의 연주에 공
감하는 청중이 있을 때 그 존재의 이유를 확인한다. 음악은 자신의 감
정을 표현하는 수단이다. 자기 생각과 감정을 음으로 표출하고 그에
공명하는 좋은 청자(聽者)를 만나 소통이 되면 그 예술 행위의 존재
이유가 확인된다.
　어느 해질녘 운전 중, 라디오에서 흘러나온 안치환의 〈희망을 만드
는 사람〉은 울컥 뜻 모를 눈물을 불렀으며, 나른한 오후를 가르는 기
타 선율에 심쿵하는 울림이 있었다. 쿱(koop)의 〈koop island blues〉

의 중독성 있는 리듬과 여성 보컬의 맑게 우울한 음색은 외국의 어느 한적한 바닷가에 있는 것 같은 감상에 젖도록 한다. 연주자와 듣는 사람의 감성은 그런 식으로 교류된다.

백아가 어느 날 산을 생각하고 연주하면 그의 친구이자 청중인 종자기는 그의 음악에서 더없이 웅장한 산의 기상을 느낀다. 백아는 그런 종자기 때문에 거문고 연주가로서의 존재 이유를 분명히 확인할 수 있었다. 자신의 음악을 완벽히 이해해 준 종자기가 죽자 백아는 더 이상 거문고 연주를 하지 않았다. 이들의 고사에서 '지음(知音, 소리를 알아준다)'이라는 말이 나왔고, 지음은 자기를 알아주는 사람이라는 뜻으로 쓰이게 되었다.

공자가 안연을 아끼고 사랑했던 이유는 자신의 뜻과 잘 통했기 때문이다. 그래서 공자는 "말해준 것을 게으르지 않게 실천하는 이는 저 안회일 것이다!"(자한 19)라고 말할 수 있었다. 한 사람의 뜻이 다른 이에게 고스란히 전달되기는 수월치 않다. 좋은 뜻이라도 그렇다. 여러 가지 이유로 뜻이 달라지고 심지어 왜곡되기도 한다. 나의 진심이 별 노력 없이도 잘 전해지는 이가 곁에 있다면 얼마나 큰 힘이 되겠는가.

공자가 광이라는 지역에서 위기에 처한 일이 있었다. 위급한 일이 해결된 다음 살펴보니 안연이 보이지 않았다. 노심초사하던 공자는 드디어 도착한 안연을 보고 "네가 죽은 줄 알았다."(선진 22) 하고 말하며 가슴을 쓸어내렸다. "선생님이 계시는데 어찌 감히 죽을 수 있겠습니까."(선진 22)라고 말할 줄 아는 든든한 제자가 안연이다. 결국 안연은 공자보다 먼저 세상을 떠나 스승의 마음을 아프게 했지만 '지음'의 제자를 두었던 공자는 행복한 사람이었다.

나의 한 토막 말로도 내 현재 상태를 헤아려주는 친구는 삶의 위로이며 응원이다. 그들은 당연히 입에 발린 사탕발림의 멘트를 하지 않는다. 간혹 쓴소리도 마다하지 않는다. 내가 더 좋은 방향을 향하도록 돕는 데에 그의 마음이 머물기 때문이다. 내가 의기소침할 때에는 맛난 음식과 한잔 술을 나누며 곁에 자신이 있음을 알게 하는 친구. 그리하여 새로운 힘을 낼 수 있도록 응원해 주는 사람.

공자는 내게 도움이 되는 좋은 친구를 다음과 같이 정의했다.

"도움이 되는 세 종류의 벗과 손해가 되는 세 종류의 벗이 있다. 정직한 이를 벗하고, 믿을 만한 이를 벗하고, 많이 들은 이를 벗하면 이익이 된다. 편벽된 이를 벗하고, 잘 구부러지는 이를 벗하고, 말만 잘하는 이를 벗하면 손해가 된다."(계씨 5)

그러니까 거짓을 싫어하는 사람, 자기 일을 튼실하게 하여 믿을 수 있는 이, 다방면의 지식과 경험이 풍요로워서 지혜를 나눌 수 있는 친구가 곁에 있으면 좋은 사람들이다.

나는 어떤 친구인가. 유익한 사람이 되어 그의 삶을 위로하고 응원해 줄 수 있는가. 혹 손해가 되는 친구 쪽으로 가는 중은 아닌가. 내가 그에게 유익한 친구가 되어 줄 때 그 역시 유익한 친구로 내게 다가설 확률이 높다. 서로 좋은 친구가 되어 주는 관계는 자산 1호로 손색이 없다.

【자한 19】

子曰 語之而不惰者 其回也與

공자가 말했다.

"말해준 것을 게으르지 않게 실천하는 이는 저 안회일 것이다!"

【선진 22】

子畏於匡 顔淵後 子曰 吾以女爲死矣 曰子在回何敢死

공자가 광 땅에서 두려운 일을 당했을 때 안연이 뒤에 도착하자 공자가 말
했다. "나는 그대가 죽은 줄 알았노라."

이에 안회가 말했다.

"선생님께서 계시는데 어찌 감히 죽을 수 있겠습니까."

【계씨 5】

孔子曰 益者三友 損者三友 友直 友諒 友多聞 益矣 友便辟 友善柔 友便
佞 損矣

공자가 말했다. "도움이 되는 세 종류의 벗과 손해가 되는 세 종류의 벗이
있다. 정직한 이를 벗하고, 믿을 만한 이를 벗하고, 많이 들은 이를 벗하면
이익이 된다. 편벽된 이를 벗하고, 잘 구부러지는 이를 벗하고, 말만 잘하
는 이를 벗하면 손해가 된다."

흄   자부심은
삶의 동력

當仁 不讓於師
당인 불양어사

인(仁)에 대해서는 스승에게도 양보하지 않겠다!
_위령공 35

   미술사가 오주석은 조선시대 예술 작품으로부터 그 시대의 문화를 풀어내는 솜씨가 탁월했다. 그는 '문화와 도덕으로 튼실하게 잘 지어진 나라'로 조선시대를 정의했다. 그는 조선이 우리가 아는 것보다 훌륭한 나라였다는 사실은 현존하는 유물을 보면 알 수 있다고 설명한다. 예컨대 좌식 책상인 서안(書案)에서는 선비의 나라가 지닌 맑은 줏대를 읽어낸다. 점잖고 소박하지만 비범한 격조가 있다. 정신의 격을 중시하는 섬세함이 그 물건에 반영되어 있기 때문이다.

   채색을 할 때에도 겉으로 드러나는 화려함에 치중하는 법이 없다. 빨강색을 예쁘게 내기 위해 그 보색인 초록을 먼저 뒤에서부터 그려 넣고 그 위에 다시 빨강을 칠한다. 보이지 않는 곳에서부터 정성을 다하는 방식이다. 오주석이 설명하는 우리 예술(오주석『한국의 美 특강』을 참고)을 읽다 보면 우리 문화의 바탕이 더없이 격조 있고 생동감 있으며 자연과의 소통으로 살아있는 것이었음을 알 수 있다. 게다가 지금 보아도 세련된 미적 감각은 한국인으로서의 자부심을 느끼게 한다.

알면 이해하게 되고 이해하면 사랑할 수 있다. 전통과 과거는 현재와 미래의 길을 열어줄 수 있는 자산이다. 그럼에도 불구하고 우리가 가진 자산을 제대로 이해하지 못하고 그래서 사랑할 수도 없었던 우리의 모습은 오늘까지 현재진행형이다.

일제강점기의 우리 문화예술품 약탈은 그 규모를 헤아리기 어려울 정도이다. 한 예로 1941~1943년 무렵에는 우리 국보급 문화재가 한 해에 만 점 이상씩 반출되어 일본의 도쿄·교토·오사카 등 대도시 백화점이나 호텔에서 경매되었다고 한다. 이것이 지금 완전한 조선시대 미술사 서술이 어려운 이유이다. 일제는 왕의 거처인 궁궐과 각 지역의 관청인 감영 등 조선 문화를 상징하는 건물들을 부수고 그 위에 학교나 경찰서 등을 지었다. 더 교묘한 일은 다 부수지 않고 건물의 일부만 초라하게 남겨 놓거나 왕의 거처를 동물원으로 만들어버린 처사이다. 치졸하면서도 가혹한 일이었다.

조선의 문화적 자부심을 말살하려는 저들의 계획은 역사 왜곡·사상 부정·문화예술품 훼손과 약탈 등으로 치밀하게 전개되었다. 그리고 그들의 시도는 강점기 35년을 지나 오늘에까지 그 영향을 미치고 있으니 참으로 무서운 일이다. 일제가 우리의 민족정신을 말살하려던 기획으로 우리 문화는 훼손되고 상처를 입었다. 그러나 유서 깊은 문화의 자부심이 장착된 우리 민족의 정신이 쉽게 말살될 수는 없었다.

나라의 정신을 죽이기 위해서는 그 민족이 갖고 있을 자부심을 없애주면 된다. 이는 한 사람의 삶에 대해서도 평행으로 적용된다. 왜냐하면 자부심은 사람의 정신을 강화시켜 주는 동시에 그 삶의 동력이 되어 주기 때문이다. 공자에게는 자기 삶을 관통하는 신념이 있다는 자부심이 있었다. 그가 공식 석상에서 보여준 모습은 예절의 정석이었다. 자존감이 높은 사람은 불필요하게 자신을 내세우는 행동을 피한다. 겸손함 속의 비범함이 자연스럽게 드러날 뿐이다.

그럼에도 불구하고 자신이 최고의 가치로 주장하는 인(仁)을 배우고 실천하는 일에서는 자기가 최고라는 자부심이 있었다. 그는 "인에 대해서는 스승에게도 양보하지 않겠다!"(위령공 35)고 말했다. 보통 사람들에게도 존중하는 마음으로 예의를 다해 대응했던 공자였다. 가장 존경하는 사람인 스승에 대한 존중이야 더 말할 필요가 없을 것이다. 그런 스승에게도 지고 싶지 않은 한 가지가 있었던 것이다. 묵직한 한마디 말에 들어있는 공자의 자부심이 생생하다.

-------------------------------- 원문 --------------------------------

【위령공 35】

子曰 當仁 不讓於師

공자가 말했다. "인에 대해서는 스승에게도 양보하지 않겠다!"

흠　　　하루 십 분
　　　합장

無爲而治者 其舜也與 夫何爲哉 恭己 正南面而已矣
무위이치자 기순야여 부하위재 공기 정남면이이의

자연스럽게 다스린 사람은 저 순임금이시다. 그가 무엇을 하셨는가? 자신의 자세를 공손히 가지고 임금의 자세를 바르게 지켰을 뿐이다.
_위령공 4

　많은 사람이 공감하는 진리일수록 쉽고 단순하다. 연구가 깊은 학자는 자신이 전하려는 내용을 쉽고 간명하게 표현한다. 나는 어려운 말로 자신의 지식을 과장하는 이들을 신뢰하지 않는다. 평생 땅을 일구어 농사를 지어온 촌로의 한마디가 어떤 저명한 인물의 연설보다 정곡을 찌르는 경우를 본다. 진리는 간단하고 단순하게 설명할 수 있는 것이기에 그러하다.

　공자 학문의 본모습은 책상이 아닌 삶의 현장에서 비로소 제 역할을 한다. 유학은 머리로만 아는 지식을 논리로 풀어내는 방식으로 설명할 수 없다. 공자는 자공에게 "그대는 내가 낳이 배워서 그것을 기억하는 사람이라 여기는가?"(위령공 2)라고 반문하며 자신은 그런 공부를 하지 않았다고 말한다. 하나로 꿰뚫을 수 있는 핵심을 바라보고 그것을 확충하는 것이 자신의 길이었다고 알려주었다.

일이관지라는 말은 증삼과의 대화에서도 보인다. 공자가 "삼아! 나의 도는 하나로 꿰뚫어지는 것이다."라고 하자 증자는 "잘 알겠습니다!"라고 답했다. 공자가 강의실을 나가자 다른 제자들이 증자에게 물었다. "무엇을 말씀하신 것인가?" 이에 증자가 설명했다. "선생님의 도는 충서일 뿐이라네."(이인 15) 증삼은 공자의 사상과 삶은 충서(忠恕)로 일관된 것이라 설명했다. 충서는 인을 실천하는 두 방향의 실천 방법이다. 그러니 공자가 평생 하나의 줄기로 삼은 것은 인을 실천하는 길이었다.

인은 삶의 장에서 좋은 관계를 만들어가는 실천으로 구현된다. 이를 위해서는 우선 내가 자존감을 지닌 당당한 존재로 설 수 있어야 한다. 자기를 사랑하는 일이다. 다음으로는 타인을 자신과 같이 귀한 존재로서 바라보고 그를 배려하고 존중하는 마음을 펼치는 것이다. 사랑을 실천하는 것이다. 이렇게 충서는 자신을 계발하고 동시에 타인을 배려함으로써 좋은 관계를 만들어 가는 길이다.

일이관시는 하나로 꿰뚫어진다는 의미다. 발산이 아니라 수렴이다. 나는 불교 신자는 아니지만 두 손을 모으는 합장을 좋아한다. 손을 모으면 정신도 한곳에 모이고 흩어졌던 마음도 제자리로 돌아오는 느낌이다. 합장과 심호흡은 별다른 비용을 들이지 않고 안정을 찾을 수 있는 효율적인 방법이다.

그런데 정신이 혼란하고 마음에 정처가 없어 불안정할 때는 차라리 몸을 움직이는 것도 좋은 방법이다. 평소보다 빠르게 걷는 산책. 호흡을 병행한 요가. 아니면 자전거 라이딩 같이 너무 과격하지는 않고 복잡한 생각을 줄여줄 정도의 운동이면 좋을 것이다. 합장이나 운동은 일단 숨을 고르도록 도와주는 활동이다.

공자의 이야기는 마음을 모으고 들어야 비로소 의미 있게 내 안으로 들여 놓을 수 있다. 합장하고 마음을 모은 사람이 남을 해치고 거짓을 행하기는 어려운 일이다. 우선 손을 모으고 마음 다스리는 공부를 하라는 말이 한가한 주문처럼 들릴 수 있다. 그러나 훌륭한 리더로 꼽히는 이들의 핵심 가치가 마음 다스리기였음은 널리 알려진 사실이다.

중국 고대의 훌륭한 성군으로 꼽히는 순임금에 대해 공자는 "자연스럽게 다스린 사람은 저 순임금이시다. 그가 무엇을 하셨는가? 자신의 자세를 공손히 가지고 임금의 자세를 바르게 지켰을 뿐이다."(위령공 4)라고 했다. 이처럼 기본을 잘 세우는 일은 만사의 뿌리가 된다. 공자가 일이관지한 뜻도 이런 이유 때문이지 않겠는가. 공자의 뜻을 제대로 이해하기 위해 우선 매일 10분간 합장하고 심호흡하며 나를 돌아보는 습관을 몸에 붙여보는 것도 좋겠다. 공자가 말한 일이관지의 뜻은 '마음 모으기'에서 시작된다.

【위령공 2】

子曰 賜也 女以予 爲多學而識之者與 對曰然 非與 曰 非也 予一以貫之

공자가 말했다.

"사야. 그대는 내가 많이 배워서 그것을 기억하는 사람이라 여기는가?"

"그렇습니다. 그렇지 않으십니까?"

공자가 말했다.

"아니다. 나는 하나로 꿰뚫고 있다."

【위령공 4】

子曰 無爲而治者 其舜也與 夫何爲哉 恭己 正南面而已矣

공자가 말했다.

"자연스럽게 다스린 사람은 저 순임금이시다. 그가 무엇을 하셨는가? 자신의 자세를 공손히 가지고 임금의 자세를 바르게 지켰을 뿐이다."

怒　　　오래되었지만
　　　　세련된 생각

丘也聞 有國有家者 不患寡而患不均
구야문 유국유가자 불환과이환불균

不患貧而患不安 蓋均 無貧 和 無寡 安 無傾
불환빈이환불안 개균 무빈 화 무과 안 무경

나라와 집안을 소유한 사람은 적은 것을 걱정하지 않고 고르게 나눠지지 않는 것을 걱정하고, 가난함을 걱정하지 않고 편안하지 못한 것을 걱정한다 했다. 대개 고르게 나누면 가난하지 않고, 잘 조화를 이루면 적지 않고, 편안하면 기울어지지 않는 법이다.

_계씨 1

　　영화 〈암살〉은 흥행에도 성공하여 천이백만이 넘는 관객을 동원했다. 이는 '일제강점기를 배경으로 한 영화들은 흥행에 실패한다'는 징크스를 깬 첫 번째 작품이었다. 친일파의 핵심 인물을 제거하는 독립군의 활약을 주요 소재로 한 영화다. 활극은 화려했고 친일파 강인국(이경영)은 결국 암살된다.

　　그러나 일본의 첩자 염석진(이정재)은 해방 후에도 다른 친일파들처럼 여전히 건재하며 정권의 비호를 받는다. 그러던 중 염의 배신으로 죽임을 당한 줄 알았던 명우(허지원)가 나타난다. 명우가 평화롭게 도심의 거리를 걷던 염을 총으로 쏘는 장면은 압권이었다. 도심의 거리에서 총을 맞은 염의 최후를 흰옷 너울거리는 들판에서 스러지는 장면으로 연출한 영상은 관객의 막힌 속을 뚫어주었다. 그리하여 미션 클리어.

도무지 현실에서는 이루어지지 않는 일을 영화로나마 볼 수 있어서 시원했다. 별 기대 없이 하정우의 연기를 보러 간 걸음이었는데 뜻밖의 수확이 있었다. 그런데 친일파로 알려진 부친을 둔 어느 정치인이 이 영화를 보고 벌떡 일어나 '대한독립만세'를 외쳤다는 기사는 코미디가 따로 없다 싶었다. 아름다운 사람과 악취 나는 인간이 뒤바뀐 대접을 받고 있는 현실의 극화된 상징이랄까. 영화 흥행이 과거 청산의 문제를 대중의 관심사로 이끄는 계기가 되어도 좋겠다고 생각했다. 이 영화 개봉 이후 십 년이 지난 오늘까지 이 생각은 여전히 희망으로 남아있다.

아주 오래전 『녹슬은 해방구』나 『아리랑』 같은 대하소설을 읽으며 우리의 아픈 역사를 마음에 들여 놓았던 때가 있었다. 여러 생각들이 오고 갔고 눈물이 나는 한편으론 삶의 격려를 받기도 했었다. 그런데 내가 만일 그 시대에 살았더라면 그들처럼 살 수 있었을까. 자신 없는 자문도 해보았다. 그럼에도 불구하고 인간이 갈 수 있는 가장 아름다운 길을 걸었던 이들을 읽고 기억할 수 있는 것은 고마운 경험이었다.

공자는 "옛날의 훌륭한 사관이었던 주임이 '힘을 펼쳐서 대열에 나아갈 수 없는 자는 그만두어야 한다.'는 말을 했다. 위태로운데 붙들어 주지 않고 넘어지는데도 부축하지 않으니 장차 저 재상을 어디에 쓸 것인가?"(계씨 1)라고 하여 위기에 적극 대처해야 할 재상의 책무를 말했다. "나라가 나뉘어 무너지고 흩어지는데도 지키지 못하는"(계씨 1) 무능한 재상을 질타한 것이다.

난국을 헤쳐 갈 해법을 찾지 못하는 제자에게 해준 공자의 조언은 다음과 같다.

"내가 듣기에 나라와 집안을 소유한 사람은 적은 것을 걱정하지 않고 고르게 나눠지지 않는 것을 걱정하고, 가난함을 걱정하지 않고 편안하지 못한 것을 걱정한다 했다. 대개 고르게 나누면 가난하지 않고, 잘 조화를 이루면 적지 않으며, 편안하면 기울어지지 않는 법이다."(계씨 1)

지금으로부터 이천오백여 년 전의 일이다. 부의 공정한 분배와 민심의 안정을 최우선으로 고려해야 한다고 지적한 공자의 주장은 얼마나 선진적인가.

나라의 주권을 잃는 절체절명의 난국 앞에서는 재상과 농민이 따로 없었다. 만주에서, 김제 만경평야에서, 월악산에서 스러진 나라를 찾기 위한 투쟁이 있었다. 자기 앞의 생에 최선을 다한 사람들이 있었다. 그 아름다웠던 이들의 이름과 삶이 더 가깝게 우리에게 돌아올 때 오늘 우리의 삶은 더 튼실한 바탕 위에 설 수 있을 것이다.

【계씨1】

季氏 將伐顓臾 冉有季路 見於孔子曰 季氏將有事於顓臾 孔子曰 求 無乃
爾是過與 夫顓臾 昔者 先王 以爲東蒙主 且在邦域之中矣 是社稷之臣也
何以伐爲 冉有曰 夫子欲之 吾二臣者 皆不欲也 孔子曰 求 周任 有言曰
陳力就列 不能者 止 危而不持 顛而不扶 則將焉用彼相矣 且爾言 過矣 虎
兕出於柙 龜玉 毁於櫝中 是誰之過與 冉有曰 今夫顓臾 固而近於費 今不
取 後世 必爲子孫憂 孔子曰 求 君子 疾夫舍曰欲之 而必爲之辭 丘也聞
有國有家者 不患寡而患不均 不患貧而患不安 蓋均 無貧 和 無寡 安 無傾
夫如是故 遠人 不服則修文德以來之 旣來之則安之 今由與求也 相夫子
遠人 不服而不能來也 邦分崩離析而不能守也 而謀動干戈於邦內 吾恐季
孫之憂 不在顓臾而在蕭墻之內也

계씨가 장차 전유를 치려고 하자 염유와 계로가 공자를 뵙고 말했다.

"계씨가 장차 전유에서 일을 내고자 합니다."

공자가 말했다.

"구야 이는 너의 잘못이 아닌가? 전유는 옛날에 선왕이 동몽산의 제주로
삼았고 또 우리나라의 영역 안에 있으니 나라의 중신인데 무엇 때문에 치
겠는가?"

염유가 말했다.

"계씨가 원하는 것이지 저희 두 신하는 모두 원하지 않는 일입니다."

공자가 말했다.

"옛날의 훌륭한 사관 주임이 '힘을 펼쳐서 대열에 나아갈 수 없는 자는 그만두어야 한다.'는 말을 했었다. 위태로운데 붙들어 주지 않고 넘어지는데도 부축하지 않으니 장차 저 재상을 어디에 쓸 것인가? 또 그대의 말이 잘못되었다. 범과 외뿔소가 우리에서 나오고 보물이 궤 안에서 상하는 것이 누구의 잘못인가?"

염유가 말했다.

"지금 전유는 튼튼하고 비 땅과 가까우니 지금 취하지 않는다면 후세의 걱정거리가 될 것입니다."

공자가 말했다.

"군자는 자기가 하고 싶다는 것을 버려두고 반드시 그것을 위해 변명하는 것을 좋지 않게 여긴다. 내가 듣기에 나라와 집안을 소유한 사람은 적은 것을 걱정하지 않고 고르게 나눠지지 않는 것을 걱정하고, 가난함을 걱정하지 않고 편안하지 못한 것을 걱정한다 했다. 대개 고르게 나누면 가난하지 않고, 잘 조화를 이루면 적지 않고, 편안하면 기울어지지 않는 법이다. 이와 같으므로 멀리 있는 사람들이 따르지 않으면 문덕을 닦음으로써 그들을 오도록 하고, 이미 왔으면 편안하게 해 주는 것이다. 그런데 지금 유와 구는 계씨를 돕는 자리에 있으면서 멀리 있는 사람들이 따르지 않는데도 그들을 오도록 하지 못하고, 나라가 나뉘어 무너지고 흩어지는데도 지키지 못하는구나. 그런데도 나라 안에서 창과 방패가 움직일 일을 도모하니, 나는 계손의 걱정이 전유에게 있는 것이 아니라 병풍 안에 있을까 무섭다."

怒 성실하게
멋지게

蓋有不知而作之者 我無是也 多聞擇其善者而從之 多見而識之
개유부지이작지자 아무시야 다문택기선자이종지 다견이지지

대개 알지 못하면서 일을 저지르는 경우가 있는데 나는 그렇게 하지 않
는다. 많이 듣고 그중에 좋은 것을 택하여 따르고 많이 보고 잘 기억한다.
_술이 27

　배우 샤론 스톤(Sharon Stone)은 구십 년대 초에 개봉한 〈원초적 본
능〉으로 많은 이들에게 선명한 기억을 남긴 배우이다. 그녀는 어느덧
육십 대 중반의 나이가 되었지만 여전히 활발한 활동을 하고 있다. 더
구나 그는 2001년 뇌출혈로 쓰러져 생사의 고비를 넘기고 다리를 절
고 시력이 약화되는 후유증을 겪어야 했다. 2015년경 그 후유증을 완
전히 극복하고 드라마로 연기 복귀를 하고 화보 촬영까지 하며 재기
에 성공했다.
　화보 촬영 후 인터뷰에서 그녀는 "섹시함은 지금의 자신을 아끼고
즐기는 마음에서 나온다고 생각한다."라고 했다. 섹시한 매력으로 어

필했던 배우였으나 당시 그녀의 나이는 오십 대 후반이었다. 그런데도 자신의 매력을 포기하지 않으면서 자신의 나이에 맞는 유연한 생각을 보여주는 것이 좋아 보였다.

세월의 변화에 따라 자연스럽게 나이 들어가는 사람을 만나는 것은 기분 좋은 일이다. 이런 사례는 공자가 인을 정의하고 그것을 실천하는 삶을 강조했던 것이 다른 세상 이야기가 아님을 알 수 있게 해준다. 일이관지로 관통해서 흐르는 세상의 진리는 단순 명쾌하다. 그들은 마주한 삶의 장에서 자신의 생각을 거짓 없이 꾸준하게 밀고 가는 추진력이 있다. 그러나 오류가 보이면 기꺼이 수정하면서 다시 그 길 위에 선다. 그런 길로 같이 가자고 주변의 손을 잡기도 한다.

『중용』에서는 인간이 가야 할 길을 '성실하게 노력하는 것 [誠之]'이라 규정했다. 성실하게 노력하는 길의 핵심은 "선한 것을 택하고 그것을 굳게 지켜가는 것 [擇善而固執之]"(20장)이다. 좀 더 구체적으로는 "넓게 배우고 깊이 있게 질문하며 신중히 생각하고 분명히 변별하며 독실하게 행함"(20장)이다. 성실함을 체화하는 것은 말처럼 쉽지 않다. 끈질긴 근성이 없으면 불가능한 실천이다. 빠른 결과를 욕심내거나 정당하지 않은 욕망을 추구하는 길에서는 도무지 만날 수 없는 가치이다.

사람들의 세상에서 의미 있는 것으로 남겨진 유산은 모두 성실함의 산물이라 해도 과언이 아니다. 예컨대 세종대왕은 좋은 학자들을 모아 집현전을 꾸려서 많은 의미 있는 성과를 내었다. 왕도 그 아래 모인 학자들도 모두 뛰어난 인재들이었다. 그런데 그 인재들의 명민

313

함이 좋은 열매로 맺힐 수 있었던 것은 밤을 밝혀 지속했던 노력 때문이다. 좋은 농부는 머리가 좋아서 기발한 아이디어를 낼 수 있는 이가 아니다. 제때에 씨를 뿌리고 힘든 노동의 수고를 감수한 이다. 그런 농부라야 풍요로운 수확을 기대할 수 있다.

공자는 "종일 배불리 먹고서도 마음 쓰는 데가 없다면 어렵다! 장기나 바둑이 있지 않은가. 그것이라도 하는 것이 나을 것이다."(양화 22)라고 하여 직접 몸을 움직이는 생활을 독려했다. 공문십철에 드는 제자 재여가 낮에 자리를 펴고 잤던 일(공야장 9)을 두고 공자가 신랄하게 혼낸 일이 있다. 이는 낮잠 잤던 일 자체를 지적했던 것이 아니다. 공자는 가장 중요한 가치인 성실함에 흠집이 갈 것을 좌시할 수 없었다. 게다가 앞날을 기대하는 뛰어난 제자였으니 그처럼 단호하게 그 잘못을 지적해준 것이다.

절기에 따라 필요한 노동을 게을리하지 않는 농부나 집현전의 학자들은 모두 하루하루를 성실하게 살아가는 모범을 보여주었다. "많이 듣고 그중에 좋은 것을 택하여 따르는"(술이 27) 태도로 좋은 가치를 선택하고 그것을 지키기 위해 하루하루 노력해 가는 삶이다. 그들은 자신이 선택한 그 일을 실속 있는 성과로 만들어 낸다.

───────────────── 원문 ─────────────────

【술이 27】

子曰 蓋有不知而作之者 我無是也 多聞擇其善者而從之 多見而識之 知之

314

次也

공자가 말했다.

"대개 알지 못하면서 일을 저지르는 경우가 있는데 나는 그렇게 하지 않는다. 많이 듣고 그중에 좋은 것을 택하여 따르고 많이 보고 잘 기억하는 것이 앎의 차선책이다."

【공야장 9】

宰予晝寢 子曰 朽木不可雕也 糞土之墻 不可杇也 於予與何誅 子曰 始吾於人也 聽其言而信其行 今吾於人也 聽其言而觀其行 於予與改是

재여가 낮잠을 자고 있자 공자가 말했다.

"썩은 나무로는 조각을 할 수 없고 거름흙은 흙손질 할 수 없는 법이니 재여에게 무엇을 책하겠는가!"

공자가 말했다.

"처음에 내가 사람을 볼 때는 그의 말을 듣고 그의 행동을 믿었는데, 이제는 사람을 볼 때 그 말을 듣고 그 행동을 본다. 이는 재여 때문에 바뀐 것이다."

【양화 22】

子曰 飽食終日 無所用心 難矣哉 不有博奕者乎 爲之猶賢乎已

공자가 말했다.

"종일 배불리 먹고서도 마음 쓰는 데가 없다면 어렵다! 장기나 바둑이 있지 않은가. 그것이라도 하는 것이 나을 것이다."

怒   어른의
          역할

三人行 必有我師焉 擇其善者而從之 其不善者而改之
삼인행 필유아사언 택기선자이종지 기불선자이개지

세 사람이 길을 가면 반드시 나의 스승이 있으니 그 좋은 점을 택하여
따르고 좋지 않은 점은 고친다.
_술이 21

"별을 바라보며 걸어가는 사람이 되라. 희망을 만드는 사람이 되
라."

우연히 라디오를 통해 들은 노래 가사가 울컥 목에 걸리고 가슴에
닿았다. 찾아보니 가수 안치환이 정호승 시인의 시를 노래로 만든 것
이었다. 가사가 된 시는 암울하고 고단한 세상에서 그 절망을 뚫고 헤
쳐가야 할 이는 결국 사람이라는 뜻을 말하고 있었다. 사람은 다른 사
람과의 관계에서 삶의 희망을 건질 수 있다.

그런데 지금 우리 사회 구성원 중 많은 이들이 인간관계 때문에 힘
들어하고 있다. 예컨대 대학 신입생들이 관계 맺기에 고전을 면치 못

316

한다는 것이다. 자율적으로 자기 생활을 디자인하고 그 안에서 사람들과의 관계 맺기를 병행해야 하는 대학 생활에 적응하지 못하는 이들이 적지 않다. 혼밥이 편하고 가능하면 누구와도 엮이지 않으려 한다. 이들의 고등학교까지의 생활은 대부분이 경쟁으로 환원되는 일상이었다. 학과 성적을 향상시키는 전략 이외의 학습이 부재했다.

온라인에서 더없이 재기발랄했던 이를 실제로 대면하면 같은 사람인지 의심이 될 정도로 다른 인상을 받는다. 데이터를 통해 사람과 사물을 해석하고 이해하는 일은 능숙하나 실제의 상황과 진짜 사람과의 만남에는 미숙하다. 얼굴을 마주한 소통은 정량적 판단만으로는 처리가 불가능한 변수가 많다. 의사소통은 상대의 말과 행동을 통해 보이지 않는 부분까지 종합적으로 이해하고 배려할 때 제대로 이루어질 수 있다. 이를 위해서는 직접 경험이 반드시 필요하다.

타인과 좋은 관계를 형성하고 그 관계를 잘 유지하는 것이 중요하다는 것은 옛날과 지금이 다르지 않다. 그런데 이전에 비해 그 능력을 학습할 기회가 줄었다. 성인의 문턱에 이른 이들이 소통에 미숙한 것은 그렇게 중요한 문제를 무시하고 지나온 결과이다.

부모님의 고단한 일상을 이해하고 작은 힘이라도 보태려는 행동을 하는 것. 어려운 친구의 손을 잡아주는 일. 약자를 보호하려는 심성. 이런 마음을 제대로 표현할 수 있는 이는 타인과의 소통에도 큰 문제가 없을 것이다. 이런 마음도 학과 공부처럼 수련을 필요로 한다. 이것을 잘 배운 이들은 어떤 스펙 보유자들보다 경쟁력을 가질 수 있다.

이런 심성은 훈련을 통해 키워진다. 직접 사람들을 만나 의견을 나누고 갈등을 빚기도 하고 그 갈등을 넘어서 화해하는 과정을 경험해 보아야 한다. 문자만으로는 해결할 수 없는 과정이다. 공자는 "세 사람이 길을 가면 반드시 나의 스승이 있으니 그 좋은 점을 택하여 따르고 좋지 않은 점은 고친다."(술이 21)고 했다. 세 사람은 주변의 모든 사람으로 바꾸어 해석해도 괜찮다. 어린아이에서 노회한 어른에 이르기까지 어떤 사람으로부터도 배울 점은 무궁무진하다.

내가 만나는 사람들을 잘 이해하고 배려함으로써 나누는 행동은 결국 자기 발전을 가져온다. 이를테면 "자기가 서고 싶은 곳에 다른 이가 설 수 있게 돕고, 자기가 도달하려는 데에 다른 사람이 도달할 수 있도록 해 주는"(옹야 28) 태도를 실천하는 것은 자신의 행복한 삶을 위한 자산이 된다. 특히 오늘처럼 관계에 미숙한 사람들 사이에서 이 같은 태도는 눈에 띄는 능력으로 발휘될 것이다. 게다가 자기 삶을 공허하지 않게 채워줄 묘약이기도 하다. 성공하여 부와 명성을 다 얻은 이가 마음 편히 밥 한 끼 같이할 친구를 갖지 못했다면 불행한 일이다.

우리 시대의 젊은이들이 관계 맺기에 미숙한 것을 극복하지 못하고 인간관계를 포기하기에 이른 것은 개인의 삶으로 보아도 슬픈 일이고 나라의 미래를 위해서도 불행한 일이다. 사람들의 세상에서 빚어지는 문제의 해답은 사람들로부터 나온다. 그리고 그 해답을 찾는 능력은 하루아침에 만들어질 수 없다. 어른은 젊은이가 건강하게 성장할 수 있도록 이끌어 주어야 한다. 그리하여 희망을 만드는 사람이 되어야 한다.

【옹야 28】

子貢曰 如有博施於民 而能濟衆 何如 可謂仁乎 子曰 何事於仁 必也聖乎
堯舜 其猶病諸 夫仁者 己欲立而立人 己欲達而達人 能近取譬 可謂仁之
方也已

자공이 말했다.

"널리 사람들에게 베풀어 많은 사람을 구제할 수 있다면 어떻습니까, 인하
다고 할 수 있습니까?"

공자가 말했다.

"어찌 인하다고만 하겠는가 반드시 성인이라 할 수 있다. 요순도 오히려
잘 못한다고 여겼던 것이다. 대체로 인이라는 것은 자기가 서고 싶은 곳에
다른 이가 설 수 있게 돕고 자기가 도달하려는 데에 다른 사람이 도달할
수 있도록 해 주는 것이다. 자신과 가까운 데에서 비유를 취할 수 있으면
인을 행하는 방법이라 할 수 있다."

【술이 21】

子曰 三人行 必有我師焉 擇其善者而從之 其不善者而改之

공자가 말했다.

"세 사람이 길을 가면 반드시 나의 스승이 있으니 그 좋은 점을 택하여 따
르고 좋지 않은 점은 고친다."

怒   현명한
          판단

서서히 배어드는 거짓의 헐뜯음과 피부를 파고드는 것처럼 가까이서
비방하는 하소연을 받아들이지 않는다면 현명하다고 할 것이다.
_안연 6

눈에서 멀어지면 마음에서도 멀어진다고 했다. 자주 만나야 더 친
밀한 관계가 될 가능성이 크다. 이런 보통의 상식을 증명하는 심리학
자의 연구가 있다. 심리학자 로버트 자욘스(Robert Zajonc)의 평생 연
구 주제는 자극의 반복과 그에 대한 사람의 애착 관계였다. 그의 이론
은 '단순노출효과(mere exposure effect)'로 표현된다. 그의 실험 중 하
나는 미시간 대학 학보의 광고를 통해 이루어졌다.

그는 학보 1면에 몇 주 동안 광고처럼 보이는 상자를 싣고 그 안에
터키어 단어를 넣었다. 그러니까 보통의 미국인들이 잘 알지 못할 법
한 단어를 노출 횟수를 달리하며 계속 실었던 것이다. 어떤 단어는 한

번만 보였고 어떤 단어는 25회까지 노출했다. 가장 많이 노출한 단어는 거의 사용되지 않는 단어들이었다.

이 이상한 광고 게재를 마친 후 대학 동아리에 질문지를 돌려 알아낸 결과 1~2회 노출된 단어보다 자주 등장했던 단어가 친근한 반응을 얻었다. 이는 표의문자나 얼굴 등의 사물을 통한 실험과 같은 결과였다. 사람들은 자주 본 단어나 사진들에 호의적으로 반응한다는 것이다. 오래전 연구이지만 여전히 시사하는 바가 있다.

대중 매체의 뉴스에서 사실과 다른 보도를 했다고 하자. 처음에는 논리적으로 맞지 않는 보도 내용을 의심했다. 그런데 반복해서 동일한 정보를 지속적으로 소개하면 자기도 모르는 사이에 이끌려 갈 수 있다. 대중을 획일적으로 이끌기 위한 시도는 저 옛날의 분서갱유로부터 일제 식민지 시대의 식민사관을 거쳐 오늘의 다양한 언론플레이에 이르기까지 유서가 깊고 영향은 넓었다.

그렇기 때문에 공자는 "서서히 배어드는 거짓의 헐뜯음과 피부를 파고드는 것처럼 가까이서 비방하는 하소연을 받아들이지 않는다면 현명하다고 할 것이다. 서서히 배어드는 거짓말과 피부를 파고드는 것처럼 가까이서 비방하는 하소연을 받아들이지 않는다면 뛰어나다고 할 것이다."(안연 6)라고 했던 것이다.

보통은 가까이서 자주 듣는 이야기를 진실로 받아들인다. 굳이 거기에 자신의 생각을 보태지 않는다. 그러니 깨어있는 정신으로 사태를 파악하지 않으면 익숙한 것에서 오류를 찾아내기 어렵다. 이렇게 반복된 노출이 갖는 위험성이 다분하다. 자칫 잘못된 정보에 낚이기 쉽다. 그렇게 되지 않도록 주의를 기울여 살펴야 한다.

그런데 반복적 노출로 부정적 결과만 초래하는 것은 아니다. 정반대로 활용할 수도 있다. 자주 만나서 사랑을 키워가듯 반복적 노출을 통해 긍정의 효과를 거둘 수도 있다. 예컨대 좋은 이야기들과 자주 접할 수 있는 환경을 만드는 것이다. 자극적인 범죄를 다뤄서 보도하기보다 미담 소개에 역점을 두는 것이다. 자주 들어서 익숙해질수록 이로운 이야기가 있다. 때론 달콤하고 어떤 때는 날카롭게 비판함으로써 결국 우리를 이롭게 하는 사연들이다. 이 이야기들은 결국 사람들의 정서에 유익하게 작용할 것이다.

좋은 생각과 아름다운 음악에 익숙해지면 잘 들을 수 있는 귀를 갖게 된다. 그러면 "음란한 정나라 음악이 아악을 어지럽히는 것을 미워하며, 날카로운 입이 나라를 전복하는 것을 미워한다."(양화 18)는 공자의 생각에 공감할 수 있다. 이런 정확한 시각을 가지면 자신의 이익만 도모하는 정치인의 속임수에 넘어갈 일이 없다. 잘못된 판단을 유도하는 언론에 휘둘릴 필요도 없다.

공자는 순임금의 음악을 듣고 한동안 좋은 음식도 마다하면서 "음악이 이런 경지에까지 이를 수 있을 줄 생각하지 못했다."(술이 13)고 감탄했다. 내면의 아름다운 심성을 자극해 주는 음악. 배려하는 마음을 촉구하는 문장. 함께 사는 세상을 생각하게 하는 춤. 나의 삶을 스스로 돌아보도록 돕는 교실. 아름다운 감성을 성장시키고 왜곡된 감성을 정화하는 아름다운 자극들이 반복적으로 우리 앞에 노출되면 좋겠다.

【술이 13】

子在齊聞韶 三月不知肉味 曰 不圖爲樂之至於斯也

공자가 제나라에 머물 때 순임금의 음악인 소를 듣고서 3개월 동안 고기 맛을 모르시더니 "음악이 이런 경지에까지 이를 수 있을 줄 생각하지 못했다."고 했다.

【안연 6】

子張問明 子曰 浸潤之譖 膚受之愬 不行焉 可謂明也已矣

浸潤之譖 膚受之愬 不行焉 可謂遠也已矣

자장이 현명함에 대해 묻자 공자가 답했다.

"서서히 배어드는 거짓의 헐뜯음과 피부를 파고드는 것처럼 가까이서 비방하는 하소연을 받아들이지 않는다면 현명하다고 할 것이다. 서서히 배어드는 거짓말과 피부를 파고드는 것처럼 가까이서 비방하는 하소연을 받아들이지 않는다면 뛰어나다고 할 것이다."

【양화 18】

子曰 惡紫之奪朱也 惡鄭聲之亂雅樂也 惡利口之覆邦家者

공자가 말했다.

"자주색이 붉은색 이기는 것을 싫어하고, 음란한 정나라 음악이 아악을 어지럽히는 것을 미워하며, 날카로운 입이 나라를 전복하는 것을 미워한다."

323

哀　　　　　인생
　　　　　제3막

其爲人也 發憤忘食 樂以忘憂 不知老之將至
기 위인야 발분망식 낙이망우 부지노지장지

그 사람됨은 분발하여 먹는 것도 잊고, 즐거워하여 걱정을 잊으며, 늙음이 온다는 것조차 알지 못한다.

_술이 18

　자기가 태어난 해의 갑자를 다시 만나게 되는 환갑은 만으로 60세가 되는 해이다. 자식을 출가시키고 본인은 현직에서 은퇴하여 일선에서 물러나는 때이다. 인생의 큰 고비를 넘어 이제 휴식기로 진입하게 된 것을 위로하고 축하하는 행사가 환갑잔치였다. 그런데 환갑에 대한 이런 생각은 이미 구시대의 유물이 되었다.

　이제 환갑은 인생을 세 시기로 구분할 때 세 번째 시기의 시작을 알리는 기점쯤으로 인식하게 되었다. 더 이상 잔치는 없다. 파트너나 친구들과의 가벼운 여행쯤으로 인생 제3막의 시작을 기념하는 것이 보통이다. 다니던 직장에서 정년을 했거나 곧이어 맞이하게 될 은퇴 이

324

후의 삶을 설계하는 것이 더 큰 이벤트가 되었다.

행정상으로는 65세 이후를 노년으로 정의하나 실제의 감각으로는 70세 이상이 되어야 노년으로 보는 것이 일반적이다. 노년은 전체 인생에서 적지 않은 비중을 차지하는 시간이다. 두 손 놓고 지내기엔 지나치게 긴 시간이다. 이전 세대와 마찬가지로 여전히 잘 나이 들어가려는 노력이 필요한 시기이다.

대중문화에서 노년을 다루는 생각도 이전과는 달라졌다. 더 이상 주변부의 배경에만 머무르지 않는다. 노년의 문화예술인들이 활발하게 활동할 수 있는 영역이 확보되기 시작했다. 칠십 대 후반의 배우 윤여정은 지난 2021년 미국 아카데미상 시상식에서 여우조연상을 받았다. 그녀가 출연한 영화 〈미나리〉는 미국에 정착한 한국인 이민자의 이야기다. 이 영화에서 윤여정은 엉뚱하고 기발한 성격의 할머니로 분하여 세계 여러 관객의 이목을 끌었다. 이 영화 개봉 다음 해에는 애플TV의 미니시리즈 〈파친코〉의 주인공으로 또 한 번 화제가 되었다. 올해(2024) 8월에는 〈파친코〉 시즌 2가 오픈될 예정이다.

이 배우는 노년에 이르러 화려한 조명을 받는 세계적 스타가 되었다. 당연히 개인에게 영광스런 일일 것이다. 그런데 이런 현상은 새로운 사회 분위기를 알려주는 상징적인 사건이기도 하다. 노년도 앞에 나설 수 있는 시기일 수 있음을 증명해 주었다. 공자는 자신이 "그 사람됨은 분발하여 먹는 것도 잊고, 즐거워하여 걱정을 잊으며, 늙음이 온다는 것조차 알지 못한다."(술이 18)고 평가받기를 원했다.

공자는 자신의 삶이 지속적으로 나아가기를 원했다. 자신이 평생의 과업으로 삼은 인을 실천하는 일은 인격의 성숙을 도모하는 것이다. 어느 자리에 있든 기준이 되어야 할 사항이다. 나이가 들었다 해서 쉴 수 있는 일이 아니다. 오히려 더 깊이 있는 실천이 가능한 지점이 노년일 수 있다.

공자가 안연·자로와 함께 한 자리에서 두 사람의 희망사항을 물었다. 제자들은 각각의 생각을 선생님께 말씀드린 다음 선생님께 같은 질문을 했다. 그러자 공자는 "노인을 편안하게 해 주고, 벗들에겐 신뢰를 주며, 젊은이들은 잘 포용해 주고자 한다."고 말해주었다. 자신이 만나는 다양한 세대의 사람들 누구도 소외시키지 않으려는 인식이다.

인생의 각 단계마다 주목할 사항들이 있다. 노년에는 몸의 건강과 마음을 다스리는 일이 무엇보다 중요하다. 좋은 음식을 제대로 먹는 일이 어느 시기보다 중요하고 요가나 산책 등의 운동도 필수이다. 여기에 마음공부가 더해져야 한다. 노년에 만나게 되는 생리적 변화를 이해하고 그에 적절히 대처해야 한다. 이것 말고는 다를 것이 없다. 성숙한 인격을 도모하는 공부는 노년에도 현재진행형인 것이다.

························· 원문 ·························

【술이 18】

葉公問孔子於子路 子路不對 子曰 女奚不曰 其爲人也 發憤忘食 樂以忘憂 不知老之將至云爾

섭공이 자로에게 공자에 대해 물었는데 자로가 대답하지 않았다. 공자가 말했다.

"그대는 왜 '그 사람됨은 분발하여 먹는 것도 잊고 즐거워하여 걱정을 잊으며 늙음이 온다는 것조차 알지 못한다'고 말하지 않았는가."

【공야장 25】

顔淵季路 侍 子曰 盍各言爾志 子路曰 願車馬衣輕裘 與朋友共 敝之而無憾 顔淵曰 願無伐善 無施勞 子路曰 願聞子之志 子曰 老者 安之 朋友 信之 少者 懷之

안연과 계로가 공자를 모시고 있을 때에 공자가 말했다.

"어찌 그대들의 뜻을 말하지 않는가?"

자로가 말했다.

"수레를 타고 가벼운 갖옷 입는 것을 친구들과 함께 하다가 혹 망가지더라도 유감이 없기를 원합니다."

안자도 말했다.

"잘한 일을 자랑하지 않고 수고한 일을 떠벌이지 않고자 합니다."

자로가 "선생님의 뜻을 듣고 싶습니다."라고 하자 공자가 말했다.

"노인을 편안하게 해 주고, 벗들에겐 신뢰를 주며, 젊은이들은 잘 포용해 주고자 한다."

哀　　　키케로의
　　　　　응원

溫而厲 威而不猛 恭而安
온이려 위이불맹 공이안

따뜻하면서 엄숙하고, 위엄이 있으면서도 사납지 않으며, 공손하면서
도 편안했다.
_술이 37

　고대 로마의 정치가이자 저술가였던 키케로는 노년에 관한 자신의
생각을 간명하게 정리한 저서를 남겼다. 『노(老)카토 노년론』이 그것
이다. 이 책에서는 84세 카토를 화자로 내세워 키케로 자신이 생각하
는 노년에 대한 의견을 제시했다. 카토는 젊은이들의 질문에 답하는
형식으로 노년의 특징과 강점을 자상하게 설명한다. 기원전 1세기 무
렵에 살았던 키케로의 생각이 지금 보아도 선진적이다.
　그는 "인생의 각 부분마다 그 시기에 어울리는 특성이 있다"고 했
다. 그러니 어느 한 시기는 좋은 때이고 어떤 때는 숨겨야 할 시기가
아니다. 자신이 맞이한 시간에 최선을 다하면 된다. 그는 노년의 특성

을 원숙함이라 했다. "노년은 무기력하거나 활기 없는 때가 아니며 오히려 바쁘고 언제나 무언가를 기획하고 실천하는 때"라고 하며 "무언가를 매일 새롭게 배워가면서 노인이 되어 간다"고 한 솔론의 시를 인용했다.

이를 통해 그가 말하는 원숙함이 무언인지를 밝혔다. 그리하여 "무얼 하든 지금 가진 힘에 알맞게 하는 것이 아름다운 법"이라고 했다. 무리하지 않고 자신이 할 수 있는 범위에서의 최선을 다하는 것은 노년이라고 다를 것이 없다.

사십 대가 되면 체력이 이전과 다르다고들 한다. 오십이 되면 체력 저하의 징후가 더 뚜렷해지면서 심리적 위축감도 따라온다. 육십을 넘기면 대부분 현직에서 물러나게 된다. 아직 살아야 할 날은 많이 남았는데 은퇴자가 된다. 경제적 문제가 해결된 경우라도 사회적 활동을 중단해야 한다는 사실 때문에 막막해진다. 막막함에 갇혀 지내기에 노년이 차지하는 시간은 너무 길다.

키케로가 이야기했던 것처럼 이 시기에도 새로운 것을 배우고 의미 있는 일을 기획하고 실천하는 시간이어야 한다. 몸의 건강을 위한 운동을 하루의 루틴으로 삼는 것은 무엇보다 먼저 실천해야 할 일이다. 몸의 단련을 실천하는 것과 병행하여 마음을 수련하는 시간도 필수이다. 마음이 안정적으로 작동하면 일상의 생활에 무리가 없을 것이다.

독서는 접근이 쉬우면서 효과가 좋은 마음공부법이다. 다양한 책들이 모여 있는 농네 도서관 방문은 여러모로 좋은 선택이다. 그러나

금방 피로해지는 눈을 고려하여 장시간 같은 자세의 독서는 금물이다. 40분 정도 책에 집중했다면 10분의 휴식으로 눈을 보호해야 한다.

책을 마주하고 앉으면 그 자체만으로 좋은 기운이 나온다. 게다가 책을 마주한 어른의 모습은 그 자체로 좋은 본보기이다. 공자는 "군자는 평온하면서 너그럽고 소인은 늘 걱정이 많다."(술이 36)고 했다. 독서하는 어른의 평온한 아우라는 공자가 말한 군자의 면모를 닮아 있다.

독서는 텍스트에 담긴 내용을 통해 다양한 정보를 얻는 행위이다. 그런데 독서의 효과는 좀 더 넓게 드러난다. 책을 앞에 두고 좋은 기운을 발산하며 마음이 안정되면 보다 원숙한 사고가 가능해진다. 노화의 특징으로 꼽는 항목 중 하나가 새로운 것을 받아들이지 않으려는 경향이다. 새로운 것을 받아들이려면 수고로운 과정을 거쳐야 한다. 익숙하지 않은 개념을 이해해야 하고 그 개념들이 연결된 맥락까지 이해해야 하기 때문이다. 독서는 이 고비를 넘겨주는 데에 도움이 된다.

새로운 것을 받아들인다는 것은 사고가 유연하다는 것이다. 젊은 이들과의 장벽도 넘지 못할 정도로 견고해지지 않을 수 있다. 공자는 "따뜻하면서 엄숙하고, 위엄이 있으면서도 사납지 않으며, 공손하면서도 편안했다."는 평가를 받았다.

사람의 사회생활은 소통에 근거를 둔다. 그 소통이 깊고 넓을수록 성공적인 사회생활이 가능하다. 새로운 것을 배우고자 하는 열의가 있는 노년은 그 관계의 폭도 넓어질 수 있다. 지키고자 하는 바는 분명해 보이지만 타인을 받아들이는 품도 넓은 사람이기 때문이다. 키케로의 노년론을 응원 삼아 전혀 알지 못했던 새로운 지식의 장으로 나아가 보면 좋겠다.

---- 원문 ----

【술이 36】

子曰 君子坦蕩蕩 小人長戚戚

공자가 말했다.

"군자는 평온하면서 너그럽고 소인은 늘 걱정이 많다."

【술이 37】

子 溫而厲 威而不猛 恭而安

공자는 따뜻하면서 엄숙하고, 위엄이 있으면서도 사납지 않으며, 공손하면서도 편안했다.

哀 　　　지금 여기에서
　　　멋진 사람

興於詩 立於禮 成於樂
흥어시 입어예 성어악

시로 감흥을 일으키고, 예로 제자리에 서며, 악으로 완성한다.
_태백 8

　중국의 춘추시대는 주나라 말의 혼란기를 가리킨다. 주나라의 정
치제도는 종법봉건제도였다. 이 시스템이 흔들리면서 각 지역의 제후
들은 패권을 차지하기 위해 전쟁도 마다하지 않았다. 공자가 살았던
시대이다. 공자의 고민은 세상의 평화를 되찾는 것이었다. 혼란한 시
대를 구할 대안을 찾던 공자가 주목했던 것은 당대의 지적 성취였다.
　사람의 정서가 집약된 문학, 정치론이 집약된 문건, 철학이 들어있
는 책, 사회규범을 논한 문건, 역사 기록 그리고 음악론 등의 방대한
자료를 섭렵했다. 이들 문건의 정수를 뽑아서 정리한 것이 『시경』·
『서경』·『역경』·『예기』·『춘추』·『악경』의 육경이다. 이는 당시의 인
문정신과 예술사상의 전반을 이해한 결과이다. 그리고 이 공부의 결

론이자 시대의 대안으로 내 놓은 것이 관계의 회복, 곧 인(仁)이다.

모든 창조적인 생각은 있었던 것에서 시작한다. 지금의 생각을 넘어서는 새로운 사유는 그런 다음에 나온다. 육경을 정리해 낸 공자는 자신이 새로 만든 이론이 없고 이미 있던 것을 잘 설명했을 뿐이라고 했다. 이는 급이 높은 이의 겸손한 표현이다. 실은 공자가 걸었던 그 길이 바로 창조적인 행보였다.

"배우고 스스로 생각하지 않으면 어둡고, 자기 생각만 하고 배우지 않으면 위태롭다."(위정 15)고 했다. 기존의 사유를 공부해야 하지만 그 안에는 나의 주관이 들어 있어야 한다. 그래야 빼고 더할 것을 가릴 수 있다. 자기 생각이 제일이라 하면서 다른 이론을 공부하지 않는 태도는 위험한 생각을 낳을 수 있다. 어쨌든 공자는 성실하게 이미 있었던 생각들을 공부했고 그 결과로 육경을 정리했다. 그 여섯 권 중에 음악론이 포함되었던 것은 흥미로운 지점이다.

『악경』은 음악에 대한 철학과 이론이 들어있는 책이다. 음악에서 중요한 지점은 잘 어울리는 것이다. 각기 다른 음이 모여 아름다운 화음을 내면 좋은 음악이다. 이는 예술적인 아름다움인 동시에 상징적 의미를 가진다. "군자는 조화를 이루지만 같아지지는 않고 소인은 같아질 수는 있어도 조화를 이루지는 못한다."(자로 23)고 했다. 조화는 자기 주체성을 유지하면서 타인의 인격을 존중할 때 이루어질 수 있다. 그래서 조화는 획일적인 것과 다르다.

모든 세대는 그 나름의 특징을 가진다. 각 세대가 서로 배려하고 존중하여 서로를 소외시킴이 없는 사회는 건강하다. 그러니 노년이라

해서 자신의 존재감을 숨길 필요가 없다. 그렇다고 독불장군으로 자기 생각을 강요하는 고집불통과는 구별되어야 한다. 이를 위해서는 어두워지지 않고 위태로워지지도 않겠다는 긴장감을 유지해야 한다. 존재감은 현재의 위치에서 만들어 준다. 내가 어느 대학 출신이고 어떤 회사의 중역을 역임했다는 이력만으로는 불가능하다. 지나온 성취도 의미 있는 일이다. 그러나 그 과거만을 주제로 삼게 되면 대화할 수 있는 내상이 매우 제한적일 것이다.

비슷한 성향의 사람들끼리 만나서 내가 지난날 얼마나 멋진 사람이었는지를 되새김질하는 것은 답답한 일이다. 지금 여기에서 멋진 사람이 되는 것이 더 소중한 일이다. 새로운 영역에 도전해서 배우고 발전하는 모습을 보여주는 어른은 멋지다. 다른 이의 성장을 후원하는 어른은 더 멋있다. "군자는 사람의 좋은 점을 이룰 수 있도록 돕는다."(안연 16)고 하지 않는가.

공자는 "시로 감흥을 일으키고 예로 제자리에 서며 악으로 완성한다."(태백 8)고 했다. 문학작품을 읽어서 감흥을 일으킬 수 있고, 자신이 설 자리를 잘 파악하여 어울리는 곳에 설 수 있는 사람은 품격이 있다. 나아가 다른 이의 취향을 인정하고 같이 잘 어울릴 수 있다면 최고로 멋진 인격을 자기 안으로 들여놓을 수 있다.

【위정 15】

子曰 學而不思則罔 思而不學則殆

공자가 말했다. "배우고 스스로 생각하지 않으면 어둡고, 자기 생각만 하고 배우지 않으면 위태롭다."

【태백 8】

子曰 興於詩 立於禮 成於樂

공자가 말했다. "시로 감흥을 일으키고, 예로 제자리에 서며, 악으로 완성한다."

【안연 16】

子曰 君子 成人之美 不成人之惡 小人反是

공자가 말했다. "군자는 사람의 좋은 점을 이룰 수 있도록 돕고, 사람의 나쁜 점을 이루게 하지는 않는데 소인은 이와 반대로 행동한다."

【자로 23】

子曰 君子和而不同 小人同而不和

공자가 말했다. "군자는 조화를 이루지만 같아지지는 않고, 소인은 같아질 수는 있어도 조화를 이루지는 못한다."

哀

당신의 뇌는
나이 들지 않는다

七十而從心所欲不踰矩
칠십이종심소욕불유구

칠십에는 마음이 하고 싶은 대로 해도 법도를 넘지 않았다.
_위정 4

    노안이 오고 머리칼이 듬성해지면서 앉았다 일어나는 동작이 힘겨워진다. 끙 소리를 내며 몸을 일으키는 순간 약해진 관절의 기능을 체감한다. 친구들과 만나서 나누는 대화의 90%가 건강과 약으로 집중된다. 앞으로의 이야기보다 지난 시절을 추억하는 시간이 많아지고 새로운 개념을 받아들이는 것은 귀찮다.

    깜박깜박 의식이 흐려지고 기억하지 못하는 일이 자주 발생한다. 문득 당황하며 두려운 마음이 든다. 나이 들어서 그렇다고 자연스러운 일이라고 스스로를 위로한다. 친구들도 다 그렇다지 않는가. 그러나 다른 신체의 기능보다 정신적인 부분에 문제가 생기는 것에 대해서는 더 민감하게 반응하게 된다.

그런데 최근의 연구에 따르면 뇌의 기능은 노년이 되어도 젊은 상태를 유지할 수 있다고 한다. 『당신의 뇌는 나이 들지 않는다』도 그런 연구에 근거를 두고 쓴 책이다. 이 책의 저자 중의 한 사람인 토니 부잔(Tony buzan)은 생각 정리 도구인 마인드맵을 만든 이다. 이 책은 '나이가 들면서 매일 수백만 개의 뇌세포가 점진적으로 감소한다'고 생각하는 것은 근거 없는 믿음이라고 전제한다. 그리고 이에 관한 다양한 실험들을 예시로 들었다.

그런 다음 "우리가 잘 쓰기만 한다면 뇌는 나이가 들수록 개선된다."는 매우 긍정적인 주장을 내놓았다. 당연히 "잘 쓰기만 한다면"에 초점이 있다. 그러니까 노력을 통해 개선될 수 있는 것이지 저절로 그렇게 된다는 말이 아니다. 자기계발서에 능통한 저자들답게 다양한 실천 방안을 제안했다. 그중에서 우아하게 나이 들기 위한 방법으로 다음의 세 가지를 꼽았다. 첫째, 사회에 참여하라. 둘째, 정신적으로 활발하게 움직여라. 셋째, 유연한 성격을 가져라.

사회활동에서 물러나면 노쇠가 촉진된다. 그러니 은퇴 이후에는 새로운 사회활동을 시작해 보는 것이 좋다. 지자체에서 벌어지는 다양한 강좌에 참여하는 방법도 있다. 좀 더 적극적으로 자신이 원하는 모임을 만들어 볼 수 있다. 우리에게는 소셜 네트워크 서비스(SNS)가 있지 않은가. 가능하면 느슨한 관계로 부담 없이 만날 수 있는 관계 맺기를 시도해 보는 것이다.

그 과정에서 새로운 지적 호기심을 공유해 보는 것도 좋을 것이다. 키오스크 앞에서 여러 번의 시행착오를 거쳐 드디어 부담 없이 주문하게 된 성공의 경험도 좋고 여전히 성공하지 못한 경험도 화제가 될 수 있다. 최신의 챗GPT 버전을 화제로 삼아보면 건강이나 약을 화제로 삼았던 것에서 맛보지 못했던 자극을 얻을 수 있다.

앞에 든 세 가지 항목 중 가장 중요한 것이 유연한 생각을 가지는 것이다. 앞의 두 항목을 포함하는 내용을 담고 있기에 그러하다. 자신이 분명히 알고 있는 것만 받아들이려는 경향을 노년의 특징으로 꼽는다. 이런 경향을 한 발 넘어서려는 시도는 유연한 시고가 이끌어 준다. 모호해서 고민이 필요한 일이나 익숙하지 않은 새로운 경험을 즐기는 사람이 건강한 정신을 잘 유지한다고 한다.

공자는 성실하게 일생을 살아온 끝에 "마음이 하고 싶은 대로 해도 법도를 넘지 않았다."(위정 4)는 경지에 이를 수 있었다고 했다. 이천오백 년 전에 살았던 공자의 생각도 『당신의 뇌는 나이 들지 않는다』처럼 최신의 생각과 다르지 않았다. 그는 오십에도 육십에도 그리고 그다음에도 자신이 만난 나이에 맞는 노력을 했다.

"그대들은 어찌하여 시경을 읽지 않는가! 시경을 읽으면 감흥을 일으킬 수 있고, 사물을 잘 관찰할 수 있으며, 같은 류와 모일 수 있고, 비평할 수 있으며, 가깝게는 부모를 섬길 수 있고, 멀게는 임금을 섬길 수 있으며, 새와 짐승·풀과 나무에 대한 지식을 많이 알 수 있느니라."(양화 9) 공자는 이런 태도를 노년까지 유지했다. 그리하여 그처럼 멋있는 경지를 밟을 수 있었다.

【양화 9】

子曰 小子何莫學夫詩 詩 可以興 可以觀 可以群 可以怨 邇之事父 遠之事
君 多識於鳥獸草木之名

공자가 말했다.

"그대들은 어찌하여 시경을 읽지 않는가! 시경을 읽으면 감흥을 일으킬
수 있고, 사물을 잘 관찰할 수 있으며, 같은 류와 모일 수 있고, 비평할 수
있으며, 가깝게는 부모를 섬길 수 있고, 멀게는 임금을 섬길 수 있으며, 새
와 짐승·풀과 나무에 대한 지식을 많이 알 수 있느니라."

【위정 4】

子曰 吾十有五而志于學 三十而立 四十而不惑 五十而知天命 六十而耳順
七十而從心所欲不踰矩

공자가 말했다.

"나는 열다섯 살에 학문에 뜻을 두었으며, 삼십에는 삶의 목표를 세웠고,
사십에는 의혹함이 없었으며, 오십에는 천명을 알았고 육십에는 다른 의
견을 잘 수용할 수 있었으며, 칠십에는 마음이 하고 싶은 대로 해도 법도
를 넘지 않았다."

樂　　　삶의 지혜가
　　　　깃드는 자리, 노년

君子所貴乎道者三 動容貌 斯遠暴慢矣
군자소귀호도자삼 동용모 사원포만의

正顏色 斯近信矣 出辭氣 斯遠鄙倍矣
정안색 사근신의 출사기 사원비배의

군자가 도에서 귀하게 여기는 것이 세 가지가 있다. 몸을 움직일 때에
는 사납고 거만한 것을 멀리하고 안색을 바로잡을 때에는 신뢰가 가도
록 하며 말을 할 때에는 천박하거나 이치에 어긋나는 것을 멀리한다.

_태백 4

　영화 〈두 교황〉은 직전 교황 베네딕토 16세와 현 교황 프란치스코
가 교황직을 주고받을 당시의 이야기이다. 성격이 판이하고 교리를
해석하는 관점도 다른 두 사람의 갈등과 상호 존중의 태도가 재미있
게 담겨있다. 격식을 중시하고 교리에 대한 엄격한 접근을 강조한 베
네딕토 교황에 비해 프란치스코 교황은 보다 자유롭고 교리 해석도
열려있는 성향이다.
　교황의 프란치스코라는 이름은 청빈과 겸손의 성인 아시시의 성프

란치스코를 따르겠다는 의미로 교황 즉위와 함께 가지게 되었다. 교황은 사회의 약자들에 대한 관심과 관용을 촉구하는 한편 다양한 배경과 신념·신앙을 가진 사람들이 소통할 수 있는 대화를 유도하고 그 중요성을 강조한다. 이런 생각이 세대 간의 소통에 대한 문제에도 깊은 관심을 가지도록 했다.

증자는 "군자가 도에서 귀하게 여기는 것이 세 가지가 있다. 몸을 움직일 때에는 사납고 거만한 것을 멀리하고 안색을 바로잡을 때에는 신뢰가 가도록 하며 말을 할 때에는 천박하거나 이치에 어긋나는 것을 멀리 한다."(태백 4)고 말했는데 이는 자연스럽게 교황의 모습을 떠오르게 한다.

교황은 2013년 추기경 알현 때 "노년기는 삶의 지혜가 깃드는 자리입니다. 노인들은 인생에서 걸어왔던 지혜를 간직하고 있습니다. 성전에서 만난 노인 시메온과 한나처럼 말입니다. (중략) 해가 갈수록 감칠맛 나는 포도주처럼 젊은이들에게 삶의 지혜를 선사합시다."라고 했다. 노년의 지혜를 강조한 교황의 제안으로 널리 알려진 말이다.

2015년 일반 알현 연설에서도 노년의 소중함에 대해 설명하며 "나도 노인에 속하는데, 사회는 우리를 버리려 해도 주님은 그렇게 하지 않으십니다. 교회는 젊은이와 노인의 상호 포용과 대화를 촉진함으로써 오늘날의 일회용 문화에 대응하기 바랍니다."라고 말했다. 이 자리에서 그는 "할아버지와 할머니의 기도는 가정과 교회에 큰 은총이고 선물"이라고 강조했다.

올해(2024) 7월에는 자신의 트위터 계정에 "젊은이와 노인의 동맹 맺기가 형제애 넘치는 사회를 만듭니다."라는 글을 올리기도 했다. 교황은 지속적으로 노년과 젊은 세대의 아름다운 소통의 가치를 전하는 메시지를 내고 있다.

공자는 냇가에서 흐르는 물을 바라보며 한마디 남겼다. "지나가는 것이 이 물과 같구나! 밤낮으로 쉼이 없으니."(자한 16) 이처럼 세월은 흐르는 물처럼 무심히 흘러간다. 사람의 삶도 흐르는 시간과 함께 지나간다. 누구나 생각보다 쉽게 중년이 되고 어느새 노년과 조우한다. 청년이 마음에 드니 그 시기만 내 것으로 하는 일은 애초에 불가능하다. 그러니 내가 만나는 각 시기를 지혜롭게 받아들이는 것이 자연스러운 일이다.

노년은 마침표를 찍는 시기가 아니다. 70세 전후를 노년으로 치고 평균연령을 고려하면 이십여 년이 넘는 시간이다. 이는 전체 삶의 30%에 육박한다. 그 이전 단계를 잘 건너왔다 해도 노년을 나쁘게 보내면 그 삶은 평가 절하될 수 있다. 반면 그 이전의 불만족한 삶을 전화할 수 있는 시간이 될 수도 있다. 그리하여 노년은 또 한 번의 기회이다. 이 시기에 어울리는 선택을 현명하게 해내면 된다.

노년에는 채우기보다 비우고 덜어내는 데에 미덕이 있다. 주요한 의사결정은 장년의 리더에게 맡기고, 경험을 조언하는 역할이면 좋겠다. 젊은 세대의 트렌드를 살피는 관심을 버리지 않고, 눈앞의 일에 급급한 청춘에게 심호흡을 권유하는 어른의 역할도 의미가 있다. 고집과 욕심을 순화하는 공부에 주도적으로 접근한다. 다양한 예술의 성과를 경험하는 기회를 적극적으로 만들어 본다. 이 과정에서 만들어질 혜안은 노년이라서 가능한 성취이다.

【태백 4】

曾子有疾 孟敬子 問之 曾子言曰 鳥之將死 其鳴也哀 人之將死 其言也善
君子所貴乎道者三 動容貌 斯遠暴慢矣 正顔色 斯近信矣 出辭氣 斯遠鄙
倍矣 籩豆之事則有司存

증자가 병석에 있어 맹경자가 문병했을 때 증자가 말해주었다.

"새가 장차 죽으려 하면 그 우는 소리가 슬퍼지고 사람이 곧 죽으려 할 때
는 그 하는 말이 착해진다. 군자가 도에서 귀하게 여기는 것이 세 가지가
있다. 몸을 움직일 때에는 사납고 거만한 것을 멀리하고 안색을 바로잡을
때에는 신뢰가 가도록 하며 말을 할 때에는 천박하거나 이치에 어긋나는
것을 멀리한다. 제기를 다루는 일에는 그것을 담당하는 직책이 있다."

【자한 16】

子在川上曰 逝者如斯夫 不舍晝夜

공자가 냇가에서 말했다.

"지나가는 것이 이 물과 같구나! 밤낮으로 쉼이 없으니."

樂　　　　문화를 생산하는
　　　　　인류

雖疏食菜羹 瓜齊 必齊如也
수소사채갱 과제 필제여야

비록 거친 밥과 야채 국을 먹더라도 반드시 제사를 지냈는데 이때 반드
시 마음을 가다듬었다.
_향당 8

　　18세기 프랑스의 법관이자 미식평론가 앙텔므 브리야 사바랭
(Jean-Anthelme Brilliat Savarin)은 그의 저서『미식의 생물학』에서 오
늘까지 널리 회자되는 한마디를 남겼다.
　　"그대가 무엇을 먹는지 말하라, 그러면 나는 그대가 누군지 말해보
겠다."
　　그가 평소에 먹는 음식을 보면 그 사람의 사회적 계급과 건강 상태
에다 철학적 기반까지 포함한 성향을 알 수 있다는 말이다. 오늘까지
이 말이 자주 인용되는 것은 많은 사람들이 여전히 그의 말에 동의하
기 때문이다.

8부작으로 방영된 다큐멘터리 〈요리 인류〉에서는 전 세계 인류의 음식문화를 조망했다. 카메라는 에티오피아 소금사막으로부터 툰드라의 설원에 이르는 세계 곳곳을 담았다. 각 지역의 독특한 요리를 소개하고 그 요리의 대가가 음식을 만드는 장면과 인터뷰 화면을 보여주었다. 그 요리의 유래에서부터 그 요리가 만들어지기까지의 문화적 환경, 문명적 기반을 포괄하는 흥미진진한 이야기가 영상에 담겨 있었다. 연출자 이욱정 PD는 이 다큐를 통해 한 접시의 요리와 그 뒤에 있는 사람들의 이야기를 하고 싶었다고 했다.

이렇듯 우리는 음식을 매체로 깊고 넓은 이야기를 펼칠 수 있다. 이것은 곧 인문적 성찰이다. 나는 좋은 음식 찾아가기를 즐기고, 특히 정성이 깃든 음식에 열광한다. 자기 철학을 가지고 이야기하듯 요리하는 박찬일 셰프의 음식. 대를 이어 추어탕을 끓여내는 식당 같이 집안의 스토리가 담긴 음식. 좋은 음식을 나누겠다는 마음이 앞서는 사람들의 정갈한 식탁. 이들을 어떻게 좋아하지 않을 수 있는가.

음식과 요리는 중요하고 재미도 있으며 유용한 콘텐츠가 될 수 있다. 할 수 있는 이야기도 무궁무진하다. 그렇다 해도 특정 가게를 광고하는 영상이나 게걸스레 먹는 모습만 노출하는 영상은 저급한 취향을 부추길 뿐이다. "마음이 제자리에 있지 않으면 보아도 보이지 않고 들어도 들리지 않으며 먹어도 그 맛을 알 수 없다."(『대학』 전7장)고 했다. 나의 취향이 나도 모르는 사이 저급한 데로 흐르지 않으려면 내 마음으로 사물을 보고 듣는 기제를 가동시키고 있어야 한다. 그래야 반복적으로 보이는 영상에 마음 없이 몸이 반응하는 일을 막을 수 있다.

그리하여 지금은 내 마음이 제자리에 있는지를 돌아보아야 하는 시대이다. 이에 다소 길더라도 공자의 미식론이 집약된 문장을 읽어보는 것으로 도움을 얻을 수 있겠다.

"밥은 도정한 것을 싫어하지 않았고 회는 가늘게 썬 것을 싫어하지 않았다. 밥이 상하여 맛이 변하고, 생선이 상하고 고기가 부패한 것 등을 먹지 않고 색이 나쁜 것을 먹지 않았으며 냄새가 나쁜 것을 먹지 않고 조리가 잘못된 것을 먹지 않았으며 때가 아니면 먹지 않았다. 자른 것이 바르지 않으면 먹지 않았고 어울리는 장을 얻지 못하면 먹지 않았다. 고기가 비록 많더라도 밥 기운을 이기게 하지 않았고, 오직 술은 양을 정해 두지 않았지만 어지러운 지경에 이르지 않았다. 사온 술과 시장에서 파는 포를 먹지 않았고 생강 먹는 것을 그만두지 않았으며 많이 먹지 않았다. 나라의 제사에서 얻은 고기는 밤을 넘기지 않았으며 제사 지낸 고기는 3일을 넘기지 않았고 3일이 넘으면 먹지 않았다. 식사 중에는 말하지 않았고 잠자리에서도 말하지 않았다. 비록 거친 밥과 야채 국을 먹더라도 반드시 제사를 지냈는데 이때 반드시 마음을 가다듬었다."(향당 8)

앙텔므 브리야 사바랭이 공자의 이 말을 들었다면 엄지를 치켜세우며 저 고급한 문화 향유자를 추앙했을 것이다. 사람은 단순하고 직접적인 자신의 욕구를 한 단계 업그레이드하여 드디어 문화를 생산하는 인류가 된다. 그리하여 우리는 음식으로 삶을 이야기할 수 있는 인류이다.

【향당8】

食不厭精 膾不厭細 食饐而餲 魚餒而肉敗 不食 色惡不食 臭惡不食 失飪 不食 不時不食 割不正 不食 不得其醬 不食 肉雖多 不使勝食氣 唯酒無 量 不及亂 沽酒市脯 不食 不撤薑食 不多食 祭於公 不宿肉 祭肉 不出三 日 出三日 不食之矣 食不語 寢不言 雖疏食菜羹 瓜齊 必齊如也

밥은 도정한 것을 싫어하지 않았고 회는 가늘게 썬 것을 싫어하지 않았다. 밥이 상하여 맛이 변하고, 생선이 상하고 고기가 부패한 것 등을 먹지 않고 색이 나쁜 것을 먹지 않았으며 냄새가 나쁜 것을 먹지 않고 조리가 잘못된 것을 먹지 않았으며 때가 아니면 먹지 않았다.

자른 것이 바르지 않으면 먹지 않았고 어울리는 장을 얻지 못하면 먹지 않았다. 고기가 비록 많더라도 밥 기운을 이기에 하지 않았고 오직 술은 양을 정해 두지 않았지만 어지러운 지경에 이르지 않았다. 사온 술과 시장에서 파는 포를 먹지 않았고 생강 먹는 것을 그만두지 않았으며 많이 먹지 않았다.

나라의 제사에서 얻은 고기는 밤을 넘기지 않았으며 제사 지낸 고기는 3일을 넘기지 않았고 3일이 넘으면 먹지 않았다. 식사 중에는 말하지 않았고 잠자리에서도 말하지 않았다. 비록 거친 밥과 야채 국을 먹더라도 반드시 제사를 지냈는데 이때 반드시 마음을 가다듬었다.

樂 　　청년정신

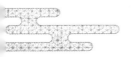

恭寬信敏惠 恭則不侮 寬則得衆
공관신민혜 공즉불모 관즉득중
信則人任焉 敏則有功 惠則足以使人
신즉인임언 민즉유공 혜즉족이사인

공손하면 수모를 당하지 않을 수 있고, 너그러우면 많은 사람을 얻을
수 있으며, 신뢰가 있으면 다른 사람이 믿고 의지하고, 민첩하면 공을
세울 수 있으며, 은혜로우면 충분히 다른 사람을 부릴 수 있다.
_양화 6

철학자 마사 누스바움(Martha Nussbaum)은 1947년생이며 현직 미
국 시카고대학교 교수이다. 칠십 대 후반의 나이에도 여전히 영향력
있는 학자로서 강의와 저술을 해 낸다. 정년퇴직이 없는 미국 대학
의 제도 덕분이다. 그녀는 아시아나 유럽에서 직장을 얻은 친구들이
65세로 퇴직하는 현실을 안타까워한다. 퇴직이 연구의 단절로 이어
지는 경우가 많기 때문이다. 예로부터 철학 등 인문학의 경우 노년이
되어 더 원숙한 연구 성과를 내었던 사례가 많았다.

〈꽃보다 할배〉는 몇 년 전에 만들어진 방송 콘텐츠다. 2013년 첫 시리즈가 성공하자 5년 뒤에 또 한 번의 시리즈가 만들어졌다. 노년에 접어든 배우들이 배낭여행과 유사한 형태의 여행을 한다는 콘셉트다. 지금은 출연진이 모두 80세를 훌쩍 넘은 나이인데 방송 당시에도 칠십 대 후반에서 팔십 대 초반에 이르는 연령이었다. 이런 어른들을 모시는 효도여행이 아니라 그들이 직접 걸어서 찾아가는 여행이었다.

화면에 비친 출연진들은 다소 힘겨운 여정으로 피로감을 호소하기도 했다. 그러나 이런 여행을 해 내면서 여전히 현역임을 스스로 느끼는 것 같았다. 출연진의 감상과는 별개로 시청자들에게 노년에 대한 새로운 메시지를 전달했다.

공자는 자장에게 인을 실천하는 방법을 다음과 같이 설명했다.

"다섯 가지를 세상에서 행할 수 있다면 인을 행한다고 할 수 있다. 자장이 그 내용 듣기를 청하자 공자가 답했다. 공손함·너그러움·신뢰·민첩함·은혜 이 다섯 가지다. 공손하면 수모를 당하지 않을 수 있고 너그러우면 많은 사람을 얻을 수 있으며 신뢰가 있으면 다른 사람이 믿고 의지하고 민첩하면 공을 세울 수 있으며 은혜로우면 충분히 다른 사람을 부릴 수 있다."(양화 6)

공손함·너그러움·신뢰·민첩함·은혜로움을 한 사람이 다 갖추기는 어렵다. 그러나 누구에게나 강점이 있다. 〈꽃보다 할배〉 출연진을 보더라도 그랬다. 어떤 이는 겸손함을 기본으로 장착하고 부드럽게 다른 이들을 포용하는 모습을 보였다. 믿음직한 행동으로 다른 사람을 이끌고 누구보다 민첩하게 움직이는 사람도 있었다. 그런데 이 다섯 가지 덕목은 하나로 연결된다. 하나를 잘하면 나머지도 크게 어긋나지 않을 수 있다.

그러니 자신의 강점을 살리면 더 깊이 있는 인격의 소유자가 될 수 있다. 증자는 늘 영민하게 공자의 뜻을 잘 파악했다. 그는 자신의 벗을 칭찬하여 "능력이 있으면서 능력 없는 이에게 묻고, 많이 알면서 조금 아는 이에게 물으며, 있으면서 없는 것처럼 하고, 속이 찼는데 빈 것처럼 하며, 공격을 받아도 따지지 않는"(태백 5) 사람이었다고 회고했다. 상대를 배려하는 마음이 깊고 자신을 내세우는 데에는 관심이 없었던 성향의 친구였다. 실은 친구를 핑계로 증자 자신의 바람을 표현한 것으로 보인다.

지적인 호기심을 유지하는 사람은 젊다. 생물학적 나이와 관계없이 그러하다. 청년 정신이 바로 이런 것이다. 나이는 이십 대의 청년이나 주어진 과제 이외의 문제에 대한 관심이 없다면 그는 몸만 청년이다. 마사 누스바움은 정년퇴직 제도를 폐지해야 한다는 다소 과감한 주장을 했다. 그래야 "우리가 존중받으며 생산적인 일을 계속하고, 숫자로 계산된 나이에 따라 우리 자신의 가치를 판단하지 않을 수 있다."는 것이다. 그녀의 주장에 공감하더라도 당장은 이런 생각이 현실이 되기 어렵다.

적어도 우리가 맞이한 지금 여기의 현실에서 내가 할 수 있는 일을 찾아내는 것은 가능하다. 직장의 퇴직이 내 생의 퇴직은 아니다.

【태백 5】

曾子曰 以能 問於不能 以多 問於寡 有若無 實若虛 犯而不校 昔者吾友
嘗從事於斯矣

증자가 말했다.

"능력이 있으면서 능력 없는 이에게 묻고, 많이 알면서 조금 아는 이에게
물으며, 있으면서 없는 것처럼 하고, 속이 찼는데 빈 것처럼 하며, 공격을
받아도 따지지 않는 것, 예전 내 벗이 이런 일에 종사했었다."

【양화 6】

子張問仁於孔子 孔子曰 能行五者於天下 爲仁矣 請問之 曰 恭寬信敏惠
恭則不侮 寬則得衆 信則人任焉 敏則有功 惠則足以使人

자장이 공자에게 인에 대해 묻자 공자가 말했다.

"다섯 가지를 세상에서 행할 수 있다면 인을 행한다고 할 수 있다. 자장이
그 내용 듣기를 청하자 공자가 답했다. 공손함·너그러움·신뢰·민첩함·
은혜 이 다섯 가지다. 공손하면 수모를 당하지 않을 수 있고, 너그러우면
많은 사람을 얻을 수 있으며, 신뢰가 있으면 다른 사람이 믿고 의지하고,
민첩하면 공을 세울 수 있으며, 은혜로우면 충분히 다른 사람을 부릴 수
있다."

樂 　꽃보다 아름다운
　　　사람들

德不孤 必有隣
덕불고 필유린

덕을 지닌 이는 외롭지 않으니 반드시 이웃이 있다.
_이인 25

　자기계발서의 미덕은 독자의 일상에 직접적 자극을 준다는 점이다. 할 엘로드(Hal Elord)의 『미라클 모닝』도 그런 책이다. 많은 사람들이 미라클 모닝을 실천하는 중이다. 저자는 본격적인 일상을 시작하기 전의 시간을 활용하자고 말한다. 이 시간에는 오로지 자신을 돌보는 활동을 하자고 제안한다. 이를 위한 행동으로 명상(silence)·긍정(affirmation)·시각화(visualization)·운동(exercise)·독서(reading)·쓰기(scribing) 등의 활동을 예시로 들었다.

　자신의 마음과 생각을 돌아보는 시간이 중요하다는 것에 공감한다. 이는 자기 자신을 돌아보는 것을 공부의 시작으로 삼았던 유학의 생각과도 일맥상통한다. 명상과 요가는 심신을 단련하기에 좋다. 음악 감상과 독서를 통해 새로운 감각을 깨울 수 있다. 글쓰기는 나를 돌아보고 주변을 살피는 섬세한 감성을 활용하게 한다. 그리하여 반성도 하고 위로와 응원까지 셀프로 하는 시간이다.

나의 마음과 감정의 상태에 따라 매일 만나는 일상도 다르게 받아들여질 수 있다. 내공이 쌓인 사람은 비교적 안정적으로 사태를 파악할 수 있다. 물론 누구도 완벽할 수는 없다. 부족한 부분이 있고 약한 고리도 있을 것이다. 그러나 그들은 중요한 선택의 순간에 객관적인 관점에서 어떤 쪽이 최선인가를 고민한다.

황상익 선생은 유력한 인사와 힘이 없는 연구자들 간에 다툼이 생겼을 때 연구자들 편에 서 주셨다. 그들이 약자이기 때문이 아니라 이들의 생각이 옳다고 판단했기 때문이다. 이런 판단은 "함께 말을 해야 하는데 더불어 말하지 않으면 사람을 잃고, 함께 말할 수 없는 이와 더불어 말을 하면 말을 잃는다."(위령공 7)는 공자의 말을 실천한 사례일 것이다.

정태춘 선생의 노래를 들으면 눈물이 난다. 영상을 통해 만나는 음악인데도 감동이 살아난다. 현실에 바탕을 둔 노랫말이 저음과 고음이 모두 안정적인 그의 목소리로 재생되면 살아있는 시가 된다. 그의 개인사를 알지 못한다. 그러나 음악으로 전하는 그의 진정성은 오롯이 감지된다.

아름답게 여겨지는 이들은 주의 깊게 바라보는 시선을 가졌다. 어떤 일도 함부로 무시하거나 쉽게 동의하지 않는다. 그들의 아름다움은 사람다운 면모를 보이는 데에서 드러난다. 공자는 "많은 사람들이

싫어해도 반드시 살피고 많은 사람들이 좋아해도 반드시 살핀다."고
했다. 남의 눈이 아니라 자신의 관점으로 세상을 바라보아야 한다는
말이다.

내가 아름답다 생각하는 사람에게 미라클 모닝의 루틴이 있는지
나는 알지 못한다. 그런데 그들에게는 자신만의 좋은 습관이 있을 것
같다. 그것이 자신의 생각과 행동의 뿌리가 되어 줄 것이다. 좋은 습
관이 몸에 붙을 정도의 성숙함에 도달하지 못한 니로시는 일단 미라
클 모닝의 루틴을 붙들어 보고 싶다. 그렇게라도 한 발씩 아름다워지
는 쪽으로 나아가면 좋겠다.

자신의 욕심을 채우기 위해 사악한 거짓을 일삼는 사람들로 오늘
도 온라인이 떠들썩하다. 다른 사람을 자신의 수단으로 치부하는 비
인간적 행태로 눈살을 찌푸리는 것에도 이골이 났다. 사방 불온한 현
실에 실망하다가도 어둠의 불빛처럼 길을 비춰주는 이들을 기억한
다. 그러면 문득 아름다운 사람의 길을 걷자는 쪽을 향하게 된다. 이
렇게 그대들 거기 존재해 주어 고맙습니다. "덕을 지닌 이는 외롭지
않으니 반드시 이웃이 있다."

-------------------------------- 원문 --------------------------------

【이인 25】

子曰 德不孤 必有隣

공자가 말했다.

354

"덕을 지닌 이는 외롭지 않으니 반드시 이웃이 있다."

【위령공 7】

子曰 可與言而不與之言 失人 不可與言而與之言 失言 知者不失人 亦不
失言

공자가 말했다.

"함께 말을 해야 하는데 더불어 말하지 않으면 사람을 잃고, 함께 말할 수 없
는 이와 더불어 말을 하면 말을 잃는다. 지혜로운 사람은 사람을 잃지 않고
말도 잃지 않는다."

【위령공 27】

子曰 衆惡之 必察焉 衆好之 必察焉

공자가 말했다.

"많은 사람들이 싫어해도 반드시 살피고, 많은 사람들이 좋아해도 반드시
살핀다."

삼십 대에 한 번, 오십 문턱에서 다시 한 번 그리고 육십을 바라
보는 지금 또 한 번.『논어』를 읽으며 일상을 돌아보는 작업을 해 보
았다. 익숙했던 문장들이 새롭게 다가오거나 이전보다 깊은 사유를
하도록 나를 이끌어 주었다. 이것이『논어』의 매력이다. 십 년쯤 뒤
의 나는 어떤 생각과 마음으로 이 책의 문장들을 해석할 것인지 궁
금하다.

이 책은 모두 5부로 구성되었다. 립(立)·불혹(不惑)·지천명(知天
命)·이순(耳順)·종심소욕불유구(從心所欲不踰矩)를 염두에 둔 구성이
다. 그러나 각 부의 내용이 그 나이에만 해당되는 것은 아니다. 다만
『논어』의 문장들은 어느 세대나 의미 있게 받아들일 수 있음을 드러
내고 싶었다.『논어』가 어느 페이지를 펼쳐서 읽어도 좋은 것처럼 이
책의 성격도 그렇다. 눈이 가는 대로 손에 잡히는 대로 책을 열어서
함께하면 좋겠다.

십 대에 읽는『논어』와 칠십에 읽는『논어』는 같은 책이되 다른 의
미로 풀이할 수 있다. 그렇게『논어』는 각 세대에 어울리는 자극을 준
다. 하여 나는『논어』를 평생의 반려책으로 여긴다.